밀찰살인

密札殺人

정조대왕 암살사건 비망록

밀찰살인

박영규 역사소설

교유서가

차례

密
札
殺
人

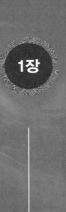

1장

옥류동 지작인 부부 살인사건

우포청 포도부장 오유진이 사직단 북쪽 옥류동 기슭에 액사(縊死, 목을 매고 죽음) 시신 두 구가 발견되었다는 보고를 받은 것은 등청하고 일각쯤 지났을 때였다. 그는 먼저 오작(仵作, 시체를 검시하는 하인) 박홍규와 화사(畫師, 그림 그리는 사람) 김창수, 차비노 가막과 대치를 현장으로 보냈다. 어제 종사관에게 올리지 못한 계장(啓章, 보고서)부터 작성하고 뒤따를 생각이었다. 정초였지만 그간 제대로 보고하지 못한 사건들이 많아 올려야 할 계장이 많았다. 그 바람에 정오를 넘겨서도 일을 마무리하지 못했다.

"이러다 해 넘어가면 어쩌려고 그래요. 어서 가자고요!"

사령 황판수는 몇 번이나 그렇게 재촉했다. 오유진은 결국 계장 작성을 마치지 못하고 일어섰다. 벌써 미시(오후 1시)를 넘어서고 있었다. 해가 짧은 겨울인데다 사건 현장이 산속이라 금세 해가 넘어갈 것이라는 황판수의 말을 듣지 않을 수 없었다.

"옥류동이면 여기보다 몇 배는 추울 것인데, 옷을 한참 껴입어야 할 것이오."

황판수는 오십 평생 이런 추위는 처음이라며 바지와 저고리를 몇 겹씩 껴입었다. 거기에다 다시 광목으로 머리와 목을 싸매듯이 휘감은 뒤 전립을 쓰고 나섰다. 작은 키에 몸집이 통통한 탓에 황판수의 모습은 흡사 아이들이 마구잡이로 만들어놓은 눈사람 같았다. 뒤뚱거리며 문을 나서는 그를 보면서 오유진은 저러다 제 몸도 가누지 못해 넘어지겠다 싶어 설핏 웃음이 터졌다. 그러면서도 오유진은 철릭 속에 옷을 몇 겹 더 껴입고 포청을 나섰다. 황판수 말대로 수십 년 만에 닥친 혹한이었다. 집집마다 옹기가 깨지지 않은 곳이 없었고 청계천 근처에는 얼어죽은 거지들의 시체가 즐비했다. 그래도 다행히 작년처럼 역병이 돌지는 않았다.

작년, 즉 기미년(1799, 정조 23) 정초는 그야말로 집집마다 장사를 치르느라 난리였다. 특히 노인들이 하도 많이 죽어 환갑 넘은 노인이 살아 있는 것이 더 이상할 정도였다. 영의정을 지낸 채제공과 좌의정을 지낸 김종수도 그 역병의 소용돌이를 피해 가지는 못했다. 그들은 역병이 아니더라도 각각 팔순과 칠순을 넘긴 인사들이라 더 살기 힘들었다손 치더라도 환갑도 못 넘긴 여러 양반이 순서를 가리지 않고 숨을 거두었다. 그들은 모두 한 시절 부귀를 누리며 온갖 진귀한 음식과 약재를 먹었지만 역병은 결코 신분의 귀천을 가리지 않았다. 그런 점에서 보면 역병은 자못 공평한 재앙이었다.

하지만 추위는 가난하고 먹을 것 없는 천것들에게는 역병보다 더 가혹한 질병이었다. 특히 몸을 가릴 옷조차 제대로 없고 하루에 한 끼도 배불리 먹을 수 없는 거지들에게는 차라리 역병이 추위보다 나았다. 거지라도 역병을 비껴가는 일은 있었지만 혹한을 피해가는 경우는 없었다. 그런 까닭에 도성의 거지란 거지는 씨가 말랐다는 풍문이 돌았다.

날이 너무 추운 탓인지 거리에서는 사람 그림자조차 찾아보기 힘들었다. 더구나 간밤에 눈까지 내려 세상은 온통 하얗게 뒤덮였다. 집도, 나무도, 담장도 모두 눈 속으로 자취를 감추었다. 덕분에 후미진 담장 아래 거적이 덮인 채로 널브러져 있던 거지들의 시신도 보이지 않았다. 어제만 하더라도 포청에 신고된 거지 시신은 한양에만 수십 구였다. 포청과 한성부 차비노들이 그 시신을 수없이 버렸지만 그래도 여전히 수거하지 못한 시신이 남아 있었다.

오유진은 시신들이 놓여 있던 자리를 유심히 살피며 걸었다. 눈으로 덮여 있었지만 시신의 형체는 어렴풋이 알아볼 수 있었다. 담 벼락에 기댄 채 죽은 시신 중에는 거적도 없이 머리와 어깨의 형태가 그대로 드러난 것도 있어 흡사 하얀 천을 쓰고 앉아 있는 듯한 느낌이 들기도 했다.

"이렇게 시신이 지천으로 널렸는데, 산속에 시체 두 구가 발견된 것이 뭐 대수라고 이 추위에 이 난리를 피워. 날 풀리고 천천히 가서 확인해도 늦지 않겠구만."

우포청에서 사직단까지 이르는 동안 벌써 다섯 구의 시신이 있었다. 황판수는 곁눈질로 눈 속에 파묻힌 시신을 알아보고는 침을 탁탁 내뱉었다. 사직단 담벼락을 막 돌아설 즈음에는 눈을 몇 번 걸어찼다. 눈만 내리지 않았어도 나귀라도 타고 갈 수 있었는데, 그놈의 눈 때문에 걸어서 가게 생긴 것이 그를 몹시 화나게 하는 모양이었다.

"증손주 재롱이나 보고 앉아 있을 나이에 이러고 살아야 하니, 이놈의 팔자도 참 더럽다 더러워, 에잇 퉤퉤."

그렇게 팔자타령까지 하면서 침까지 뱉어대는 것을 보면 추운 날씨에 산길을 가야 하는 자신의 신세가 정녕 한탄스럽기도 한 모양이었다. 오유진은 줄곧 불평과 불만을 늘어놓는 황판수의 말을 설렁설렁 귓등으로 흘리며 길을 재촉했다.

그들이 사직단 옆길을 돌아 옥류동으로 들어섰을 때는 벌써 해가 서녘으로 기울고 있었다. 매서운 칼바람이 온몸으로 파고들었지만 그나마 해가 드는 곳에서는 잠시나마 볕의 온기를 느낄 수 있었다. 혹한의 여파로 날이 가는지 잊고 있었던 사이 새해가 밝았고 알지 못하는 곳에서부터 봄이 시작되고 있다는 증거였다.

"서둘러, 어서 서둘러. 이러다 해 떨어지면 돌아오지도 못해요."

황판수는 잰걸음을 쳤다. 짧은 다리를 재게 놀리면서 뒤뚱거리며 걷는 그의 모습은 마치 겨우내 헛간에 세워두었던 볏단에 발이 달려 움직이는 것 같았다. 어찌 보면 안쓰럽고 어찌 보면 우스꽝스러운 그의 뒷모습을 보며 오유진은 한 번씩 웃음을 물었다. 게다가 연신 쏟아내는 그의 욕지거리는 무료함을 가시게 하는 효과도 있었다.

"염병할, 죽어도 하필 이런 날에 죽어. 좀 좋은 날에 죽으면 얼마나 좋아. 추워서 주둥이가 다 얼어붙겠네."

정말이지 맹렬한 추위였다. 냉기에 산바람까지 더해져 옥류동이 멀지 않았다는 것을 깨닫게 했다. 이런 날씨에도 입이 얼어붙지 않고 연신 종알대는 황판수가 용하다 싶을 정도였다.

옥류동 계곡으로 들어서자 바람은 한층 더 매섭게 옷섶을 파고들었다. 그 한기는 바람과 함께 날아와 마치 화살처럼 뼛속 깊이 박혔다. 오유진은 덜덜 떨리는 입을 광목으로 감싸면서 걸음을 재촉했다.

경사를 이룬 길은 꽁꽁 얼어붙어 미끄러웠다. 황판수는 몇 번이고 중심을 잃고 넘어졌다. 하지만 옷을 두껍게 입은 덕인지 "어휴, 이런 지랄!" 하면서 이내 별일 없는 양 털고 일어났다. 오유진은 황판수가 뒤뚱거릴 때마다 "어어, 조심조심"이라고 주의를 주었지만 별 소용이 없었다. 황판수는 마음이 급한지 비탈길에서도 뛰어 올라가려는 시늉을 하다가 여지없이 자빠지고는 했다. 마음은 여전히 젊은이 못지않았지만 그의 몸은 이미 오십 줄의 중늙은이였다. 결국 현장에 다다라서는 오유진의 부축을 받는 처지가 되었다.

그들이 현장에 도착했을 때 박홍규와 차비노들은 시신을 현장 앞에 있는 초가 마당에 옮겨놓고 방과 부엌에 틀어박혀 있었다. 초가는 액사한 자들의 살림집이었다. 본채에는 방이 두 칸 있었고 옆에 딸린 부엌 근처에도 작은 창고 방이 하나 붙어 있었다. 그리고 본채와 직각을 이루는 곳에는 작은 별채가 하나 있었는데, 죽은 노가가 종이를 만드는 지작소(종이 공장)로 쓰던 곳이라 했다. 박홍규와 김창수는 방안에 들어앉아 있었고 가막과 대치는 부엌에서 아궁이에 불을 지피고 있었다. 그들이 마당에 들어서자 가막과 대치가 부엌에서 나와 먼저 고개를 숙였고 곧바로 박홍규와 김창수가 방문을 열고 급히 나왔다.

"정초부터 이게 무슨 일이야그래."

황판수는 거적으로 덮인 시신을 보더니 재수 없다는 듯이 침을 땅에 뱉어댔다. 경신년(1800, 정조 24)이 밝은 지 이제 겨우 아흐레째였다. 아직 대보름도 지나지 않은 명절 끝인데, 시신을 보았으니 기분이 더러울 법도 했다.

"떡국 한 그릇 더 먹고 죽은 거야, 못 먹고 죽은 거야?"

황판수는 거적을 들추어 시신의 얼굴을 슬쩍 보더니 이내 고개를 돌리며 연신 혼잣말처럼 떠들어댔다.

"신원은 확인된 거야?"

차비노들을 둘러보며 황판수가 묻자 대치가 말을 얼버무렸다. 그 말끝에 짜증이 잔뜩 묻어났다. 그 역시 황판수와 마찬가지로 정초부터 이게 무슨 고생인가 싶은 얼굴이었다.

"그저 대충은……"

"그러면 아침부터 뭐한 거야?"

그 말에 대치가 볼멘소리를 했다.

"무슨 말을 그렇게 한대요? 이 엄동설한에 나무 위로 기어올라가 시체를 두 구나 끌어내리고, 또 여기까지 업어서 오는 데도 한나절이나 걸렸구만……"

대치의 말에 김창수도 한마디 거들었다.

"해가 다 떨어진 뒤에 와서는 무슨 면박이래……"

김창수가 허연 입김을 쏟아내며 인상을 찡그리자 황판수는 계면 쩍은 표정을 지으며 너스레를 떨었다.

"하기야 시신이 얼어서 무겁긴 했겠어. 그래도 썩어 문드러져 냄새나는 것보다야 낫지 뭘 그래……"

사실 여름이었다면 까마귀들이 시신을 요절냈을 것이다. 간신히 남았을 육신도 썩어 진물이 흘렀을 것이다. 오유진은 그런 점에서 그나마 다행이라는 생각을 했다. 시신을 한참 동안 살피던 그는 대치에게 물었다.

"시신은 누가 발견했는가?"

시신을 맨 처음 발견한 사람은 현장에서 500보쯤 떨어진 암자에 사는 여승 정목이었다. 정목은 죽은 남녀가 부부이며 남편의 성은 노가라고 했다. 노가는 한지를 만드는 지작장이였다. 발견 당시 부부는 지작소 뒤 밤나무에 나란히 목을 맨 채 매달려 있었다.

"이거 뭐 들어만 봐도 답이 딱 나오네, 뭐. 무슨 사연이 있는지 몰라도 부부가 한날한시에 목을 맨 거네."

황판수는 고개를 끄덕거리면서 동의라도 구하는 듯 오유진을 바라보며 말했다. 황판수 말대로 자살의 가능성이 농후했다. 두 시신을 세세히 살펴보았지만 타살의 흔적은 쉽게 발견되지 않았다. 광목에 졸린 목에는 붉은 시반이 나타나 있었다. 살해한 뒤 목을 매달았다면 목의 시반은 흰색이어야 했다. 시반이 붉다는 것은 살아 있는 상태에서 목을 맸다는 뜻이었다. 저항한 흔적이나 가격을 당한 흔적도 찾아볼 수 없었다.

"그렇지? 자살이지?"

황판수는 확인하듯 그렇게 반복해서 물었다. 살인사건으로 결론나면 골치 아픈 문제가 한둘이 아니라고 본 것이었다. 산속에 둘만 사는 부부인데다 주변에 인가도 없고 인적도 드문 곳이었다. 그런데 살인으로 결론이 나면 아랫마을과 인왕산 뒷마을까지 이 잡듯 뒤지며 신원을 확인해야 했고 그뒤에도 살인자를 찾을 생각을 하니 벌써부터 앞이 캄캄하다 싶었을 것이다. 대개 사건 조사를 포교가 모두 하는 것으로 알고 있지만 사실 포청에 소속된 자라면 사령, 오작, 차비노, 화사, 이속 등 가릴 것 없이 총동원되는 것이 현실이었다. 특히 사령들의 몫이 가장 컸다. 황판수는 엄동설한에 동네를 뒤지고 다닐 것을 생각만 해도 벌써 머리가 아파왔다.

"어떤가요? 상태로 봐서는 죽은 지 며칠 되지 않은 것 같은데."

황판수는 어쨌든 빨리 결론을 내리고 내려가자는 말을 그렇게 했다.

얼핏 보기에 시신은 그의 말대로 죽은 지 며칠 되지 않은 듯했다. 하지만 시신의 상태로만 사망 시간을 추정할 수는 없는 법이었다. 시신의 부패 정도로 사망 시점을 추정하는데, 그것도 계절에 따라 다르고 시신에 따라 달랐다. 또 각 부위의 색깔에 따라서도 판정이 다르게 나올 수 있었다. 더구나 혹한의 겨울이라 쉽게 추정하기도 힘들었다. 수십 년 만에 불어닥친 한파이기에 일반적인 규칙을 적용하기 쉽지 않았다.

오작 박흥규는 시신의 상태는 양호하지만 사망한 지는 보름 이상 된 것 같다고 했다. 비록 꽁꽁 얼어 있었지만 전체적으로 검은색을 띠는 시반의 색깔들이 그 점을 증명한다고 했다.

"그래도 겨울인 것이 다행입니다요. 여름이었다면 남아 있을 시 반도 없었을 겁니다요. 눈은 새들이 파먹었을 테고, 얼굴도 모두 뜯기고 없을 테니까 말입니다요."

그 말에 황판수가 짜증을 냈다.

"죽은 놈이 눈이 있어 뭐할 것이며, 얼굴이 말짱해서 뭐할 것인 감?"

박홍규는 황판수의 말을 예사로 듣고 피식 웃었다.

시신은 얼굴부터 배, 겨드랑이, 가슴 부위의 살빛이 누렇게 변하는 것으로 부패의 첫번째 단계가 시작된다. 그와 동시에 여기저기 검푸른빛을 띠는 반점과 선이 나타난다. 이를 시반이라 일컫는 것이다. 그다음은 두번째 단계로 코와 귀에서 썩은 액체가 흘러나오고 배가 팽창하면 그 속에 구더기가 득실거리고 있다는 뜻이다. 물론 악취도 동반된다. 마지막으로 두발이 벗겨진다. 그때쯤이면 시신은 거의 적갈색으로 변하기 십상이다.

하지만 부패의 진행 속도는 계절마다 다르다. 더운 여름이 부패 속도가 가장 빠른데, 여름의 1일은 봄가을의 3일에 맞먹고, 겨울의 5일과 엇비슷하다. 하지만 계절마다 기온이 달라 똑같이 적용할 수 없다. 또한 시신에 따라 부패 속도도 달라 시간과 부패 사이에는 일관된 원칙이 성립되지 않는다. 뚱뚱하고 젊은 사람은 쉽게 부패하고 문드러지기 쉬우나 마르고 늙은 사람은 쉽게 부패하거나 잘 문드러지지도 않는다.

"아무리 봐도 자액이지? 홍규 자네 생각은 어때? 자액 맞지?"

황판수는 어떻게 해서든 자액(自縊), 즉 스스로 목을 매어 죽은 것으로 몰고 가겠다는 의지가 역력했다. 자살이라면 그저 연고자를 찾아서 시신을 전달하면 끝이었다. 혹 연고자를 찾지 못하면 며칠 검안소에 두었다가 적당한 곳에 버리면 되었다. 겨울이라 파묻기도 마땅치 않아 적당한 장소에 버려두었다가 날이 풀리면 파묻는 것이다. 하지만 타살이라면 문제가 달랐다. 검안소에 시신을 잘 보관했다가 시신이 부패하면 가매장하고 가매장한 뒤에는 사건이 종결될 때까지 관리해야 했다. 게다가 용의자를 색출하고 살인자를 찾아내는 지난한 과정을 거쳐야만 비로소 종결될 것이니, 황판수뿐 아니라 포청 소속이라면 누구나 바라는 결론은 자살이었다.

자살인지 타살인지 결정하는 가장 중요한 요인은 시신에 나타나는 반점과 선, 즉 시반의 색깔이었다. 도구를 사용하여 살해한 경우 상흔은 푸른색이나 붉은색을 띤다. 구타가 없는 경우에는 그저 전체적으로 시신이 검은빛을 띤다. 하지만 상흔은 위장될 수도 있다. 죽인 뒤 상흔에 갯버들 껍질을 붙여두면 상흔 안이 빨리 짓무르고 상하여 상흔이 검은색으로 변한다. 그런 까닭에 비록 검은색 상흔이라 하더라도 손으로 만져보아서 부어오르거나 단단하지 않고 짓물렀다면 위장의 흔적으로 보아야 한다. 이외에도 자살로 위장한 타살이 얼마든지 있을 수 있다. 그렇기 때문에 자살인지 타살인지는 쉽게 결정할 사안이 아니었다.

오유진은 포청 화사 김창수가 그려놓은 현장 상황을 면밀히 살폈다. 시신을 내리기 전에 나무에 매달려 있던 상태로 김창수가 여러 방향에서 자세히 그려놓았다. 현장 그림들을 찬찬히 살피던 오유진은 김창수와 박홍규를 대동하고 현장으로 갔다.

그들이 목을 맨 나무는 수령이 족히 100년은 되어 보이는 밤나무였다. 밤나무의 가장 아래쪽 가지가 팔을 벌리듯 양쪽으로 뻗어 있었는데, 그중 한쪽에 그들이 매달렸던 광목 끈이 그대로 걸려 있었다. 남편은 가지가 약간 굵은 안쪽에, 아내는 가지가 다소 얇은 바깥쪽에 매달려 있었다고 했다. 지면에서 가지까지의 높이는 일곱 자 두 치, 시신이 매달려 있던 지점 아래쪽에 그들이 발판으로 삼았을 것으로 보이는 두 자 세 치 높이의 나무둥치 하나가 뒹굴고 있었다. 발판이 하나인 것으로 보아 한 사람이 먼저 목을 매고 난 다음에 다른 한 사람이 목을 맨 듯했다. 남편이 매달려 있던 안쪽 가까운 곳에 발판이 넘어져 있는 것을 보면 목을 먼저 맨 쪽은 아내이고 남편은 아내가 발판으로 삼았던 것을 옮겨서 목을 맨 뒤 발로 발판을 넘어뜨렸다는 의미였다.

목을 맨 장소나 목을 맨 광목의 길이, 발판으로 삼은 나무둥치가 모두 자살이라 말하고 있었다. 타살 후 자살로 조작한 조액사(弔縊死)라면 광목이 느슨하게 늘어져 있어야 했지만 김창수의 현장 그림에는 목을 맨 광목이 팽팽하게 당겨져 있었다. 김창수는 그림에 나뭇가지의 높이, 시신의 길이, 광목의 길이, 광목 끈의 탄성 등을 자세하게 기록해놓았다. 시신이 매달려 있을 당시 막대로 줄을 두드려보았는데, 탄성이 단단했다고 덧붙여져 있었다.

"혹 빠진 기록이 있습니까?"

김창수는 자신의 그림을 세세하게 설명하며 그렇게 덧붙였다. 김창수의 현장 그림은 빈틈없었다.

오유진은 박홍규에게 나무에 묶인 광목을 풀어내라고 했다. 박홍규는 쓰러져 있던 나무등치를 세워 광목 끈을 가지에서 잘라냈다. 끈이 꽁꽁 언 탓에 풀지 못해 어쩔 수 없이 잘랐던 것이다. 그리고 광목을 잘라낸 나뭇가지 주변의 눈을 닦아냈다. 광목이 묶여 있던 가지의 나무껍질은 말짱한 편이었다. 매달린 상태에서 별다른 요동이 없었다는 뜻이었다.

"아무리 자액이라도 이렇게 요동친 흔적이 없을 수 없지 않나?"

"겨울이라서 흔적이 적게 남긴 하지만, 그래도 흔적이 너무 없는데요. 마치 죽은 사람을 매단 것 같네요. 아무래도 상흔을 좀더 면밀히 조사해봐야 하지 않을까요?"

오유진이 박홍규와 그런 말을 나누고 있는 동안 김창수는 가지를 면밀히 살핀 뒤 광목이 묶여 있던 곳의 흔적들을 그림으로 그렸다.

현장 확인을 끝낸 오유진은 다시 초가로 돌아와 시신을 살폈다. 시신은 겨우 하루 전에 죽은 것처럼 말끔했다. 사망자가 모두 늙은데다 워낙 마른 체형이었고 혹한에다 눈까지 내린 터라 시신은 약간 부은 상태에서 얼어버렸던 것이다.

박홍규는 나졸 둘과 함께 시신을 부엌 옆에 딸린 작은방으로 옮겼다. 시신의 상태를 좀더 자세히 살펴볼 요량이었다. 그 방은 이미 덥혀진 상태라 꽁꽁 얼었던 시신이 조금씩 녹았다. 그 바람에 작은방에 물이 흥건히 고였다. 박홍규는 연신 시신 주변의 물을 닦았다. 그리고 시신이 완전히 녹자 박홍규는 술지게미와 초, 매실 과육으로 만든 액체를 시신의 목에 발랐다.

"어허, 이러다 오늘 여기서 밤새겠네."

눈살을 찌푸리며 박홍규의 모습을 쳐다보던 황판수가 불만 섞인 음성을 쏟아냈다. 그는 진작부터 내려갈 준비를 하고 있었다. 이미 땅거미가 지고 있었고 순식간에 어둠이 내릴 판이었다.

"인왕산에 호랑이가 나온다는 소릴 듣지도 못했소? 어서어서 내려갑시다."

그의 말대로 밤이 되기 전에 마을로 내려가야 했다. 하지만 시신만 덩그러니 버려두고 갈 수는 없었다. 그렇다고 시신을 메고 내려갈 상황도 아니었다.

"황 사령은 다들 데리고 내려가시오. 오늘 홍규하고 내가 여길 지킬 테니 어두워지기 전에 빨리 가고, 내일 시신을 옮겨야 하니 차비노 여럿을 데리고 아침에 오시오."

그 말이 채 끝나기도 전에 황판수는 몸을 돌려 걸음을 재촉했다. 가막과 대치, 김창수가 잰걸음으로 뒤따랐다.

황판수가 내려간 지 반시진쯤 지나자 어둠이 완전히 내려앉았다. 그때 박홍규는 목에 바른 액체를 걷어내고 감초로 그 주변을 닦아냈다.

"나리, 이것 보십시오. 광목의 두께와 목에 나타난 시반의 두께가 너무 차이가 납니다."

"좀 지나칠 만큼 시반이 두껍게 형성됐어. 하지만 시반이 붉은색인 것으로 봐서 살해한 뒤에 매단 것 같지는 않네만."

살해한 뒤 죽은 상태에서 시신을 매달았다면 시반 색깔이 흰색으로 나타나야 했다.

"하지만 만약 살아 있는 상태에서 매달았다면 나뭇가지가 그렇게 말짱했을 리 없지 않은가?"

"그렇습죠. 나무에 매달린 채로 마구 요동쳤다면 껍질이 벗겨지면서 가지에 넓게 흔적이 남아 있어야 정상입죠."

"그런데 만약 죽은 상태로 매달았다면 광목 끈이 그렇게 팽팽하게 당겨져 있었을 리가 없지 않은가?"

"그건 또 그렇습죠. 그런데 이상한 건 그 정도로 광목이 팽팽하게 되려면 매달린 채로 어느 정도 요동을 쳐야만 하지 않았을까요? 그리고 요동을 쳤다면 나뭇가지에 그토록 흔적이 없을 수 없는 노릇이고……"

"혹 누군가가 시신과 함께 매달렸다면 어떤가? 말하자면 자살을 가장하기 위해 끈을 팽팽하게 만들려는 의도로 말일세."

"그렇게까지 했다면 검시에 대해 잘 아는 자의 소행이란 말씀이신가요?"

"그렇지. 검시에 대해 잘 아는 자라면 그렇게 해서 액사를 조작할 수도 있겠지."

하지만 여전히 목에 나타난 시반이 붉은색을 띠고 있는 것은 잘 설명이 되지 않았다. 그래서 오유진은 다음날 시신을 검안소에 옮겨놓고 도움을 청하기 위해 형조참의를 지낸 정약용을 찾아갔다.

정약용은 당대의 천재로 소문난 인물로서 의학에 밝을 뿐 아니라 검시에도 매우 조예가 깊었다. 오유진은 정약용이 곡산부사로 있을 때 그 밑에서 1년간 군관으로 근무한 적이 있었다. 당시 정약용은 몇 건의 살인사건을 해결했는데, 시신만 보고도 살인 도구는 물론이고 살인에 얽힌 내막을 척척 알아내는 것이 너무나도 신기했다. 그래서 한성부로 온 후에도 몇 건의 살인사건에 대해 자문을 구한 적이 있었는데, 그때마다 귀신같이 해결책을 알려주고는 했다.

"혹 시반이 지나치게 두꺼운가?"

오유진의 말을 경청한 후 정약용은 그렇게 물었다.

"소인도 그 점 때문에 타살을 의심하는 것입니다."

"목을 맨 나뭇가지에 요동친 흔적은 있던가?"

"거의 없었습니다."

그 말을 듣고 정약용은 뭔가 알았다는 표정을 지은 뒤 책상을 뒤지더니 주머니 하나를 집어들었다.

"검안소로 가세. 자살인지 타살인지 확인해보세."

검안소에 도착한 정약용은 김창수가 그려놓은 현장 그림을 꼼꼼히 살폈다.

"자네 말대로 자살로 위장한 타살일 가능성이 높구먼."

정약용은 주머니 속에서 목탄가루를 꺼내 물과 섞은 뒤 시신의 목에 발랐다. 그리고 일각쯤 지나고 나서 헝겊에 식초를 묻혀 시신의 목을 닦아냈다. 그러자 시신의 목에 나타났던 시반의 색깔이 옅은 분홍색으로 변했다.

"이것은 액사를 조작한 타살의 증좌일세."

정약용이 분홍빛을 띠는 시반을 손으로 가리키며 말했다.

"어째서 그렇습니까?"

오유진은 신기한 듯 몇 번이나 시반을 쳐다보며 물었다.

"송나라의 기록 중에 비슷한 살인사건이 하나 있었네. 광목으로 목을 졸라 타살한 뒤에 목 졸린 부위를 불로 지져 시반을 조작한 사건이었네. 시반을 붉은색으로 조작하면 검시관은 자살한 것으로 오인하기 십상이지. 그런데 시반을 불로 지져 타살의 흔적을 지우려면 시반이 두꺼워질 수밖에 없네. 목 졸린 흔적을 지우고 시반의 모양을 단조롭게 만들기 위해선 어쩔 수 없는 것이지. 하지만 목탄 가루를 바른 뒤 식초로 닦아내면 불로 지질 때 묻은 목탄 성분도 함께 지워지지. 그래서 붉은 시반은 흰색과 섞여 옅은 분홍으로 바뀌는 것이지."

"그러니까 시반이 분홍색으로 변한다면 타살한 뒤 교묘하게 액사로 위장한 것이란 말씀이군요."

"그렇지. 범인은 검시에 관해 해박한 지식을 가진 자네. 또 피살자가 전혀 저항하지 않은 것으로 봐서 범인은 분명 면식범일 걸세. 알지도 못하는 자에게 끌려가서 이렇게 순순히 죽는 경우는 없기 때문이지. 그것도 두 사람이나."

그렇게 타살의 정황을 확인한 오유진은 본격적으로 탐문에 나섰다. 하지만 지작소 부근에는 인가도 없고 인적도 드물었다. 탐문을 하려 해도 마땅히 물어볼 대상도 없었고 누가 다녀갔는지 알 길도 없었다. 사실 그곳에 지작소가 있었다는 사실을 아는 사람도 거의 없었다.

시신을 발견한 여승 정목의 말에 따르면, 그곳에 지작소가 생긴 것은 4년 전쯤이다. 하지만 그녀가 아는 것은 그것이 전부였다. 가끔 마을에 내려갈 때면 지작인 부부와 목례만 주고받았을 뿐 말을 붙여본 적은 많지 않았다고 했다.

결국 수사는 미궁에 빠지고 말았다. 보름 동안 아랫마을을 탐문했지만 건진 것은 별로 없었다. 마을 사람들도 노가 부부에 대해서 모르기는 매한가지였다.

오유진은 다시 한번 지작소를 살펴보기로 했다. 아무것도 풀리지 않을 때는 사건 현장에서 다시 시작하는 것이 수사의 기본이었다. 하지만 지작소에서는 별다른 단서를 발견하지 못했다. 지작소 다음에는 노가 부부가 살았던 초가를 다시 뒤졌다. 역시 허탕이었다. 다만 노가가 만든 것으로 보이는 한지 조각 하나와 마당에 널브러져 있던 삼대 몇 개 정도가 수확이라면 수확이었다.

오유진은 삼대와 한지 조각을 들고 창의문 밖에 있는 조지서(한지 만드는 관청)를 찾아갔다. 그곳 지작장이 중에 나이가 가장 많고 기술이 좋은 김청안을 만나기 위해서였다. 김청안은 장안에서도 소문난 지작 장인이었다.

"혹 옥류동 지작장이 노가를 아십니까?"

오유진은 김청안을 보자마자 그렇게 물었다.

"내가 지작장이로 머리에 서리가 앉은 지 벌써 십수 년인데, 옥류동 노가라는 지작장이는 들어본 적이 없소."

그래서 오유진은 김창수가 그린 노가의 상반신 모습을 보여주었으나 김청안은 여전히 고개를 가로저었다.

"처음 보는 얼굴이오. 근동의 지작장이라면 내가 모르는 사람이 없는데, 이 얼굴은 처음 보오."

그쯤에서 오유진은 노가가 만든 한지 조각을 내밀었다. 김청안은 실눈을 가늘게 뜨고 한지 조각을 살폈다.

"그런데 이 물건 좀 특이하네. 보통 한지와 달리 두 겹으로 만들었어."

김청안은 종이를 조금 찢어낸 뒤 엄지와 검지 사이에 넣고 한참 동안 문질렀다.

"역시 내 생각이 맞았네. 이 종이는 일반 한지와 다른 방식으로 제작된 거요."

"다른 방식이라면……"

"이것은 지작장이들만 아는 일이라 자세히 설명해도 모를 테니, 그냥 결과만 갖고 말하겠소. 그러니까 이 종이는 초장을 만든 다음에 다시 다른 초장과 덧붙여 만든 것이오. 그런데 초장 두 장을 덧붙이면 한지가 울어서 표면이 울퉁불퉁하게 될 수 있소. 그래서 두 장을 덧붙일 때 특별한 물질을 넣었소. 덕분에 한지가 울지도 않고 표면이 매끈하고 단단해진 것이오. 참 기발한 방법이오. 어떻게 이런 생각을 했지?"

김청안은 너무 특별한 종이라면서 연신 감탄사를 쏟아냈다. 하지만 오유진은 종이의 질보다는 다른 것에 관심을 가졌다.

"한지 사이에 특별한 물질을 넣었다 했습니까? 그게 뭡니까?"

"왜 이렇게 제작했는지는 모르겠지만, 초장과 초장 사이에 뭔가를 넣어 다시 붙여 완성한 것이오. 보시오. 종이를 찢어 손으로 문지르니까 손이 은색이 되지 않소. 내 생각에 이 물질은 은홍이 아닌가 싶소."

"은홍이라면 수은 말이오?"

그렇게 묻고 나서 오유진은 김청안이 대답도 하기 전에 연이어 물었다.

"그렇다면 수은은 왜 넣은 것입니까?"

김청안도 고개를 갸웃거렸다.

"그건 나도 잘 모르겠소. 은홍은 대부분 청나라에서 수입하는 것이라 값도 꽤 나가는데, 왜 은홍까지 넣어서 이렇게 특별한 한지를 만들었는지는 이해가 되지 않소. 그리고 또 특이한 게 있는데, 아마도 이 한지는 닥을 적게 쓰고 대신 삼을 많이 쓴 것 같소. 그러니까 닥나무 껍질은 줄이고 대신 삼대를 넣어 만들었다는 말이오."

"종이 만드는 데 삼대를 쓰기도 합니까?"

"요즘엔 잘 쓰지 않는데, 닥이 부족할 땐 삼으로 종이를 만들던 시절도 있었으니까. 하지만 삼을 많이 넣으면 종이가 잘 찢어지오. 그런데 이 종이는 잘 찢어지지도 않소. 말하자면 은홍을 넣어 잘 찢어지는 문제점을 해결했다는 것인데, 참으로 기발한 방법이오."

김청안은 여전히 지작법에만 관심을 두었다.

"또 뭐 특별한 건 없습니까?"

"다 알아내려면 이 종이를 물에 다시 풀어봐야 하오. 하지만 조각이 하나뿐이라 한계가 있소. 또다른 물질이 쓰였을 수도 있는데…… 어쨌든 나도 궁금하니 한번 자세히 살펴보리다. 3일 뒤쯤 오시오. 그때쯤이면 다 풀어져서 성분을 확인할 수 있을 것이오. 거참 아무리 생각해도 신기하네……"

그러면서 한지를 다시 요모조모 살피던 김청안이 덧붙여 말했다.

"그 노가란 자의 지작소에 다른 물건들이 있으면 죄다 가져와보시오. 혹 거기에 또다른 단서가 있을 수도 있으니까."

오유진은 그 말을 듣고 수하 둘을 시켜 노가의 지작소 주변을 살살이 뒤져 잡동사니라도 좋으니 눈에 띄는 것은 다 가져오라고 했다. 수하들은 아무리 찾아도 특별한 것은 없었다며 잡동사니를 담은 함지만 내밀었다.

며칠 뒤 오유진이 그것을 들고 김청안을 다시 찾아가자 그는 함지 속에 든 물건들을 하나씩 끄집어내며 살피기 시작했다.

"허, 이걸로 도대체 뭘 했던 거지?"

김청안은 오얏 씨앗처럼 생긴 것들을 손바닥에 몇 개 올려놓고 이해할 수 없다는 표정을 지었다.

"그게 뭡니까?"

"말라비틀어지긴 했지만, 이건 분명히 앵속씨요."

"앵속이라면 양귀비 말입니까?"

"그렇소."

"앵속도 종이 만드는 데 쓰이는 겁니까?"

"앵속을 종이 제작에 쓰는 경우는 없는데…… 지난번에 가져다준 한지 조각을 녹여봤더니 거기에도 알지 못할 가루가 섞여 있었소. 이제 보니 그게 앵속가루였군. 그런데 왜 앵속가루를 섞었는지 도저히 모르겠소."

김청안은 함지 속에서 또다른 것들을 찾아냈다.

"이것은 대마씨와 대마잎이오."

"대마라면 삼 말입니까?"

"그렇소. 앵속씨와 함께 대마씨, 대마잎도 갈아서 넣었다는 것인데, 이 역시 무슨 의도인지 알 수가 없소. 내 지작장이 노릇 벌써

40년이지만 종이 만드는 데 대마씨와 대마잎을 갈아넣는다는 말
은 들어본 적이 없소. 거참 별일일세."

　김청안에게 들을 수 있는 말은 그것이 전부였다. 하지만 소득이
전혀 없는 것은 아니었다. 노가가 종이를 제작하면서 앵속과 대마,
은홍을 썼다면 필시 그것들을 공급한 곳이 있을 터. 그 공급처를
집중 탐문하면 작은 단서라도 잡을 수 있지 않을까 싶었던 것이다.

한밤에 만난 임금

통행금지를 알리는 인정(人定)도 한참 지난 시간이었다. 정약용은 주상이 보낸 예문관봉교(정칠품) 박종직의 안내를 받으며 창덕궁 후원에 자리잡은 개유와로 향했다. 오랜만에 개유와로 향하는 정약용은 전에 없이 향수에 젖었다.

개유와는 주상의 서재이자 휴식처였다. 주상은 즉위 초에 개유와를 설치하고 틈만 나면 그곳에서 책을 읽었다. 때로는 학문에 밝은 관원들을 불러 토론의 장을 마련하기도 했다. 정약용은 성균관 시절부터 여러 차례 그곳에 불려가 주상의 각별한 지도를 받았다.

정약용이 성균관(태학)에 입학한 것은 주상 재위 7년인 계묘년(1783) 봄으로 그의 나이 스물두 살 때였다. 그가 소과 준비를 시작한 것이 열여섯 살 때인 정유년(1777)이었으니 시험 준비 6년 만에 이룬 성과였다.

당시 아버지 정재원은 채제공의 천거로 관직에 막 오른 상태였다. 정약용의 집안은 남인을 대표하는 가문 중 하나로 '팔대옥당'이라 불리는 명문가였다. 팔대옥당은 압해 정씨 선조 중 여덟 명이 내리 옥당, 즉 홍문관 관원 출신이었음을 자부하는 별호였다. 홍문관은 사헌부, 사간원과 함께 언론 삼사로 불렸는데, 이들 삼사 중 가장 추앙받는 으뜸 관아이기도 했다. 사헌부와 사간원이 감찰과 언론 기관에만 한정된 데 반해, 학문을 겸해야 들어갈 수 있는 홍문관은 임금의 자문 역할까지 수행했기 때문이다.

정재원은 팔대옥당으로 불리는 가문 출신이었지만 주상이 즉위하기 전까지 관직은 꿈도 꾸지 않았다. 숙종 재위 연간에 일어난 갑술환국(1694) 이후 남인이 정계에서 완전히 밀려나자 정약용의 5대조 정시윤은 가솔을 이끌고 벽촌으로 숨었다. 정시윤이 은거지로 선택한 곳은 북한강과 남한강이 합수되고, 동시에 경안천이 흘러들어오는 아름다운 풍광의 마을인 경기도 양주의 마재(마현)였다. 정시윤은 그곳에서 여생을 보내며 후손을 가르쳤다. 이후 정시윤의 후손은 학문은 하되, 벼슬길은 넘보지 않는 삶을 이어갔다.

하지만 정약용의 아버지 정재원에 이르러 세상이 달라지기 시작했다. 영조가 왕위에 올라 탕평을 명분으로 재야에 흩어져 있던 남인 명문가 인물을 조정으로 불러들였기 때문이다. 탕평의 손길은 팔대옥당으로 유명했던 정약용 집안에도 미쳤다. 정재원은 영조 38년(1762)에 소과에 합격하여 생원이 되었고 영조는 정재원에게 종구품 능참봉 벼슬을 내렸다.

그러나 당시 세상은 어수선했다. 노론은 장헌세자에 대해 매우 비판적이었고 세간에는 장헌세자가 함부로 사람을 죽인다는 흉흉한 소문이 나돌았다. 그리하여 정재원은 벼슬을 마다하고 마재로 돌아갔다.

그로부터 14년이 흐른 금상 즉위년(1776)에 정재원은 채제공의 천거로 정육품 형조좌랑 벼슬을 얻었다. 대과에 합격해도 종육품 벼슬밖에 받지 못하는데 정육품, 그것도 육조의 꽃이라는 전랑직에 발탁된 것은 그야말로 파격적인 인사였다. 그만큼 정조는 정재원 가문을 높이 평가했던 것이다.

정재원은 마흔일곱 살의 나이로 중앙 관직을 맡아 마재의 향촌 생활을 접고 한양으로 이사했다. 5대조 정시윤이 한양을 떠나고 무려 80여 년 만의 상경이었으니 가슴 벅찬 일이 아닐 수 없었다. 정재원은 한양에 전세를 얻어 생활 터전을 마련하고 마재에 남아 있던 가솔을 모두 한양으로 불러올렸다. 정약용도 이때 아버지를 따라 한양에 입성했다. 그리고 아버지 정재원이 화순현감으로 임명받아 부임할 때 그도 화순으로 따라가 소과 준비를 했다.

정약용이 주상을 처음 대면한 것은 성균관 입학 직후였다. 그때 주상은 성균관 유생들에게 직접 과제를 내고 답변서를 제출하게 했는데, 첫 평가에서 정약용이 일등을 하여 주상을 배알하게 되었던 것이다. 정약용은 주상이 출제하는 시험에서 여러 차례 좋은 성적을 거두어 총애를 받았는데, 안타깝게도 대과의 운은 따르지 않았다. 주상이 그 점을 안타깝게 여기던 차에 다행히 기유년(1789) 봄에 스물여덟 살의 나이로 대과에 합격했다. 그리고 경술년(1790)에는 예문관 검열이 되어 주상의 근시(近侍)가 되었고 이후 사헌부, 사간원을 거쳐 홍문관수찬(정오품)에 오르면서 팔대옥당 가문의 명성을 이었다.

그 시절 정약용은 개유와를 시도 때도 없이 드나들었다. 주상은 그의 학문을 높이 평가하여 때로는 제자처럼, 때로는 벗처럼 대하며 학문을 논했고 정약용은 주상을 스승으로 떠받들며 따르고 존경했다.

창덕궁 후원으로 접어들자 개유와의 불빛이 눈에 들어왔다. 개유와 앞에는 횃불이 활활 타오르고 있었고 내금위 병사들은 주변을 에워싼 채 경계하고 있었다. 주상이 갑자기 무슨 일로 입궁하라고 했는지 알 수 없었지만 정약용은 마음이 복잡 미묘했다. 벼슬을 버리고 낙향하겠다는 상소를 올린 것이 두 달 전이었다. 이후 주상은 그를 전혀 찾지 않았다. 그러다 아무런 언질도 없이 이렇듯 급작스럽게, 그것도 늦은 밤에 불러들이는 것이 꺼림칙하면서도 벅찼다.

"혹 전하께서 무슨 일로 부르시는지 언질이 있었는가?"

정약용은 박종직에게 궁금증을 드러냈지만 박종직은 아는 것이 없는 모양이었다.

"저는 그저 승지 어른을 모셔오라는 분부만 받았을 뿐입니다."

박종직은 말이 많지 않은 자였다. 그는 임금의 근시로서는 유례없이 오랫동안 예문관 벼슬을 하고 있었지만 임금의 총애를 받는 것도, 능력이 탁월한 것도 아니었다. 게다가 한미한 가문 출신인데다 어느 붕당에도 속하지 못해 줄도 없는 처지였다. 그가 가진 최고의 덕목은 충직함과 무거운 입이었고 주상도 그 점을 높이 평가하여 무려 5년이나 곁에 두고 있었다.

"알았네."

주상은 개유와에서 용대초를 훤히 밝혀두고 정약용을 기다리고 있었다. 정약용이 개유와에 들어서자 주상은 반가운 표정으로 맞이했다.

"어서 오게, 약용. 그동안 잘 지냈는가?"

정약용은 주상의 따뜻한 말투에 왈칵 눈물을 쏟을 뻔했다. 주상을 마지막으로 만난 것이 작년 12월이었으니 벌써 석 달 전이었다. 이미 겨울이 지나 봄기운이 무르익는 음력 3월이었다. 그동안 정약용은 이가환을 비롯한 남인의 중역을 만나며 앞날에 대한 논의와 염려에 여념이 없었다. 벽파의 거센 공격에 남인은 한 치 앞을 내다볼 수 없는 신세였다. 기실 정약용도 그 소용돌이에 휘말려 사직을 청하고 낙향을 준비하고 있었다. 이미 아내와 자식들은 고향으로 내려보낸 뒤였다.

남인에 대한 벽파의 공격이야 일상사였지만 기미년(1799) 봄에 정약용이 호조참판 벼슬을 받고 영위사가 되어 황주를 감찰할 때부터는 그 기세가 한층 과격해졌다. 당시 정약용은 황주에 50여 일 머물면서 은밀히 주상의 밀지를 받아 황해도 수령들을 감찰하고 사신 접대로 인한 여러 폐단을 조사하여 보고했다. 그 과정에서 수령의 과오를 덮기 위해 아전을 죽여 자살로 위장한 사건을 밝힌 일이 있었는데, 그 사건 이후 그를 공격하는 자들이 훨씬 많아졌다. 사실 그 사건은 수령 한 사람만이 아니라 중앙의 여러 고위 관직이 줄줄이 연루되어 있었다. 그렇기에 정약용은 그 사건을 조사하는 과정에서 여러 차례 탄핵을 당했다.

정약용을 탄핵한 자들의 중심에는 벽파가 있었으나 때로는 시파와 벽파를 가리지 않았고, 노론과 소론도 가리지 않았으며, 일부 남인까지 동조했다. 그런데도 정약용은 은밀히 주상과 연통하여 사건의 내막을 철저히 밝히고자 했다. 그러자 소론 계통의 판서 한 사람이 수하를 통해 편지를 전하며 다음과 같이 경고했다.

여보게, 미용. 자네 조심해야겠네. 자네가 주상과 은밀히 연통하고 있다는 사실을 알고 있는 자들이 한두 사람이 아닐세. 옥당에서는 아예 자네를 제거할 마음까지 품고 있네. 옥당에서 자네 주변에 아전과 차비노 들을 붙여 매일같이 엿보고 있음을 모르는가. 옥당의 관원뿐이 아닐세. 규장각과 사헌부, 사간원에서도 자네를 노리고 있네. 장차 이 일을 어떻게 감당하려고 그러는가?

정약용이 그 서찰을 받고 주상에게 조정 돌아가는 형편을 은밀히 아뢰자 주상은 그를 한양으로 소환하고 형조참의 벼슬을 내렸다. 심지어 형조판서 조상진에게 이런 말까지 하며 그에게 힘을 실어주었다.

"경은 이제 늙었네. 참의는 나이가 젊고 매우 총명하니, 경은 마땅히 베개를 높이 베고 쉬면서 모든 일을 참의에게 넘기도록 하라."

조상진은 주상의 유시를 듣고 자신이 맡고 있던 범죄사건과 판

결을 앞두고 있던 상소사건을 모두 정약용에게 위임했다. 덕분에 정약용은 황주 아전 살인사건을 본격적으로 파헤칠 수 있었다. 그뿐 아니라 황해도 지역의 여러 둔전에서 생산된 곡식과 채소가 중앙 권력자의 곳간을 채우고 있다는 사실을 알아내고 그들 중앙 권력자가 누구인지 밝히기 시작했다.

그 무렵부터 홍문관, 사헌부, 사간원을 가리지 않고 날마다 정약용을 공격하는 탄핵 상소가 잇따랐다. 하지만 주상이 정약용을 철저히 감싸고도는 바람에 정약용을 공격했던 언관들이 번번이 쫓겨났다. 그러자 이번에는 정약용이 아니라 그의 둘째 형 정약전을 공격하기 시작했다. 먼저 사간원에서 정약용의 형 정약전이 사교집단인 천주교도라고 떠들어댔다. 사간원에 이어 사헌부에서는 정약전이 사교의 무리와 어울렸다면 관직을 삭탈해야 한다고 한층 강한 상소를 올렸다.

정약용은 천주교라는 말만 들어도 골치가 지끈거렸고 바늘로 쿡쿡 찌르듯이 명치끝이 아렸다. 천주교는 정약용이 빠져나올 수 없는 깊고 깊은 늪이었다. 조선에 천주교를 들여온 세력이 그가 속한 남인이었고 신해년(1791) 진산사건으로 사형된 천주교도 윤지충과 권상연 모두 그의 일가붙이였다. 게다가 천주교를 조선 땅에 처음 전파한 이벽은 큰형 정약현의 처남이었고 조선인 최초로 영세를 받은 이승훈도 그의 매형이었다. 그들 외에도 천주교의 핵심 인물이 모두 그의 지인, 스승, 친우였다. 설상가상으로 그 무렵 셋째 형 정약종이 천주교에 입교한 상태였다. 그는 그야말로 천주교도의 숲에 완전히 갇힌 꼴이었다.

정약용은 천주교와 관련된 사건이 일어날 때마다 크나큰 피해를 보아야만 했다. 특히 을묘년(1795)에 청나라 신부 주문모 밀입국 사건이 터졌을 때는 정삼품 당상관인 승정원승지에서 충청도 금정의 종육품 찰방으로 좌천되기도 했다. 다행히 찰방으로 재직하면서 천주교도들을 색출하고 교화한 공을 인정받아 황해도 곡산부사로 영전했고, 기미년에는 영위사에, 이어 형조참의에 임명되어 한양으로 돌아왔다. 하지만 그가 한양으로 돌아오자마자 벽파는 그의 형인 정약전과 정약종을 천주교도로 몰아세웠다. 물론 정약용의 벼슬을 박탈하기 위한 술책이었다.

정약전이 천주교도라고 탄핵하는 상소가 올라오자 관직에 있던 정약전은 직무를 일시 내려놓았다. 하지만 정약용은 그 사실을 모르고 형조에 등청했다. 가족이 탄핵되어 직무 정지가 되면 벼슬에 있는 다른 가족도 등청하지 말아야 했지만 정약용은 정약전이 탄핵된 사실조차 모르고 있었다. 사간원에서 이를 다시 문제삼아 정약용을 공격했다.

정약용도 가만있지 않았다. 자신을 공격하는 것까지는 참을 수 있었으나 형들을 싸잡아서 공격하는 데는 분노를 금할 수 없었다. 정약용은 마침내 주상에게 사직 상소를 올렸다.

"삼가 생각건대 신은 벼슬길에 머물러서는 안 되었습니다. 조정에 나와 벼슬을 얻은 지 10년이 넘었고, 그사이 여러 관직을 두루 거치는 동안 단 하루도 마음 편할 날이 없었습니다."

그렇게 시작된 사직 상소에서 그는 벽파가 형들을 거론하여 죄인으로 몰아간 것에 대한 분노를 이런 말로 항변했다.

"신에 대해 여러 말을 하는 것은 참을 수 있습니다. 그러나 신의 형은 참으로 무슨 죄가 있습니까? 그의 죄는 오직 저같이 불초하고 볼품없는 자의 형이란 것뿐입니다. 형이 벼슬길에 나선 지 10년이 되었으나 눈에 띄는 자리에 있은 적이 없고, 그 이름 석 자도 조정에 알린 적이 없습니다. 그런데 어찌하여 이다지도 형을 공격한단 말입니까?"

벽파가 그토록 정약용을 쫓아내려고 혈안이 된 이유는 명확했다. 정약용은 남인을 재건한 채제공을 이어 남인의 영수가 될 재목이었다. 주상도 정약용이 남인의 미래를 짊어질 재목이라고 보고 그를 적극적으로 보호했다. 그들이 이를 모를 리 없었고 어떻게 해서든 정약용을 무너뜨려 이번 참에 남인을 조정에서 완전히 몰아내려는 심산이었다. 정약용도 그 점을 모르지 않았지만 자기 때문에 형들이 그들의 먹잇감이 되는 것을 두고 볼 수 없어 사직을 청하고 낙향을 결정했던 것이다.

하지만 정약용이 사직하자 벽파의 공격은 오히려 더 거세졌다. 주상도 그의 사직 상소에 대해 적이 실망스러워했고 이를 간파한 벽파는 이번 참에 아예 남인의 뿌리를 뽑아버릴 기세였다. 정약용은 그제야 자신이 성급했음을 깨달았지만 이미 때늦은 상태였다. 그래서 가족만 고향으로 돌려보내고 자신은 한양에 남아 뒷일을 수습하는 데 전력을 쏟았다. 그러면서 은근히 주상이 다시 불러주기를 기다렸지만 주상은 지난 두 달 동안 정약용은 물론이고 남인 인사는 아무도 가까이하지 않았다. 그렇기에 정약용은 은근히 섭섭한 마음을 가지고 있었다.

"전하, 그간의 불충을 용서하소서."

정약용이 말한 불충이란 마음속에 품었던 그런 섭섭함을 의미했다. 그 섭섭함에는 주상에게 버림받았다는 일말의 배신감도 자리하고 있었다.

사실 주상과 남인은 각별한 관계였다. 남인은 갑술환국으로 완전히 정계에서 밀려난 상태였고 설상가상으로 무신년(1728) 이인좌의 난으로 정치적으로 멸절된 당파였다. 이후 영조의 탕평책 덕분에 가까스로 실낱같은 명맥을 되살렸지만 바람 앞의 등불 같은 신세였다. 그런 남인을 부활시킨 장본인이 바로 주상이었으니 남인은 주상이 키운 당파라고 해도 지나친 말이 아니었다. 노론과 소론의 극렬한 반대에도 주상은 재위 12년(1788)에 남인의 영수 채제공을 기어코 정승의 반열에 올려놓았고 이후 몇 년 동안 채제공을 좌의정으로 삼아 영의정과 우의정 없는 독상으로 앉히기까지 했다. 또한 남인의 차기 영수로 지목된 이가환을 판서로 기용했으며 정약용을 비롯한 여러 남인 재목을 한림으로 발탁하여 근시로 삼았다. 노론과 소론이 합세하여 극력으로 남인의 성장을 저지하려 했지만 주상은 그때마다 지략을 발휘하고 왕권을 활용하여 기꺼이 남인의 바람막이가 되어주었다. 덕분에 남인은 주상이 보위에 오른 이후 날로 성장하여 숙종 대에 누리던 남인의 영화를 꿈꿀 지경에까지 이르렀다.

주상이 남인을 귀하게 여기는 것에 대해 작년 초에 작고한 번암 채제공은 평소에 이런 말을 했다.

"주상께서 우리 남인을 이토록 아끼시는 것은 진정한 탕평을 실현하시기 위함일세. 영조대왕께서 탕평책을 실시하셨으나 그때의 탕평은 서인에 뿌리를 둔 노론과 소론을 균등하게 등용하는 수준이었네. 주상께서는 세손 시절부터 진정한 탕평이란 노론과 소론만으로 되지 않는다고 하셨지. 노론, 소론 양당만으로 탕평을 하려하니 두 당의 힘만 키워줄 뿐 왕권은 흔적도 없이 사라지게 된다는 뜻이셨지. 그래서 우리 남인을 키우셨던 거네. 남인을 키워놓으니 노론과 소론이 더이상 너스레를 떨지 못하게 된 거지. 노론이 힘만 믿고 주상을 업신여기면 주상께서는 남인과 소론으로 조정을 운영하시고, 소론이 거드름을 피우면 남인과 노론으로 조정을 이끌고 가시니까 말이네. 그러니 주상께는 우리가 쓰기 좋은 보검인 셈이고, 우리에게는 주상이 안락한 칼집인 셈이지."

하지만 정약용은 채제공과는 견해가 조금 달랐다. 그는 남인은 주상의 보검이 아니라 주머니 속 단검에 불과할지도 모른다고 생각했다. 주상은 남인을 키워 노론과 소론을 견제하는 도구로 사용하기는 했으나 결코 보검이 될 정도로 갈고닦지는 않았다. 그저 주머니 속에 넣어두었다가 언제든지 꺼내서 노론과 소론을 위협하는 존재로 한정했던 것이다.

정약용은 한 번도 그런 내면을 드러낸 적이 없었다. 비록 마음속으로 품고 있었다 해도 그것은 근본적으로 주상에 대한 의심이었고 막상 쓰임이 다해 버려졌다는 생각에 이르자 그 의심은 다시 마음 한구석에서 배신감으로 변해가고 있었다. 그는 그 의심에 뿌리를 둔 배신감을 불충이라는 말로 대신했던 것이다.

"불충이라니, 그대가 무엇으로 불충을 행했단 말인가? 일어나

라. 내 그간 그대를 찾지 않은 것만 해도 미안한 일이다. 다시는 그 입에 불충 따위의 언사는 올리지 말라."

주상이 다가와 정약용의 두 손을 잡았다. 주상은 곧잘 그렇게 따뜻하게 다가왔다. 비록 벌을 내릴 때는 일말의 망설임도 없이 냉정했지만 뒤에서는 여러 차례 따뜻한 인정을 베풀었다. 주상은 그가 금정찰방으로 내려가 있을 때도 몇 번이나 내각 아전을 보내 마음을 위로하고 훗날을 기약하는 말을 전했다.

"내 이 야밤에 그대를 은밀히 부른 것은 긴한 일을 맡기기 위함일세."

정약용은 긴한 일이라는 말에 긴장한 눈빛으로 주상을 올려다보았다. 그가 관직생활을 한 이래 10년 동안 주상은 그에게 여러 일을 맡겼지만 단 한 번도 '긴한 일'이라는 표현을 한 적이 없었다. 정약용이 규장각 초계문신에 오른 이후 주상은 여러 차례 따로 불러 그에게 일을 시켰지만 그때도 여느 각신들에게 시키는 일인 양 명령을 내렸을 뿐이었다. 그런데 긴한 일을 맡긴다니, 이는 필시 그동안 겪어보지 못한 중대한 임무임이 분명했다.

"신이 할 수 있는 일이 있다면 무엇이든 하겠나이다. 하명만 하소서."

그 말을 들은 주상은 웬일인지 슬픈 눈으로 정약용을 내려다보았다. 정약용도 처음 보는 주상의 표정이었다. 주상이 감정을 드러내어 분노를 감추지 않고 불같이 화를 낸 적은 자주 있었지만 이렇게 슬픈 얼굴로 자신을 대한 적은 없었다.

"간밤에 정민시가 강변에서 시신으로 발견되었다."

정민시라면 동덕회 사인방 중 한 사람이었다. 동덕회 사인방은 세손 시절의 주상을 보호하고 무사히 왕위에 올린 즉위 공신으로 김종수, 서명선, 홍국영, 정민시를 일컬었다. 그들 중 맨 마지막까지 생존한 인물이 정민시였다. 그런데 그가 시신으로 발견되었다니! 병이 있어 요양중이라는 말은 들었지만 그의 죽음을 전하는 주상의 말투가 야릇했다. 시신으로 발견되었다는 것은 평범한 죽음이 아니라 뭔가 곡절을 품고 죽임을 당했음을 의미했기 때문이다.

정민시의 부고를 전하는 주상의 얼굴은 단순한 슬픔을 넘어 비통함 그 자체였다. 정약용은 주상이 정민시를 이토록 아끼는 줄 미처 알지 못했다. 주상은 스승인 채제공과 김종수의 부음을 접했을 때도 이렇게까지 슬퍼하지 않았다. 그런데 지금은 금세라도 울음을 터뜨릴 듯한 음울한 표정이었다.

"내가 민시에게 특별히 시킨 일이 있었는데, 그런 비보를 접하고 나니 믿을 수가 없구나. 약용 자네가 가서 민시의 사인을 조사하여 직접 검안서를 작성하여 올리도록 하라."

그 말끝에 주상은 긴 한숨과 안타까움을 매달았다. 그제야 정약용은 주상이 정민시의 죽음보다 정민시가 미처 완수하지 못한 임무 때문에 더욱 안타까워한다는 사실을 깨달았다. 도대체 주상이 내린 밀지가 무엇이기에 주상의 용안에 저런 슬픔과 안타까움, 고통이 아로새겨지는 것일까. 필시 그것은 나라의 안위와 관련된 매우 중대한 일임에 분명했다. 정약용은 그런 헤아림으로 주상의 명을 받들었다.

정약용은 궁궐을 나온 즉시 정민시의 시신이 안치된 남한강 변의 초가로 내달렸다. 촌각을 다투는 일이라 정약용은 금위군 별장이 모는 말에 함께 타야 했다. 그의 강한 채찍질과 거친 숨소리를 들으며 정약용도 그와 함께 엉덩이를 들썩이며 달렸다.

정민시는 몇 달 전에 사직을 청하고 병을 치료한다며 그곳으로 내려갔는데, 갑자기 부고가 날아들었던 것이다. 사인은 익사라고 했다.

열댓 칸 남짓한 초가로 되어 있는 정민시의 별저는 주상이 보낸 금위병들이 에워싸고 있었다. 정약용이 그들의 경계 어린 눈빛을 받으며 별저로 들어서자 금위병의 우두머리로 보이는 자가 다가와 말했다.

"소관은 내금위 별장 정시묵이라고 합니다. 시신은 안쪽에 안치되어 있습니다."

정약용은 정시묵의 안내를 받아 방안에 안치된 정민시의 시신 앞에 섰다. 정민시는 한때 정약용의 직속상관이었다.

기유년(1789) 봄 스물여덟 살의 늦은 나이로 대과에 합격한 정약용은 첫 벼슬로 희릉직장에 임명되었다. 희릉은 제11대 중종의 제1계비 장경왕후 윤씨의 능인데, 이를 관리하는 신분이었으니 바쁠 것 없는 한직이었다. 그해 겨울 정약용은 한강에 배다리를 놓는다는 말을 듣고 배다리 설계에 대한 의견을 주상에게 올렸다. 주상은 정약용이 제시한 설계안을 읽어보고 매우 뛰어난 내용이라며 주교사에 그를 예속시켜 배다리 제작을 돕게 했다. 이때 주교사의 책임자로 있던 인물이 바로 정민시였다. 그에 대한 명성은 익히 들어 알고 있었지만 그를 직접 대하고 함께 일을 하기는 처음이었다.

정민시는 주상의 즉위 공신 네 명 중 한 사람이었으나 권력에 욕심이 없었고 붕당에도 관여하지 않았다. 그는 오로지 주상을 섬기고 자신의 임무에 충실한 것을 필생의 업으로 아는 위인이었다. 그런 까닭에 여러 관직을 두루 거치고 오르지 않은 권좌가 별로 없었으나 늘 가난하게 살았다. 뇌물은 물론 친척이 아닌 자는 집안에 발을 들이지도 못하게 했다. 하지만 아랫사람에게는 너그럽고 인정 넘치는 상관이었다. 혹 관사에 기대치 않은 물건이 생기면 여지없이 아랫사람들에게 나누어주었다.

하지만 정민시에 대해 좋은 기억만 남아 있는 것은 아니었다. 정약용이 곡산부사로 있을 때 환곡과 관련하여 정민시와 의견을 달리한 일이 있었다. 정약용은 무오년(1798) 겨울에 환곡을 거두어들이고 창고의 곡식을 반출하지 못하게 했는데, 정민시는 이를 문제삼았다. 당시 조정에서는 환곡을 되팔도록 결정했고, 그래서 곡산에서도 7000석을 팔게 해야 한다고 주청했다. 하지만 정약용은 창고를 굳게 닫고 곡식을 팔지 않았다. 무오년은 보기 드물게 풍년이 들었는데, 그 때문에 쌀값이 폭락하여 한 곡(15말)에 220푼밖에 하지 않았다. 그런데 조정에서는 한 곡의 값을 420푼으로 상정하고 그 값에 팔도록 했다. 정약용은 이에 대해 매우 불합리한 일이라 판단하고 창고 문을 열지 않았다. 그러자 정민시는 정약용을 탄핵하며 이렇게 주청했다.

"나라가 나라인 것은 기강 덕분입니다. 저희가 주청하여 임금께서 허락하셨고, 감사가 발표한 일을 수령이 성깔을 내고 따르지 않는다면 어찌 나라가 되겠습니까? 정약용을 징계하여 나라의 기강을 잡으소서."

하지만 주상은 정민시의 주청을 받아들이지 않았다.

"옛날에 양곡과 세금을 담당한 신하들은 팔도의 시장 가격을 두루 알아 값이 싸면 사들이고 값이 비싸면 곡식을 방출하는 게 법이었다. 그런데 지금 경은 시장 가격이 싼데 비싸게 팔라고 하니 약용이 따르지 않음은 옳은 처사가 아닌가?"

주상의 말에 머쓱해진 정민시는 더이상 정약용을 징계하라는 주장을 하지 못했다. 또한 이 일로 정민시와 정약용의 관계가 서먹해지기도 했다. 하지만 정약용은 정민시가 자신을 미워하여 벌줄 것을 주청했다고 생각하지 않았다. 정민시는 조정에서 결정내린 사항을 지방관이 어긴 것에 대해 문책하고자 했을 따름이고, 정약용은 비록 조정의 지시라 하더라도 백성들에게 손해가 되는 일은 하지 않는 것이 지방관의 도리라고 여겼을 따름이라고 판단했다.

이처럼 정민시는 규정과 기강을 중시하는 인물이었다. 그런 까닭에 규정을 어기고 인정에 끌려 일을 처리하는 법도 없었고 사사로운 감정 때문에 공무를 그르치는 일도 없었다. 그만큼 정민시는 공과 사가 확실했다.

그런 옛 상관이 주검이 되어 누워 있는 것을 보자 정약용은 자신도 모르게 가슴이 울렁거렸다.

'정녕 맑고 아름다운 사람은 세상을 일찍 등지는 법이로구나. 아직 환갑이 몇 년이나 남았고 머리도 아직 반백이건만 무슨 일로 이리도 빨리 서둘러 가시는 게요.'

정약용은 긴 한숨을 내뱉으며 두 차례 절을 올렸다. 그러고 나서 주변인을 시켜 시신의 옷을 벗기고 검시를 시작했다. 별다른 외상은 없어 보였다. 입은 굳게 다물고 있었고 두 주먹은 불끈 쥐고 있었다. 눈은 약간 뜬 채로 돌출되어 있었고 복부는 팽창하여 금세라도 물을 쏟아낼 것 같았다. 신발은 벗겨져 달아났고 손톱과 발톱 사이에는 모래가 끼어 있었다. 살결은 허옇게 변색되어 있었고 몇 곳은 부딪쳐 살이 함몰되어 있었다. 발바닥에는 주름이 쪼글쪼글 잡혀 있었지만 부어오르지는 않았고 다리 곳곳에는 긁힌 상처가 있었다.

정약용은 시신의 입을 벌린 뒤 식초를 묻힌 헝겊으로 훔쳐냈다. 모래와 진흙이 헝겊에 잔뜩 묻어났다. 허연 거품이 끼어 있는 콧속을 헝겊으로 닦아내자 맑은 핏자국이 묻어났다.

정약용은 시신의 상태를 상세히 적고 화사에게 그림으로 그리라고 지시했다. 화사는 정약용이 시키는 대로 시신의 앞과 뒤를 따로 그린 뒤 작은 상처와 시반의 색깔까지 자세히 기록했다.

정약용은 시신이 발견된 곳과 실족했을 만한 곳도 샅샅이 살폈다. 하지만 그런 장소를 마땅히 특정하지는 못했다. 강변을 몇 번이나 훑었지만 발이 미끄러진 정황의 흔적을 찾을 수 없었다. 결국 어떤 상황에서 물에 빠졌는지 알아내는 데는 실패했다.

정약용은 정민시의 별저도 세세히 살폈다. 정민시는 그곳의 규모에 맞지 않게 수많은 책을 소장하고 있었다. 특히 의서가 절반 이상이었다. 대부분의 의서는 궁궐 서고에서 나온 것이었다. 이에 정약용은 이상하게 생각했다.

"전하께서 대감께 의서를 맡겨 무슨 일을……"

정약용은 나직이 중얼거리며 의서를 훑었다. 마음 같아서는 당장이라도 붙잡고 앉아 독파하고 싶은 책이 하나둘이 아니었다. 의서라면 꽤 읽었다고 자부하는 정약용도 생전 처음 보는 책과 제목만 겨우 얻어들은 책이 많았다. 주상의 명령만 아니라면 아예 그곳에 눌러앉아 전부 읽어야 직성이 풀릴 것 같았다.

어린 시절에 마마를 앓아 크게 고생한 기억 때문인지 정약용은 늘 의학에 관심이 많았다. 일곱 살 시절 병마의 흔적은 지금까지도 그의 얼굴에 남아 있었다. 볼에 남은 마마 자국 가운데 특히 왼쪽 눈썹은 두 곳이나 털이 달아나고 없어 흡사 눈썹이 셋인 것처럼 보였다. 정약용은 이 눈썹을 부끄럽게 여기지 않고 오히려 '눈썹이 세 개인 사람'이라는 뜻의 '삼미자(三眉子)'를 호로 삼는 기지를 보이기도 했다. 또한 이는 『마과회통』을 저술하는 원동력이 되었다. 『마과회통』은 금상 재위 22년(1798)인 재작년에 그가 쓴 마진(홍역) 치료법에 관한 의서였다. 그는 이 책을 쓰기 위해 이헌길이 지은 『마진기방』, 임서봉의 『임신방』, 허준의 『벽역신방』, 조정준의 『급유방』, 이경화의 『광제비급』 같은 책을 열심히 읽고 연구했다. 특히 같은 시대를 살고 있던 유의(儒醫, 양반 신분의 의원) 이경화의 『광제비급』은 그에게 많은 감명을 주었다. 그때는 마치 관직을 내팽개치고 의학을 통달하여 역사에 남을 명의라도 될 것처럼 설쳤다.

사실 그 무렵에 정약용은 종두법에 관심을 가지고 의서들을 읽던 중이었다. 그가 종두법에 관심을 가지게 된 것은 종두법 관련

책자 하나를 얻었기 때문이다. 작년 가을에 남인의 명문가 출신 복암 이기양(한음 이덕형의 7대손)이 의주부윤으로 재임하다 돌아왔는데, 그의 큰아들 이총억이 정약용에게 이런 말을 했다.

"의주 사람이 연경에 들어갔다가 종두법을 얻어왔는데, 그 책은 단지 몇 장뿐입니다."

정약용은 그 말을 듣고 즉시 그 책을 얻어다 읽었는데, 종두법에 대해 간단하게 소개되어 있었다. 하지만 내용이 너무 소략하여 안타까워하고 있던 차에 박제가가 그의 집 주변을 지나다가 들러 그의 종두법 연구에 힘을 보태주었다.

박제가는 병진년(1796) 겨울에 규장각에서 알게 된 사이였다. 그때 정약용은 충청도 금정에서 찰방생활을 하다 소환되어 규장각 교서관에 임명되었다. 주상은 정약용을 비롯하여 여러 학관에게 사마천의 『사기』에서 좋은 내용을 뽑아 '사기영선'이라는 제목의 책자를 간행하도록 했는데, 박제가도 그 무리에 속해 있었던 까닭에 교제할 수 있었던 것이다.

박제가는 정약용이 빌려놓은 종두법 책자를 읽고 무척 기뻐하며 말했다.

"우리집에도 이런 종두법 책이 있소. 내각 장서에 있는 것을 베껴놓은 것이오. 그런데 그 책은 너무 간략하여 실제 시험해볼 수 없었소. 그런데 이 책과 그 책을 합친다면 종두법의 요령을 알아낼 수도 있을 것 같소."

박제가는 집으로 돌아가서 인편으로 그 책자를 보내왔다. 정약용은 두 책의 핵심 내용을 골라 한 권의 책으로 묶었다. 그 과정에서 옳지 못한 내용은 쳐내고 부족한 부분은 보충하여 종두법을 시험할 만한 정도로 만들었다. 그리고 박제가에게 부쳐주었더니 책을 다 읽고 박제가가 소감을 보내왔다.

박제가의 편지 내용은 안타까움으로 절절했다. 이 책 내용만으로는 종두법을 시행하기에 역부족이라는 것이 골자였다. 그리하여 두 사람은 서로 서찰을 주고받으며 종두법을 시행할 방도를 긴밀히 논의했다. 하지만 박제가가 영평(경기도 포천)현감으로 부임하는 바람에 안타깝게도 두 사람의 논의는 중단되고 말았다.

그렇게 박제가와의 종두법 논의는 결론을 내리지 못했지만 정약용은 여전히 종두법 연구에 몰두하고 있었다. 『마과회통』으로 마진 치료법을 세상에 알렸듯이 이번에는 천연두 치료법을 기어코 세상에 알리고야 말겠다는 마음으로 열정을 쏟아부었다. 그는 이번 기회에 아예 세상 상념을 모두 떨쳐버리고 의학에나 몰두해볼까 하는 생각도 했다. 대과를 보기보다는 차라리 의학에 몰두하며 살았더라면 하는 아쉬움마저 들었다. 그랬다면 굳이 남인이니 서인이니, 벽파니 시파니 하는 말을 입에 담지 않고 『광제비급』을 쓴 이경화처럼 유의가 되어 사람 살리는 뿌듯함과 병마를 이기는 즐거움으로 살아가지 않았을까 싶었다.

하지만 그의 내면에서 꿈틀대던 세상에 대한 열정이 그를 유의의 삶에 만족하도록 내버려두지는 않았으리라. 세상은 왕이 다스리지만 세상을 바꾸는 것은 선비의 소임이라고 그는 늘 생각했다. 그 세상을 바꾸는 요체가 바로 사람이 먹고사는 일이요, 그 먹고사는 일의 중심이 곧 토지였다. 그래서 그는 많은 사람이 보다 공평하게 살기를 바랐고 이를 위해 꼭 필요한 것이 토지소유제도의 변화라고 생각했다. 그런 까닭에 한편으로는 『마과회통』을 쓰면서, 또 한편으로는 『전론』을 썼다. 『전론』은 토지제도에 대한 그의 생각을 정리한 책이었다. 『마과회통』을 쓴 이듬해에 저술한 『전론』에서 정약용은 균전법의 문제점을 강하게 지적했다. 그는 당나라 때에 농사를 짓지 않는 사람에게까지 농토를 균등하게 분배하여 시행한 균전법을 비판했다. 이는 조선의 균전법 도입을 반대하는 주장이기도 했다. 하지만 그에 대한 새로운 대안은 제시하지 못했다. 더 많은 공부와 연구, 노력이 필요했지만 그에게는 그럴 만한 시간적 여유가 없었다. 새로 맡은 형조참의의 직무를 수행해야 했고 남인의 울타리이자 기둥이었던 채제공의 빈자리도 메워야 했다.

정민시의 서가에 꽂혀 있던 의서들을 훑어보면서 잠시 그런 감상에 젖어 있던 정약용은 이내 현실로 돌아왔다. 그는 지금 무엇보다도 시급히 검안서를 작성하여 주상에게 달려가야 했다.

정약용은 다시 한번 정민시의 시신을 꼼꼼히 살폈다. 역시 특별한 외상이나 타살의 흔적은 보이지 않았다. 서재와 침실을 자세히 살폈지만 타살을 의심할 만한 증거는 찾아볼 수 없었고, 혹 자살했을 수도 있다는 가정 아래 그런 심정을 담은 글귀라도 있을까 하여 샅샅이 뒤졌지만 발견할 수 없었다. 그래서 노비를 시켜 정민시의 옷들을 모두 챙기게 했다. 옷 속에 유서나 서찰을 넣어두었을 수도 있다는 생각에서였지만 역시 별다른 성과는 없었다. 이후에도 정민시가 사용하던 그릇과 음식 재료까지 모두 조사했지만 특별히 독성 반응을 보이는 것은 없었다.

정약용은 검안서를 꼼꼼히 작성하여 다시 주상 앞에 엎드렸다.

"시신을 면밀히 살피고 또 살펴보았으나, 타살 흔적은 발견할 수 없었으며, 자살의 자취도 찾아볼 수 없었습니다. 그렇다고 실족을 단정할 수도 없으니, 참으로 난감한 일입니다. 물에 빠지게 된 경위를 알아낼 수도 없었고, 주변을 몇 번이나 살펴보았으나 실족한 정황의 흔적도 찾지 못했습니다."

"그렇다면 혹 누군가 정민시를 산 채로 물에 던진 것은 아니더냐?"

"그것은 시신만으로는 알 수 없었습니다. 만약 강제로 누군가 물에 던졌다면 시반에 흔적이 남기 마련인데, 별다른 흔적은 찾지 못했습니다. 그러나 다른 방법으로 얼마든지 물에 빠뜨릴 수 있는 것이니, 확신할 수는 없습니다. 혹 짚이거나 의심스러운 정황이나 감지하고 계신 흉측한 무리가 있는 것이옵니까?"

주상은 고개를 가로저었다. 주상의 표정이 한편으로는 다행스러워 보이면서도 한편으로는 불안해 보였다. 주상의 얼굴에 복잡한 기색이 순간순간 스쳤다. 정약용은 주상이 무엇을 다행스럽게 여기는지, 무엇을 불안하게 생각하는지 짐작할 수 없었다.

주상의 표정은 항상 내면을 짐작할 수 없을 때가 많았다. 무섭게 화를 내거나 매몰찬 인상 뒤에 생각하지 못한 배려가 감추어져 있기도 했고, 온화하고 따뜻한 말투 뒤에 차갑고 무서운 의도가 숨겨져 있기도 했다. 그때마다 주상이란 존재의 깊이와 넓이를 도저히 가늠하기 힘들었다. 그런데도 정약용은 늘 자신의 의견을 분명히 밝히고 주상의 처분을 기다렸다.

"신이 보건대 정민시는 병증에 대해 연구하고 있었던 듯합니다. 그의 별저에 의서들이 가득했고, 열심히 뒤적인 흔적이 있었습니다. 특히 옹저(癰疽, 몸에 생기는 큰종기)와 창질(瘡疾, 피부병)에 관한 의서가 많았습니다. 그런데 신이 이상히 여긴 것은 그의 몸에는 옹저나 창질의 흔적이 없었다는 점과 그가 가진 의서 대부분이 내각에서 반출된 점이란 사실이었습니다. 하여 자신이 아닌 누군가의 병증에 대한 치료책을 찾던 것이 아닌가라는 생각이 들었습니다. 혹 그 누군가가 전하가 아닐까 염려했습니다."

주상은 정약용의 말에 흠칫 놀라는 기색이었다. 그러더니 말없이 정약용을 그윽하게 바라보았다. 정약용은 주상이 입을 열 때까지 조용히 기다렸다.

"그렇다. 너의 짐작이 맞았다. 그 사람이 아픈 것이 아니라 내가 아픈 것이다. 내가 정민시에게 나의 병증에 대해 알아오라고 시켰다. 정민시는 그 일로 벼슬을 잠시 내려놓고 강변의 초가에 머물렀던 것이다."

정약용은 주상이 아프다는 말을 듣고 깜짝 놀랐다. 그간 단 한 번도 그런 낌새를 눈치챈 적이 없었기 때문이다. 주상은 간혹 잔병치레를 하거나 몸을 혹사하여 드러눕는 일은 있었어도 치명적인 병증을 보인 적은 없었다.

주상의 가장 큰 병증은 지나치게 정사에 몰두한다는 점이었다. 어찌 보면 일에 중독된 사람 같았다. 임금의 정무를 만기(萬機)라 하여 만 가지 재주를 부려야 할 수 있는 일이라고는 하지만 조선 열성조 중에 만 가지 재주를 부리며 왕위에 있었던 왕이 있다면 아마도 세종대왕 한 분뿐이 아닐까 싶었다. 세종은 경전과 음악에서부터 천기와 역법에 이르기까지 두루 섭렵하지 않은 분야가 없었고, 심지어 운학(언어학)도 경지에 이르러 훈민정음을 창제하기까지 했다. 이후 그런 왕을 꼽는다면 단연 주상이었다. 주상은 스스로 학문의 우두머리라 칭할 만큼 섭렵하지 않은 학문이 없었고, 날밤을 새우는 일을 일상사로 여길 만큼 정사에 몰두했으며, 중앙에서 지방에 이르는 전국의 관리를 근신들을 꿰듯이 훤히 알고 있었기 때문이다. 그러나 누구나 가장 열중하는 일에서 병통이 시작되는 법인지라 주상의 일중독이 병통의 원인이 될까 걱정이었다. 세종도 만기에 지나치게 일에 열중하다 병을 얻어 환갑을 맞이하지 못했으니, 세종 못지않은 열성을 지닌 주상도 그러지 않을까 심히 염려되었다.

정약용은 그 일이 너무 빨리 현실로 닥친 것 같아 심히 마음이 아프고 미래가 불안했다. 주상이 없는 남인도, 주상이 없는 정약용도 생각해본 적이 없었다. 그런데 옥체 미령하다니, 그것도 주변에서 하는 말이 아니라 주상 스스로 아프다는 말을 할 정도면 상태가 매우 심각한 것임에 분명했다.

정약용의 놀란 얼굴을 내려다보며 주상이 말을 이었다.

"내 그간 자네를 찾지 않은 것은 나름 속사정이 있었네."

주상은 정약용의 섭섭한 마음까지 헤아리고 있었던 것이다. 그런 생각이 들자 정약용은 주상을 의심하고 일말의 배신감까지 느꼈던 스스로의 옹졸함을 책망했다. 그리하여 정약용은 아무 말도 못하고 앉아 있었는데, 주상이 느닷없이 용포와 속저고리를 벗어

던져버리는 것이 아닌가.

'아, 이것은 또 무슨 해괴한 행동이란 말인가. 주상이 상의를 탈의한 몸을 보여주다니.'

정약용은 난감함에 고개를 돌리며 어쩔 줄 몰라 했다. 도대체 무슨 뜻으로 주상이 그런 행동을 하는지 전혀 감이 오지 않았다.

"전하, 무슨 까닭으로 이러시옵니까? 황망하여 어쩔 줄을 모르겠나이다."

하지만 주상은 계면쩍은 얼굴로 껄껄 웃을 뿐이었다. 그 웃음에는 서글픔과 허탈함이 배어 있었다.

무엇이 이토록 주상을 서글프게 한 것일까? 무엇 때문에 주상은 저리도 허탈하게 웃는 것일까? 정약용은 한편으로는 긴장되고, 한편으로는 불안했다. 그리고 갑자기 머릿속이 복잡해지기 시작했다.

주상은 여간해서 속내를 보이지 않았다. 그런 사람이 맨몸을 드러내며 이처럼 엉뚱한 행동을 한다는 것은 절박하다는 의미였다. 이 절박함은 죽음을 앞둔 한 인간의 두려움과 공포에서 비롯된 것은 아닐까. 그렇다면 지금 주상의 병증은 돌이킬 수 없는 치명적인 상태가 틀림없었다.

정약용은 생각만 해도 몸이 오들오들 떨렸다. 주상이 갑자기 훙서한다면 어떤 일이 벌어질지 뻔했기 때문이다. 감당할 수 없는 피바람이 몰아칠 것을 생각하니 콧속으로 피냄새가 번지는 듯했다.

"내가 체통 없이 이럴 이유가 뭐 있겠는가?"

그러면서 주상은 용대초에 가까이 다가섰다.

"이리 가까이 와서 내 몸을 좀 보게나. 지난 서너 달 동안 계속

해서 몸에 이런 것이 생기네."

정약용은 용대초에 가까이 다가섰다. 주상의 몸 곳곳에 피딱지가 앉은 상처들이 가득했다. 여기저기 부스럼이 돋아 있었고 종기도 나 있었다. 그러고 보니 주상의 용안이 무척 수척해 보였다.

"내가 좀 마른 피부이기는 하나 예전에는 이렇듯 곳곳에 열꽃이 피고 종기가 나는 일은 없었네. 혹 심장에 열이 차서 이런 일이 생기지 않나 해서 몸을 차게 하는 약재를 달여 먹어보았지만 모두 허사였네. 시골의 용하다는 의원들을 은밀히 입궁시켜 치료해보았지만 별 차도가 없었네. 피가가 가져온 고약도 이젠 소용이 없네."

주상이 말한 피가란 어의 피재길을 일컬었다. 그는 한낱 시골 의원에 불과했지만 7년 전 주상의 몸에 종기가 처음 났을 때 특별한 고약을 만들어 치료한 덕분에 어의가 된 자였다.

당시 주상은 몸에 종기가 나자 대신들을 모아놓고 이렇게 말했다.

"머리에 난 부스럼과 얼굴에 생긴 종기가 어제부터 더욱 심해졌다. 씻거나 약을 붙이는 것도 해롭기만 하고 약물도 효험이 없어 기가 더 막히고 쌓여 화가 더 위로 치밀어오른다. 얼굴은 모든 양기가 모인 곳이고 머리도 뭇 양기가 연결되어 있는 곳인데, 처음에는 소양(少陽, 왼쪽 눈꼬리 부분) 부위가 심하게 화끈거리더니 독맥(督脈, 인체의 중앙에서 상하를 관찰하는 맥) 부위로 뻗어나갔다. 왼쪽으로는 귀밑머리 가에 이르고, 아래로는 수염 부근까지 이르렀다가, 또 곁의 사죽혈(絲竹穴, 눈썹 뒤의 오목한 부분)로도 나고 있다. 이는 모두 가슴속에 떠돌아다니는 화(火)이니, 이것이 내뿜어지면 피부에 뾰루지가 돋아나고, 뭉쳐 있으면 곧 속이 답답해지는 것인데, 위에 오른 열이 없어지기도 전에 속의 냉기가 갑자기 일어나는 것을 의가(醫家)에서는 대단히 경계하는 것이다. 성질이 냉한 약제를 많이 쓸 수 없음이 이와 같으니, 오직 화를 발산시키고 열어주는 처방을 써야 효과를 볼 수가 있을 것이다. 경락에 침을 맞는 것이 합당한지 여부를 여러 의원에게 물어서 아뢰라."

주상은 스스로 자신의 병증과 그 원인을 밝혀낼 정도로 의학 지식이 풍부했다. 그런데도 병증을 잡지 못했다. 궁궐 어의들도 주상의 병증을 치료하지 못했다. 그래서 은밀히 주상의 병증을 다스릴 의원을 물색했는데, 마침 피재길이란 의원이 침과 고약으로 주상의 병을 낫게 했던 것이다.

그때 피재길을 찾아낸 사람이 정약용이었다. 피재길은 침술이 뛰어나고 고약에 밝은 의원이었다. 그는 원인 불문하고 모든 종기는 고약으로 치료해야 한다고 주장했다. 또한 종기마다 증세가 조금씩 달라서 다양한 고약을 고안해둔 상태였고 주상의 머리와 얼굴에 난 뾰루지와 종기를 보자 새로운 고약을 만들어 말끔히 치료했다.

주상은 마음에 화가 쌓여 병증이 생긴 것이라 스스로 진단했지만 피재길은 다른 진단을 내렸다. 마음에 화가 쌓여 종기가 생긴 것이 아니라 선천적으로 마른 피부인데다 봄이나 겨울에 자주 몸을 긁는 습관이 원인이라고 판단했다. 그는 피부란 마르면 긁기 마련이고 긁으면 부스럼이 생기는 것이 당연한 이치라 하면서 부스럼을 방치하면 종기로 발전할 수 있다고 했다. 그래서 주상의 머리에 난 것은 부스럼이고, 얼굴에 난 것은 부스럼의 여파로 생긴 종기라고 했다. 이후 주상의 수라에 올라가는 찬거리를 가리고 육류와 술을 엄격히 다스려야 한다고 주청했다.

그런 피재길의 처방은 주효했다. 이후 주상은 가끔 몸에 난 뾰루지나 부스럼으로 고생하기는 했으나 그것이 큰종기가 되는 일은 거의 없었다. 그런데 몇 달 전부터 온몸에 부스럼이 생기고 여기저기 큰종기가 생긴다는 것이었다. 피재길이 마련한 고약을 종기에 붙이면 일시적으로 낫는 듯하다가 이내 다른 곳에 또다른 종기가 생겼다.

"이번에도 자네가 의원을 좀 알아봐줘야겠네. 피가의 침과 고약이 더이상 듣지 않으니, 다른 처방을 찾아봐야 하지 않겠는가? 자네가 좀 나서주게나."

그 말을 듣고 정약용은 주상의 증상을 좀더 자세히 알 필요가 있다고 판단했다.

"병증이 그것이 전부이옵니까?"

그러자 주상이 한숨을 내쉬었다.

"사실 내가 어의들에게 말하지 못한 것이 있네."

"그것이 무엇이옵니까?"

"요즘 자꾸 뭔가를 깜빡깜빡 잊어버린다네. 현기증도 자주 나고, 나도 모르게 자꾸 침을 흘리기도 하네. 그뿐이 아닐세. 밑도 끝도 없이 자주 슬프고 우울하고 두렵네. 어린 시절에 아바님께서 나를 냉대하시던 일도 자주 떠오르고, 아바님이 돌아가시던 모습도 자꾸 떠오르네. 그리고 느닷없이 화가 나기도 하고, 또 화가 나면 주체할 수 없을 정도로 몸에서 열도 나네. 잠도 잘 오지 않고, 막상 잠이 들어도 계속 꿈만 꾸고, 깜짝깜짝 놀라는 일이 잦고, 도대체 왜 이런지 이해할 수가 없네."

정약용은 주상의 말을 꼼꼼히 적었다. 그러면서 주상의 표정을 살폈다. 주상은 전에 없이 자신감이 결여되어 있었다. 그뿐 아니라 두려움과 공포심마저 엿보였다. 정약용은 주상을 대면한 이래 그런 모습을 처음 보았다.

"또다른 증세는 없사옵니까?"

주상은 잠시 생각에 잠기더니 지금 막 생각났다는 듯이 말을 이었다.

"전에 없이 입안에 자주 상처가 나네. 상처도 여러 군데 동시에 날 때도 많고, 한 번 생기면 좀처럼 낫지 않네. 그리고 이도 자주 흔들리네. 어제는 내 잇몸을 거울에 비춰보았더니 푸른 선 같은 것이 보이지 않겠나. 어디 그뿐인 줄 아는가? 몸 곳곳이 쑤시지 않는 데가 없네. 손발이 저리고, 요즘 들어서는 수저를 들면 손가락이 떨리네. 자네도 알다시피 내가 수전증을 앓은 적은 없지 않나. 그리고 입맛도 없고, 밥맛도 없네. 뭘 먹어도 맛이 없고, 자꾸 입에서 쇠맛이 나네. 그래서 수저 탓인 줄 알고 몇 벌이나 바꿔보았지만 소용없었네."

말을 잇는 동안 주상의 음성이 떨렸다. 정약용은 주상의 증세가 예사롭지 않다고 판단했다. 단순히 몸에 돋는 부스럼이나 뾰루지, 종기 같은 것이 문제가 아니었다. 그가 아는 주상은 늘 자신감에 차 있었고 모든 일에 빈틈이 없는 완벽주의자였다. 지식이 매우 뛰어나 조선에서 주상과 학식을 견줄 만한 학자는 손꼽을 정도였고 뜻이 원대하여 10년 이상 앞을 내다볼 정도로 계획과 설계가 앞서 있었다. 또한 사람의 마음을 읽는 능력도 탁월하여 신하를 오랜 친구처럼 대하고 인재를 적재적소에 배치했다. 인정도 넘쳐 슬픈 이의 마음을 어루만질 뿐 아니라 주변을 즐거움과 웃음으로 가득차게 만드는 재주까지 있었다.

하지만 지금 그의 앞에 있는 주상은 그저 한 사람의 환자일 뿐 그 어떤 존재도 아니었다. 표정은 어둡고 침울했으며, 뭔가에 잔뜩 겁을 먹은 듯했고, 자신감도 잃은 듯이 보였다. 이치를 따져 해결의 실마리를 찾고자 하는 의지도 사라졌고 열정을 발휘하여 미래를 설계하려는 혜안도 보이지 않았다.

그런 모습을 대하자 정약용은 지난 두어 달 동안 주상에 대해 의심하는 마음을 품었던 자신이 얼마나 이기적이고 용렬한 존재인지 되돌아보았다. 그는 주상이 이제 남인을 완전히 버릴지도 모른다는 불안감에 시달렸었다. 주상을 모신 이후 그렇게 믿음이 깨지기는 처음이었다.

웬일인지 주상은 몇 년 전부터 조정의 요직을 벽파로 채웠다. 이후 벽파의 세력은 더욱 강해졌고 벽파의 영수 심환지의 힘도 막강해졌다. 그런데도 주상은 그런 현실을 방치했다. 단순히 방치했다기보다는 오히려 그들의 뒤를 봐주는 느낌마저 들었다.

정약용은 도저히 그 점이 이해되지 않았다. 왜 주상과 뜻을 같이하는 시파와 소론, 남인의 세력은 약화시키고 벽파에게 힘을 실어주는지 알 수 없었다.

정약용은 주상이 무슨 그림을 그리고 있는지 도저히 짐작할 수 없었다. 주상은 도저히 알 수 없는 깊고 넓은 바다 같은 존재였다. 그 깊이를 예측했다고 생각하면 또다른 깊이로 다가왔고 그 넓이를 가늠했다고 생각하면 또다른 넓이로 다가왔다. 그런 까닭에 주상이 어떤 행동을 할지 전혀 예측할 수 없었다. 그렇기에 무조건 믿고 따르기도 어려웠다. 그렇다고 왜 그런 행동을 하느냐고 묻고 따질 대상도 아니었다. 주상은 지나치게 치밀하고 지나치게 은밀했다. 어떤 때는 무섭게 호통을 치며 저 지방의 볼품없는 자리로 내쳤다가 느닷없이 소환하여 요직에 앉히고 은밀히 밀지를 내려 마음을 챙기고 어루만지기를 반복했다.

주상의 그런 행동은 비단 정약용에게만 국한된 것이 아니었다. 벽파의 영수 김종수를 수도 없이 유배지를 떠돌게 했다가도 느닷없이 불러들여 판서에 임명하고 정승으로 삼았다. 김종수를 이은 심환지에 대해서도 마찬가지였다. 수년을 유배지와 한직을 떠돌던 그를 갑자기 요직에 앉혀 측근으로 삼고 아주 오래된 친구를 대하듯이 하는 주상의 속내를 도저히 알 수 없었다. 물론 채제공과 이가환도 예외는 아니었다. 그 바람에 한때 채제공은 수년 동안 시골에 처박혀 아예 도성 출입을 하지 않은 때도 있었고 이가환은 몇 번이나 지방으로 쫓겨가 지내야 했다. 정약용은 이를 주상이 신하를 길들이는 방법이라고 생각했다. 권좌에 올랐다고 생각했을 때 가차 없이 내쫓고 더이상 일어설 수 없다고 좌절하고 있을 때 갑자기 불러 중용함으로써 은혜를 알게 하는 것을 주상 특유의 인재 관리법으로 여겼던 것이다.

그런 주상에 대해 채제공은 항상 이런 말을 했다.

"주상께서는 우리 남인의 은인이고, 벗이며, 어버이시다. 주상께서는 항상 길게 보시고, 넓게 생각하시고, 깊게 마음 쓰시며, 높게 추구하신다. 그 마음은 바다와 같고, 그 지략은 하늘과 같으며, 그 용기는 화산과 같다. 또한 뜻을 세우시면 날아가는 화살처럼 갈 곳이 명확하다. 그러니 그대들은 주상을 믿고 의지하고 따르면 된다. 그러면 주상께서 모든 것을 준비해두셨다가 그대들에게 안길 것이다."

정약용도 한때 그 말을 믿었다. 그래서 주상을 늘 믿고 의지하고 따랐으며 우러러보았다. 하지만 최근 몇 년간 주상께서 시파를 멀리하고 벽파를 중용하는 것을 보면서 그 믿음에도 금이 갔다. 특히 채제공이 노환에 시달려 더이상 조정에 나가지 못한 뒤로 그런 양상은 더욱 심해졌다. 채제공도 죽기 전에 이런 말을 했다.

"주상의 바다 같은 깊음은 내가 다 알 수는 없으나, 수십 년을 지켜본 이 늙은이도 근래 몇 년 동안 주상께서 행하시는 바를 도저히 이해할 수 없구나."

정약용의 뇌리에는 채제공이 유언처럼 남긴 그 말이 화살촉처럼 박혀 있었다. 벽파의 영수 김종수도 죽기 전에 측근에게 이런 말을 남겼다고 전한다.

"나라에 충성을 다하는 것은 신하된 도리지만, 군왕이 곧 나라인 것은 아니다."

김종수가 무슨 의도로 그런 말을 남겼는지는 정확히 알 수 없었다. 그러나 채제공과 김종수가 공히 유언처럼 남긴 말속에서 정약용은 주상에 대한 그들의 불신을 읽어낼 수 있었다.

그들 모두 주상의 스승이었고, 주상을 왕위에 앉힌 일등 공신이었으며, 주상을 가장 아낀 사람들이었다. 비록 두 사람은 당파가 다르고 의견이 달라 항상 대립하고 견제하며 서로의 심장을 겨누던 사이였지만 주상에 대한 충성심만큼은 변하지 않았다. 그런데 그들 모두 죽음을 앞두고 주상을 불신하는 말을 남겼다. 정약용은 그들의 불신이 주상에게서 비롯되었다고 생각했다. 아무리 생각해도 주상은 지나치게 치밀하고 지나치게 은밀했다. 때로는 주상 스스로 자신의 은밀함 속에 갇혀버린 것 같기도 했고 스스로의 치밀함에 중독되어 헤어나오지 못하는 것 같기도 했다. 그런 생각을 하면서 정약용은 세상 그 누구도 믿지 않는 존재가 주상임을 깨달았다. 누구도 믿지 않는 존재가 곧 주상이라면 누구도 주상을 믿고 따를 수 없다는 것이 그의 결론이었다.

돌이켜보면 주상은 즉위 초부터 철저히 왕권을 절대화하는 데만 열중했다. 주상은 왕권이 붕당을 완전히 누르고 각 붕당의 영수가 모두 왕에게 머리를 숙였을 때 비로소 왕도정치가 이루어질 수 있다고 믿는 것이 분명했다. 말하자면 주상은 나라의 주인일 뿐 아니라 붕당의 주인을 겸하려 했다. 주상은 이를 위해 금위군을 확대하여 장용영을 설치하고 장용영 휘하에 전국의 모든 군을 배속함으로써 군권을 완전히 장악했다. 또한 사헌부, 사간원, 홍문관 등 삼사를 무력화하고 대신 규장각을 세워 삼사의 역할을 흡수함으로써 언론을 장악했고, 이를 바탕으로 의정부와 육조까지 손에 넣고 주물렀다. 채제공을 중용하고 남인에게 힘을 실어준 것도 왕권을 절대화하기 위한 방편으로 여겨졌다.

정약용은 주상이 어떤 마력으로 그처럼 조정을 완전히 손에 넣고 왕권을 절대화할 수 있었는지 사뭇 신기하고 의아하면서도 한편으로는 걱정스러웠다. 주상은 지나칠 정도로 왕권을 강화했으나 조정의 기관은 모두 무력화시켰다. 정승과 육조의 판서, 삼사의 언관 모두가 오직 왕의 명령과 결정만 기다리는 지경이 되었다. 만약 이런 상황에서 주상의 신변에 이상이라도 생긴다면 조정의 기틀은 하루아침에 무너질 것이 뻔했다. 더구나 세자는 이제 갓 열 살을 넘긴 어린 소년이었다. 만약 쉰 살을 한 해 남긴 주상이 급서라도 한다면 왕위를 이은 어린 왕이 절대화된 왕권을 유지하는 것은 불가능했다. 결국 절대적인 왕권은 섭정할 대왕대비의 손에 넘어갈 수밖에 없는 형국이었다.

대왕대비가 절대 권력을 쥐면 정약용이 속한 남인은 일거에 아침 이슬처럼 사라질 것이 분명했다. 대왕대비의 뿌리는 누가 뭐래도 노론이었고 노론의 뿌리는 곧 벽파였다. 그 벽파의 무리는 천주교를 빌미로 남인을 쓸어버리는 데 혈안이 되어 있었다.

그러므로 남인이 살기 위해서는 주상이 살아 있어야 했다. 주상의 속내가 어떻든 지금으로서는 남인의 미래와 자신의 앞날이 주상에게 달려 있는 것만은 분명했다. 그런 까닭에 함부로 주상에 대한 믿음을 저버릴 수 없었다. 주상만이 그와 남인의 유일한 희망이었다. 그런데 주상의 건강 상태가 심상치 않은 것이었다. 정약용은 일단 주상의 건강을 회복시키는 것이 급선무라 생각했다.

"소신이 비록 의원은 아니지만, 여러 의서를 접하고 몸과 마음의 병을 고치는 법을 익혔사옵니다. 흔히 병이라고 말하는 것은 몸의 균형을 잃는 것을 의미합니다. 또한 치료라고 하는 것은 그 균형을 찾아주는 것을 뜻합니다. 이를 위해서는 무엇보다 삶의 조화가 유지되어야 합니다. 그 조화가 깨지면 어떤 약이나 처방도 소용이 없습니다. 소신이 보건대 전하께서는 정사에 지나치게 몰두하시고, 모든 것을 지나치게 완벽하게 처리하려 하십니다. 그러니 먼저 그 두 가지를 줄이옵소서. 또한 음식은 약이라 생각하시고 억지로라도 드셔야 하며, 평소에 물을 너무 적게 드시니 지금보다 두 배는 많이 드셔야 합니다. 피부의 병은 본래 건조함이 가장 큰 원인인데, 이 모든 것은 수분 부족에서 오는 것입니다. 그러니 물을 충분히 섭취하시고, 뜨거운 물에 목욕하는 것을 조심하셔야 합니다. 뜨거운 물에 몸을 담그면 일시적으로 몸이 촉촉하여 수분이 충분한 것 같으나, 이내 육신에 물이 말라 피부가 한층 건조해지는 까닭입니다."

이어 정약용은 수라상에 올라가는 음식 하나하나 거론하며 많이 섭취할 것과 섭취하지 말아야 할 것의 목록을 만들어 올렸고, 매일같이 궁술을 펼쳐 활력을 돋우고 신경을 무디게 할 일을 아뢰었으며, 하지 말아야 할 행동과 꼭 해야 하는 일을 적어 덧붙였다.

이에 주상은 서고에 있는 비서와 의서 들을 보내줄 테니 하루빨리 자신의 병증에 대해 알아내고 사람을 풀어 적당한 의원을 찾아오라고 명했다.

"전하, 소신이 하루를 1년처럼 쓰고 일각을 하루처럼 써서 반드시 병증의 원인을 찾아내고 병환을 고칠 의원을 찾아오겠나이다."

이 말을 남기고 정약용이 창덕궁을 나섰을 때는 이미 새벽이었다. 그의 발길 뒤로 어수선한 닭 울음소리가 울려퍼지고 있었다. 정약용은 그 울음소리가 왠지 새벽을 알리는 소리라기보다는 흡사 더 깊은 밤을 예고하는 소리로 들렸다.

비밀편지, 밀찰

노론 벽파의 영수 심환지는 아침에 받은 밀찰을 다시 살펴보고 겉봉에 "경신년(1800) 3월 5일 이른 아침에"라고 쓴 뒤 천장의 밀실로 향했다. 그곳은 4년 전에 밀찰을 보관하기 위해 비밀리에 만든 장소였다. 심환지는 줄을 당겨 계단을 끌어내리고 나서 조심스럽게 발걸음을 옮겼다.

밀실은 한낱 다락에 불과했지만 겉보기보다는 매우 넓었다. 가운데 부분은 그가 일어선 채로 걸어도 머리를 부딪치지 않을 만큼 높았지만 양옆은 다소 높이가 낮아 고개를 숙이지 않으면 안 되었다. 심환지는 한 발 한 발 깊숙이 들어가 궤짝을 열었다. 그곳에는 병진년(1796) 8월 이후부터 받은 금상의 밀찰들이 고스란히 보관되어 있었다. 금상은 서찰을 읽은 뒤에는 반드시 태우라 했지만 심환지는 그 명령을 따르지 않았다.

금상과 밀찰을 주고받은 지도 햇수로 벌써 6년째였다. 처음 금상이 밀찰을 보내왔을 때 그는 이조판서에 막 임명된 상태였다. 을묘년(1795) 10월 6일에 이조판서가 되었는데, 금상이 첫 밀찰을 보내온 것은 3일 뒤인 10월 9일이었다. 비록 그 밀찰은 태워 없앴지만 내용만큼은 그의 머릿속에 뚜렷이 남아 있었다.

이조판서는 보라.

여름밤의 여우 같은 자들이 육조를 차지하고 겨울밤의 승냥이 같은 자들이 삼사를 장악하고 있으니, 과인은 밥맛이 없어진 지 이미 오래다. 용상은 다리가 썩어 넘어지기 직전이고 조정은 가뭄에 메마른 논바닥처럼 흉하게 갈라져 앞날을 내다볼 수 없게 되었으니, 용상과 조정의 주인인 내가 목구멍으로 밥이 넘어가겠는가. 그나마 다행인 것은 이판 같은 청류가 있어 의리를 세우고 명분을 잇고 있으니, 과인은 그 덕에 억지로 밥술을 뜨고 있다.

이에 과인은 이판에게 여러 정사를 따로 의논하고자 이런 서찰을 보낼 것이니, 그대도 충실히 답하여 사직을 안정시키고 정사를 아름답게 펼치는 데 힘을 보태라.

다시 소식을 줄 테니 기다리라. 그리고 이 서찰은 태워 없애라. 과인이 이판에게 서찰을 보낸 사실뿐 아니라 서찰의 내용도 모두 비밀로 해야 할 것이다. 혹 말이 샌다면 모두 이판의 입에서 새어나간 줄 알 것이다.

벌써 바람이 차다. 노구에 건강 유의하기 바란다. 서찰과 함께 꿀에 잰 인삼을 보낸다. 과인이 신하를 아끼는 마음이라 여기고 잘 챙겨먹기 바란다. 이만 줄인다.

그때부터 심환지는 금상의 말대로 서찰을 태워 없앴다. 그리고 밀찰을 읽은 뒤에는 항상 답서를 궁궐로 보냈다. 먼저 금상이 원하는 대로 하겠다는 뜻을 전하고 건강을 챙겨주는 성은에 감사한다는 말도 보냈다. 하지만 때때로 금상의 요구와는 다른 답장을 보내기도 했다. 금상은 자못 치밀하고 이치에 맞는 말을 했지만 지나치게 감정적이거나 세밀함이 부족할 때가 있었다. 그때마다 심환지는 자신의 의견을 보냈다.

사실 밀찰을 처음 받았을 때 심환지는 고민이 깊었다. 밀찰에 답서를 쓰고 금상이 원하는 대로 행동하자니 뒷일이 두려웠다. 만약 금상과 밀찰을 주고받은 사실이 알려지면 시파와 벽파를 가리지 않고 삼사의 언관들이 좌시하지 않을 것은 불을 보듯 뻔했다. 조정을 농락하고 역사를 훔쳤다는 비판은 물론이고 왕과 뒷거래를 한 것으로 여겨 관직은 고사하고 붕당의 뒷방 늙은이 자리도 부지할 수 없게 될 판이었다. 특히 벽파는 스스로 청류를 자처하며 의리를 중시하고 명분을 목숨처럼 여긴다고 자부하는 당파인데, 벽파의 영수라는 자가 스스로 명분을 저버리고 원칙을 깨는 일을 하고 있자니 꺼림칙할 수밖에 없었다.

그러나 금상의 밀찰을 물리치는 것도 쉬운 일은 아니었다. 금상의 눈 밖에 나서 다시 유배지를 떠도는 신세가 될까 염려스러웠다. 금상이 즉위한 후에 그는 여러 차례 유배를 떠났다. 심지어 바다

한가운데 있는 금갑도라는 섬에서 지낸 적도 있었다.

심환지가 금갑도에 유배된 것은 형조참판 시절로 그의 나이 예순세 살 때였다. 환갑, 진갑 다 지낸 노구를 이끌고 전라도까지 걸어간 뒤 배를 타고 진도로 들어갔다. 그리고 그곳에서 30리를 걸어가 다시 배를 타고 간 곳이 바로 금갑도였다. 주민이라고 해야 수십 명 남짓한 그곳에서 소금기 가득한 바닷바람을 맞으며 병풍처럼 둘러쳐진 절벽과 갯벌에 갇혀 지내야 했다. 풍광이야 이를 데 없이 아름다웠지만 가시 울타리가 쳐진 곳에 위리안치된 처지였던 터라 풍광을 즐길 수도 없었다. 그는 그곳에서 불과 보름도 지내지 않았지만 환갑 넘은 노구로 그곳까지 걸어가서 돌아오는 그 자체만으로도 여간 고욕이 아니었다. 그는 다시는 유배길에 오르고 싶지 않았다. 하지만 조정은 무시로 죽음과 삶을 갈라놓는 곳이었기에 유배형보다 더한 고욕을 언제 치를지 알 수 없었다.

금상이 왕위에 오른 뒤로 조정에는 금상의 아버지 장헌세자를 두둔하는 세력만 득세했다. 그들은 노론 중 일부 세력이 모함하여 장헌세자가 죽었다는 금상의 견해에 동조하는 세력이었고, 심환지는 그들을 시류에 영합하는 자들이라 부르며 경멸했다. 그래서 김종수와 심환지를 중심으로 형성된 노론 세력 일부가 스스로를 청류라 자처하며 그들을 시패, 시파(時派)라고 부르며 깎아내렸다. 반면 시파는 노론 청류를 편협하고 한쪽으로 치우친 자들이라 하면서 벽패, 벽파(僻派)라 하면서 반격했다. 벽파가 오로지 노론 청류 출신으로 구성되었다면 시파는 노론, 소론, 남인으로 이루어졌다. 그만큼 시파는 벽파에 비해 수적으로 훨씬 우세했다. 상황이 그러하다보니 금상이 즉위한 뒤로 벽파는 궁지에 몰리기 일쑤였고 그 바람에 벽파의 영수 김종수와 심환지는 유배지를 전전했다. 특히 금상이 즉위한 뒤 20년 동안은 늘 시파 세력만 확대되었다. 그나마 다행인 것은 금상이 탕평을 명분 삼아 일방적으로 시파만 두둔하지 않는다는 점이었다. 심환지는 금상이 자신의 견해에 동조하는 시파에게 전적으로 힘을 실어주지 않는 것이 이상할 때도 있었다. 금상은 늘 시파의 세력이 일정 정도 이상 확대되지 못하게 균형을 유지하려 애썼다. 그 덕분에 벽파는 세력을 유지할 수 있었다. 그런데 만약 금상이 완전히 등을 돌린다면 벽파는 하루아침에 무너질 수밖에 없는 처지였다. 심환지가 금상의 밀찰을 거부하지 못한 것도 바로 그 때문이었다.

금상의 밀찰을 처음 받아들였던 그때 심환지는 김종수에 이어 벽파의 영수가 되었다. 그 무렵 김종수는 노환과 병마로 자리에 누워 있었고 벽파는 심환지 없이는 세력을 유지하기 힘든 상황이었다. 그러므로 그에게는 어떤 상황에서도 흔들리지 않는 정치적 역량이 필요했다. 게다가 적에게 속을 드러내지 않는 음흉스러움과 적의 목을 단숨에 찌를 수 있는 냉혹함도 갖추어야 했다. 그러려면 무엇보다 사방에서 몰아치는 모든 풍파를 막을 수 있는 힘이 필요했다. 하지만 그에게는 힘이 없었다. 학식, 음흉스러움, 낯 두꺼움은 있었지만 적의 기세를 응징할 힘은 없었다. 노론에는 시파의 패거리가 더 많았고 소론과 남인까지 합세하여 매일같이 몰려오고 끊임없이 몰아쳤다. 이런 상황에서 금상마저 칼을 들이댄다면 벽파는 단숨에 무너지고 말 처지였다. 파당이 무너지면 가문도 함께 쓰러지는 것이었고 가문의 몰락은 곧 후손을 폐족으로 만드는 불행으로 이어질 수밖에 없었다. 그만큼 심환지의 어깨가 무거웠다. 금상은 심환지의 그런 현실을 잘 간파하고 있었기 때문에 밀찰을 거부할 수 없으리라는 판단이었을 것이다.

금상의 밀찰에 대해서는 이미 김종수가 언질을 준 적이 있었다. 김종수는 심환지보다 두 살 많은 선배였고 노론 벽파의 정신적 지주였다. 그는 금상의 어린 시절 스승이기도 했다. 홍국영의 그악한 세도정치를 끝장낸 이도 바로 그였다.

김종수는 나라가 바로 서려면 정치가 바로 서야 하고 정치가 바로 서려면 붕당이 바로 서야 한다고 생각했다. 그는 무엇보다도 세도가와 외척을 배척했다. 그래서 누군가 권력을 독점하면 나라가 망한다고 생각했고 이는 홍국영을 제거하는 데 동조한 이유이기도 했다. 외척뿐 아니라 심지어 왕조차도 권력을 독점해서는 안 된다고 주장했다. 그 누구라도 권력을 독점하면 나라가 망한다는 것이 그의 확고한 신념이었다. 그래서 그는 금상과 함께 금상의 외가 무리인 홍봉한과 홍인한 세력을 물리쳤으며 홍봉한과 대립하던 또다른 외척 김한구와 김귀주 세력을 몰아냈다. 김한구는 대왕대비 김씨의 아버지였고 김귀주는 그녀의 오빠였다. 김종수는 금상의 뜻을 받들어 김귀주를 유배 보내는 데 동조했다. 그렇다고 김종수가 늘 금상과 한편인 것은 아니었다. 김종수는 장헌세자의 죽음이 영조의 냉정한 판단에 따른 올바른 정치 행위였다고 믿었지만 금상은 일부 노론 모리배의 음모 때문이라고 단언했다. 이 때문에 금상은 늘 장헌세자의 명예 회복을 위해 세력을 결집하고 권력을 독점하려 했

다. 김종수는 벽파와 힘을 합쳐 그런 금상과 대립하다가 유배되고
는 했다. 심환지는 바로 그 김종수의 뜻을 받들어 벽파를 지켜내고
왕이 모든 권력을 독점하지 못하게 막아야 할 의무가 있었다.

그러나 심환지는 김종수와는 결이 조금 달랐다. 김종수는 왕이
권력을 독점하는 것조차 나라를 망하게 하는 일이라며 거침없이
왕과 대립했지만 심환지는 대립만이 능사가 아니라고 생각했다.
대립보다는 복종이 힘을 키우는 데 유리하다고 판단했다. 수년 동
안 유배지를 떠돌며 그가 내린 한 가지 결론은 지나치게 강한 상대
에게는 고개를 쳐들고는 이길 수 없다는 것이었다. 금상과 대립하
면 대립할수록 자신은 물론이고 벽파의 세력도 약해질 수밖에 없
다고 여겼다. 금상은 대립을 통해 바꿀 수 있는 존재가 아니라고
생각했다. 금상은 태조 이후 즉위한 모든 왕을 통틀어 지배욕이 제
일 강한 인물이었고 가장 영악하고 지식이 풍부하며 속내를 드러
내지 않는 위인이었다. 그런 까닭에 명분과 의기만으로는 이길 수
없는 상대였다. 김종수도 병상에 누운 뒤로는 그 점에 동의하는 눈
치였다.

심환지는 금상의 밀찰을 받고 이튿날 새벽같이 김종수를 찾아갔
다. 한 해 전인 갑인년(1794) 봄에 김종수가 한 말 때문이었다. 그
해 심환지가 병조판서에 임명된 후 와병중인 김종수를 찾아갔을
때 김종수는 병상에서 심환지의 귀에 대고 이렇게 속삭였다.

"곧 금상이 은밀히 서찰을 보내올 것이네. 그러면 나를 찾아오
게. 해줄 말이 있네. 반드시 휘원 자네가 들어야 하는 말이네."

김종수는 이른 새벽에 찾아온 심환지를 보자마자 작은 소리로

"밀찰?"이라고 물었다. 심환지가 고개를 끄덕이자 김종수는 심환지를 가까이 오라고 한 뒤 속삭이듯 말했다.

"휘원, 지금부터 정말 잘 생각해야 하네. 자네에게 우리 벽파와 가문의 운명이 달렸네."

김종수는 마치 누군가 지켜보기라도 하듯이 귀엣말로 속삭였다. 김종수는 문밖에 금상의 귀라도 붙어 있는 양 조심스러워했다.

"사형, 무슨 말인지 해보시오."

심환지도 무의식중에 목소리를 낮추었다.

"홍국영을 누가 내쳤는지 아는가?"

홍국영이라는 이름을 듣자 심환지는 자신도 모르게 부아가 치밀었다. 어쩌면 그것은 부아가 아니라 두려움이나 공포였는지도 몰랐다.

"그거야 사형께서 올린 상소가 결정적이었던 것으로 알고 있습니다만……"

심환지의 목소리가 떨렸다.

"그 상소의 초안을 누가 잡았는지 아는가? 바로 금상일세. 내가 올릴 상소문 초안을 은밀히 내게 내려주고 마치 내가 상소하는 것처럼 꾸몄지. 그리고 금상은 마지못해 내 상소를 받아들이는 척하며 홍국영을 내친 것이네."

홍국영을 내친 것이 금상이라니. 심환지는 선뜻 믿기지 않았다. 홍국영은 금상을 위해 미친개처럼 날뛰던 자가 아니던가.

심환지는 관직에 나간 이후 두려움을 가져본 적이 거의 없었다. 유배도, 좌천도 두렵지 않았다. 심지어 죽음도 두렵지 않았다. 그만큼 확고한 신념이 있었다. 그런 까닭에 그 누구라도, 그것이 비록 금상이라 할지라도 두렵지 않았다.

하지만 단 한 사람에게는 두려움을 느낀 적이 있었다. 그게 바로 홍국영이었다. 심환지가 마흔두 살이라는 늦은 나이에 홍문관부수찬에 오른 뒤 오십 줄이 얼마 남지 않았을 때 홍국영은 권좌에 앉아 피바람을 일으켰다. 당시 도승지, 숙위대장, 홍문관제학, 이조참판, 규장각제학 등 온갖 요직은 홍국영이 꽉 잡고 있었다. 그는 흡사 왕권을 능가하는 힘을 가진 것처럼 보였다. 그런데도 심환지는 그를 갓 서른을 넘긴 애송이로 보았다. 세상 물정도 모르는 놈이 왕을 등에 업고 잠시 권력을 휘두르는 정도로 생각했다.

그런데 그것이 문제였다. 사람의 마음은 어떤 형태로든 드러나기 마련인 모양이었다. 홍국영은 심환지가 자신을 업신여긴다는 사실을 어떻게 알았는지 한밤중에 규장각 뒤뜰로 불러 위압적인 태도로 말했다.

"휘원, 그대의 안중엔 내가 미쳐서 날뛰는 개새끼로 보인다지?"

밑도 끝도 없는 말이었다. 그 순간 심환지는 이자가 도대체 무슨 말을 듣고 이런 말을 하는가 싶었다. 그래서 선뜻 대답하지 않고 노려보았더니 홍국영이 말을 이었다.

"왜, 주름진 얼굴 껍데기 속에 그런 마음을 숨겨두면 모를 줄 알았는가?"

홍국영은 심환지보다 열여덟 살이나 어렸다. 그야말로 자식뻘밖에 되지 않는 자가 상관이랍시고 반말을 지껄여대는 통에 심환지는 부아가 치밀어 견딜 수 없었다. 그래도 화를 억누르며 대꾸했다.

"덕로, 말이 지나치오. 아무리 그대가 내 상관이라 해도 그대의 부친과 내가 비슷한 연배인데, 이렇게 말이 거칠어야 되겠소?"

하지만 홍국영은 여전히 예를 갖출 기미가 없어 보였다.

"오호, 그래서 자식뻘밖에 되지 않는 상관이라 한낱 하룻강아지 보듯 쳐다보시나?"

"도대체 어디서 무슨 말을 듣고 이런 말을 하는 거요?"

그러자 홍국영이 키득키득 웃었다. 그리고 가차 없이 그의 뺨을 후려갈겼다. 심환지가 너무 순식간에 당한 터라 멍한 얼굴로 어떻게 대응할지 미처 생각지도 못한 상태에서 이번에는 발끝으로 명치를 가격당했다. 그가 배를 싸안고 꼬꾸라져 제대로 숨도 쉬지 못하고 있는데, 홍국영이 다시 그의 가슴팍에 발길질을 했다. 그러고는 그의 목을 밟고 눌렀다.

"나는 너 같은 놈을 잘 알아. 딴에는 학문으로 누구에게도 뒤지지 않는다 자부하고, 스스로 학문을 이루기 전에는 출사하지 않는다고 맹세한 까닭에 고의로 불혹이 넘은 나이에 대과에 올랐다 떠벌리고 다니지. 그래서 약관에 관직에 오른 나 같은 놈은 피라미처럼 보이겠지. 더구나 주상을 등에 업고 눈에 거슬리는 놈들의 멱을 따며 칼춤을 추는 나 같은 놈은 백정 보듯이 하겠지. 하지만 잘 들어. 백정의 칼이든, 장수의 칼이든 모두 목을 따는 데는 차이가 없다는 것을. 네 목숨이 둘이 아닌 이상 또 한번 나를 그런 눈으로 쳐다보았다가는 반드시 죽게 될 게야."

홍국영은 다시 한번 심환지의 명치를 발로 걷어찼다. 심환지는 윽 하는 짧은 비명을 질렀을 뿐 아무 소리도 낼 수 없었다.

그뒤 심환지는 홍국영을 슬슬 피해 다녔다. 명분으로야 똥이 무서워서 피하냐, 더러워서 피하지 하는 것이었지만 실제로는 그가 두렵고 무서웠다. 어쩌다 내각에서 홍국영과 눈이 마주치면 심환지는 자신도 모르게 눈을 내리깔았다. 그때마다 미친개는 피하는 것이 상책이라는 말로 스스로를 위로해보았지만 내면 저 밑바닥부터 올라오는 두려움은 어쩔 수 없었다. 때로 그것은 비굴함으로 변하기도 했고 분노를 일으키기도 했다. 하지만 홍국영 앞에만 서면 그것은 순식간에 두려움 그 이상도, 그 이하도 아닌 것이 되었다. 그때 심환지는 죽음보다 폭력이 공포와 더 가깝다는 것을 처음 알았다.

홍국영은 심환지보다 한참 어렸지만 권력을 휘두르고, 상대를 제압하고, 자신의 위신을 세우는 일에서는 그보다 훨씬 빨리 터득한 인간이었다. 홍국영은 나름 문장도 좋고 언변도 있었다. 하지만 그보다 월등히 뛰어난 것은 상대를 다루는 기술이었다. 그는 젊은 나이에도 상대를 어르고 뺨치고 누르고 세우는 데 능숙했다. 게다가 상대의 속내를 간파하는 능력까지 뛰어났다. 그런 자에게 내면을 들켰으니 죽지 않은 것만 해도 다행이었다.

"진정 홍국영을 탄핵하는 상소문의 초안을 주상이 썼습니까?"

심환지는 저 밑바닥부터 치밀어오르는 알 수 없는 감정을 가까스로 자제하며 물었다.

"그뿐이 아닐세. 홍국영을 시골로 내쫓은 뒤에는 살수를 보내 죽였네. 그것도 자다가 죽은 것처럼 조작하기까지 했지."

그 말을 듣자 심환지는 등골이 오싹해지면서 뒷목에 식은땀이 흘렀다. 홍국영 같은 자를 삼복더위에 개 잡듯이 죽였다는 생각이 들자 갑자기 금상이 무서워졌다. 더구나 자신의 형제이자 오른 날 개라며 왕권까지 기꺼이 내맡겼던 홍국영을 다른 사람도 아닌 자신이 내쫓고 죽이기까지 했다는 말에 아연실색할 수밖에 없었다. 조정 대신들 앞에서는 홍국영을 위해 눈물을 흘리고 그를 형벌로 다스려야 한다는 중신들의 요청을 모두 물리치면서 유배형조차 받아들이지 않았던 금상이었다. 그래서 내린 벌이 한양을 떠나 시골에 내려가서 살도록 하는 것이었다. 그런데 내면으로는 홍국영을 내쫓고 죽이는 데 혈안이 되어 있었다는 것을 도저히 믿을 수 없었다.

"더 무서운 것이 무엇인지 아는가? 애초에 홍국영에게 권력을 내줄 때부터 금상이 그 모든 일을 계획했다는 사실일세. 홍국영을 전면에 내세워 정적들을 제거한 후 홍국영을 죽이는 일까지 모두. 그리고 홍국영을 내쫓는 일에 나를 이용할 계획까지 말일세. 그때 금상의 나이 불과 스물다섯이었네. 그 새파란 나이에 그런 모략을 꾸몄다면 지금은 어떻겠는가? 지금 금상의 나이 마흔을 훌쩍 넘겼네. 지금쯤이면 가슴속에 꼬리 아홉 달린 여우를 100마리는 키우고 있을 걸세. 여느 왕 같으면 백 살을 먹어도 결코 주상의 음흉함을 따라잡을 수 없을 걸세."

김종수는 숨을 거칠게 몰아쉬며 쉬지 않고 말을 뱉었다. 지금이 아니면 다시는 말하지 못할 것처럼.

"사형께서는 그런 사실을 언제 알았습니까?"

심호흡을 크게 한 번 하고는 말을 잇는 김종수의 표정에 두려움이 서렸다.

"나도 안 지는 얼마 되지 않았네. 금상은 절대 쉽게 속내를 드러내지 않네. 팔순의 영조대왕도 따르지 못할 시커먼 속내일세. 교묘하고 음흉하고 치밀하며 영악하네. 휘원은 부디 조심하시게."

하지만 심환지는 구체적으로 무엇을 조심하라는 것인지 김종수의 말을 잘 이해할 수 없었다. 금상이 미친개처럼 설쳐대던 홍국영을 하룻강아지 다루듯 죽였다는 사실도 이해하고 그만큼 속내가 음험하다는 것도 이해했다. 그렇지만 처음 보낸 밀찰의 내용으로 보아서는 그저 조정에서 논의할 일을 미리 의논하는 정도가 아닐까 싶은데, 그것이 뭐 그리 조심할 일인가 싶었다. 그래서 그런 속내를 내보였더니 김종수가 신음하듯이 말했다.

"금상의 밀찰은 자네가 생각하듯이 그리 단순한 것이 아닐세. 그것은 자네를 꼼짝하지 못하게 만드는 쇠사슬 같은 것이네. 그래서 자네는 그 쇠사슬에 묶인 채 금상이 조종하는 대로 움직이는 꼭두각시 노릇을 하게 될 걸세."

"어째서 그것이 쇠사슬이고 제가 꼭두각시가 된단 말입니까?"

"밀찰은 자네만 받는 것이 아니네. 각 당의 영수가 모두 받는다네. 노론 벽파에서는 내가 받으면 남인에서는 채제공이 받고, 노론 시파에서는 홍낙성이 받고, 소론에서는 유언호가 받네. 금상은 그들 모두에게 역할을 부여하고, 조정에서 금상이 시키는 행동을 하게 만들지. 지난 20년간 조정은 그렇게 돌아갔네."

"어떻게 그렇게 될 수 있습니까? 금상이 아무리 영명하다 한들 삼사의 언관 눈은 모두 어떻게 피하고, 곁에 붙은 사관의 눈은 또 어떻게 속일 것이며, 삼정승과 재추의 입은 또 어떻게 막는단 말입니까?"

"믿을 수 없겠지만 내 말은 사실이네. 자네도 겪어보면 알 것이네."

김종수의 말은 모두 사실이었다. 금상은 조정을 그저 장기판이나 꼭두각시 놀음판으로 여겼다. 정승이나 판서 들을 움직여 조정을 자신이 원하는 대로 이끌었다. 하지만 심환지는 금상의 장기판 말로 지낼 수 없다고 생각했다. 이후 그는 금상이 보내오는 밀찰을 태우지 않고 고스란히 모아두었다. 그렇게 4년 동안 모아둔 밀찰은 벌써 300통에 이르렀다.

심환지가 모아둔 밀찰에는 금상이 조정을 자신의 뜻대로 운영하는 수법이 고스란히 담겨 있었다. 심환지는 그 수법을 역이용할 요량이었다. 금상이 꼭두각시를 원하면 꼭두각시가 되고, 장기판 말을 원하면 장기판 말이 되기로 했다. 그는 그 꼭두각시의 삶 속에서 금상을 이기는 방도를 찾아낼 수 있다고 확신했다.

"누구든 가장 잘하는 일 때문에 화를 입는 법. 가장 안전하다고 생각하는 것이 가장 위험한 법이니까."

심환지는 밀찰을 궤짝에 넣으며 혼잣말을 뇌까렸다. 그러고는 자기도 모르게 풋 하고 웃음을 터뜨렸다. 주름이 자글자글한 그의 눈꼬리가 실룩거렸다.

심환지는 밀실에서 내려와 답서를 썼다. 그리고 속지를 정성스럽게 접어 봉투에 넣고 이익수를 불렀다.

"황덕만은 어디에 있느냐?"

"행랑채에서 기다리고 있습니다."

황덕만은 금상의 밀찰을 들고 온 자로 조부 때부터 세습하여 승정원 사령 일을 하고 있었다. 그의 조부 황을산에 대한 영조의 신임은 남달랐고 그의 아버지 황낙운도 영조의 사랑을 받았다. 황낙운이 죽은 후로는 황덕만이 금상의 심부름을 도맡아 했다. 황덕만은 몸이 날래고, 무술 실력도 좋고, 눈치가 빨랐다. 또한 입이 무겁고 충성심이 강하여 누구보다도 금상의 신임을 받았다.

심환지는 이익수를 앞세우고 황덕만이 머물고 있는 행랑채로 나갔다. 심환지는 한 번도 황덕만을 사랑채로 불러들이지 않았다. 눈치 빠른 그가 혹 밀찰을 태우지 않고 보관하고 있다는 낌새라도 알아챌까 염려한 까닭이었다.

사실 심환지의 사랑채에는 몇 번이나 도둑이 들었다. 그것도 심환지가 입궁하고 없던 한낮에 벌어진 일이었다. 별다르게 훔쳐간 것은 없었으나 방을 샅샅이 뒤진 것으로 보아 밀찰을 찾아보려 한 것이 분명했다. 심환지는 의심 많은 금상이 보낸 자라고 확신했다. 그 때문에 심환지는 황덕만을 더욱 경계했다.

심환지가 행랑채에 이르러 문을 열자 황덕만은 잠시 잠을 청했는지 벌렁 드러누워 있다가 황급히 일어나는 모양새를 취했다. 마치 아무 생각 없이 잠이나 자고 있었던 것처럼 그는 하품까지 늘어지게 했다. 하지만 심환지는 그것이 황덕만의 속 보이는 행동이라는 것을 잘 알고 있었다. 비록 행랑채에 머물고 있었지만 황덕만의 눈과 귀는 사랑채에 쏠려 있었음이 분명했다. 금상은 필시 심환지의 집안 분위기를 면밀히 살피고 오라 했을 테고, 황덕만은 행랑채에 머물면서 소피를 보네, 물을 마시네 하면서 이곳저곳을 기웃거리며 사랑채를 살폈을 것이다.

"자네가 수고가 많네. 오늘도 수고 좀 해주게."

심환지는 옷을 추스르며 행랑채를 막 나선 황덕만에게 서찰을 내밀며 말했다.

"헤헤, 저 같은 것이 무슨 수고를 한다고 그러십니까. 저 같은 무지렁이는 그저 물건이나 전달하고, 오라 하면 오고, 가라 하면 가는 것일 뿐입죠."

황덕만은 품에 서찰을 갈무리하며 인사를 꾸벅하고는 급히 궁궐로 되돌아갔다.

황덕만이 돌아간 뒤에 심환지는 덕배를 불러오라 했다. 덕배는 심환지의 외거노비였다. 하지만 덕배는 매일 한 차례씩 꼭 심환지 집을 들렀다. 그러다 심환지가 찾으면 즉시 사랑채로 달려왔다.

"이 서찰을 네 처에게 가져다주거라. 늘 하는 말이지만 이 서찰을 누구에게도 보여주어서는 안 된다. 알겠느냐?"

"예, 대감마님. 품에 잘 품고 가서 제 처에게 전하겠습니다."

덕배는 심환지의 서찰을 품에 고이 품고 뒷문을 빠져나갔다.

* * *

주상 이산은 자신의 서재 개유와에 앉아 황덕만이 가져온 심환지의 서찰을 꼼꼼히 읽은 뒤에 중요한 내용은 따로 기록해두었다. 그러고는 이내 심환지의 서찰을 태웠다. 겉봉을 먼저 태우고 이어서 속지를 태웠다. 서찰을 태울 때마다 느끼는 것이지만 한지 타는 냄새가 그윽하고 좋았다. 특히 겉봉보다는 속지를 태울 때가 훨씬 좋았다. 묵향이 배서 그런지 향이 은은해서 좋았고, 발갛게 타들어 가는 색깔도 좋았으며, 까맣게 재가 되어 사라지는 것도 좋았다. 그 모습을 보고 있노라면 마치 서녘으로 해가 떨어진 뒤 이제 막 어둠이 깔리는 광경을 대하는 듯했다. 태양빛에 드러났던 모든 물상이 어둠과 함께 감추어지듯이 서찰에 적힌 글들이 까만 재가 되어 완전히 사라지는 모습이 좋았다.

이산은 감추는 것을 좋아했다. 아니, 드러내는 것을 싫어했다고 하는 편이 옳을 것이다. 내면을 드러내는 것은 그에게 무척 위험하고 고통스러운 행위였다. 궁궐이란 그런 곳이었다. 드러낸 것이 많을수록 적이 많아졌고, 적은 다시 비수가 되어 목을 노렸다. 그렇게 아비를 잃었고, 측근을 잃었으며, 벗을 잃었다.

이산은 아직도 열한 살 때 보았던 아버지의 눈빛을 잊을 수가 없었다. 어두운 뒤주에 갇혀 바라보던 죽음의 눈빛은 늘 그의 꿈속으로 찾아들고는 했다. 아버지의 눈은 늘 피와 눈물로 범벅이 되어 있었다. 때로는 그 눈에서 수많은 화살이 쏟아져나올 때도 있었다. 그 화살은 이산의 온몸에 박혀 이름을 알 수 없는 검은 벌레가 되기도 했다. 그 벌레가 그의 살을 파고들어 가슴, 폐, 비장, 간을 모두 갉아먹었다. 그때마다 그는 온몸이 땀에 젖은 채 소리를 지르며 깨어나고는 했다.

아버지의 눈은 비단 뒤주 속에만 갇혀 있지 않았다. 아버지의 눈은 때때로 칼날이 되어 죄 없는 환관의 목을 베고 어린 궁녀의 가

습을 도려내기도 했다. 잘려나간 궁녀의 가슴은 한 마리 고양이가
되어 이산이 자고 있는 이불 속으로 기어들어와 밤새도록 울다가
돌아가고는 했다.

아버지는 화가 나면 살아 있는 무언가를 반드시 죽여야 성이 찼
다. 그것이 고양이든 백구든, 환관이든 궁녀든 가리지 않았다. 심
지어 자신의 후궁까지 목을 쳐 죽였고 그 후궁이 낳은 아들을 연못
에 던져버리기도 했다. 그런 날 아버지의 눈에 걸린 자들은 모두
죽음을 면치 못했다.

그런 아버지의 눈은 동궁 뒷마당에도 있었다. 아버지는 동궁 뒷
마당 깊이 굴을 파고 자신만의 은신처를 만들어두었다. 이산은 우
연히 아버지가 땅속으로 사라지는 것을 보고 신기하게 여겨 몰래
따라서 들어가본 적도 있었다. 아버지는 그 속에 상복을 감추어두
고 있었다. 상복 옆에는 대나무 지팡이가 두 개 있었는데, 그것은
지팡이로 위장한 칼이었다. 아버지는 그 속에서 상복을 입고 그 칼
로 누군가와 맹렬히 싸우고는 했다. 칼을 휘두를 때마다 아버지는
"죽어, 죽어" 하고 외쳐댔다. 그 순간 아버지의 눈에서는 불빛 같
은 것이 쏟아져나왔다. 한번은 그 광경을 몰래 지켜보다 눈이 마주
치고 말았다. 그 눈빛이 너무 무서워 허겁지겁 달아나는데, 아버지
가 상복을 입은 채 칼을 휘두르며 뒤쫓아왔다. 이산은 잡히면 죽을
것이라는 생각에 정신없이 달아나다 어머니 처소로 들어가 병풍
뒤에 숨었다. 아버지는 거기까지 쫓아와 번쩍이는 칼을 든 채 나오
라고 고함을 질러댔다. 다행히 어머니가 앞을 막아선 덕분에 이산
은 목숨을 구할 수 있었다.

다음날 어머니는 할머니를 찾아가 고했다.

"동궁을 죽여주소서. 동궁을 죽이지 않으면 저와 세손이 죽을 것입니다."

어머니의 눈빛은 간절하고 또 간절했다. 그 간절한 눈빛이 결국 할머니의 마음을 움직였다. 할머니도 할아버지를 찾아가 동궁을 죽여달라고 고했다. 동궁이 환관들을 죽이고 어린 궁녀와 궁궐의 차비노를 죽인 수가 100명이 넘는다고 했다. 게다가 세손을 죽이려고 칼을 들고 설쳤다고도 했으며, 빈궁은 물론이고 어미인 자신마저 죽이려 했다고도 했다.

할머니의 눈은 겁에 질려 있었다. 그 눈빛을 보고 할아버지는 아버지를 뒤주에 가두었다. 뒤주에 갇힌 아버지는 이산의 눈을 보자 애원했다.

"살려다오, 살려다오, 아비를 살려다오."

하지만 이산은 아버지의 눈이 무서웠다. 그 눈이 언제 칼이 되어 춤을 출지 알 수 없었다. 그래서 뒤로 물러서자 아버지는 이산을 쏘아보며 울부짖었다.

"이것이 모두 네놈 때문이다. 전하께서 너를 믿고 나를 죽이는 것이다. 네놈만 없었다면 나를 죽이지 못할 것을, 나는 너 때문에 죽는 것이다."

이산은 귀를 막고 물러섰다. 물러서는 그를 내금위장이 안아올렸다. 이후 이산은 아무 생각도 나지 않았다. 며칠 동안 식은땀을 흘리며 꿈속을 헤매야만 했다.

그다음부터 궁궐의 모든 곳에 눈이 박혀 있는 것이 보였다. 궁궐이란 그야말로 수천 개의 눈동자로 이루어진 괴물이었다. 왕이 어디에 있든 보는 자가 반드시 있었고, 왕이 무엇을 하든 감시하는 자가 반드시 있었으며, 왕이 어딜 가든 따라붙는 자가 반드시 있었다. 궁궐은 그렇게 늘 살아 움직이는 눈동자로 득실거렸다.

그 눈은 때때로 거머리처럼 이산의 몸에 달라붙어 피를 빨았다. 그 때문에 이산은 거머리를 떼어내느라 한숨도 자지 못하고 몸을 긁어댔다. 그러다 자고 일어나면 온몸에 피딱지가 앉아 있었다. 그 피딱지는 다시 작은 눈동자가 되어 그를 노려보았다.

그 눈동자를 피하기 위해 이산은 무던히도 애썼다. 아무도 모르는 곳, 아무도 오지 않는 곳, 아무도 관심을 두지 않는 곳을 찾기 위해 끊임없이 헤맸다. 어린 시절부터 그가 성년이 되기까지 찾고 또 찾았지만 궁궐 안에는 그런 곳이 없었다. 그래서 임금이 되고 나서 생각을 바꾸었다. 아무도 모르는 곳, 아무도 오지 않는 곳, 아무도 관심을 두지 않는 곳을 찾기보다는 보고도 보지 못하는 곳, 듣고도 듣지 못하는 곳, 알고도 알 수 없는 곳을 만들어야겠다고 생각했다.

스물다섯 살에 왕위에 오르던 그때 이산은 그런 결심을 했다. 이제 더이상 눈을 피해 달아나지도, 눈을 피해 숨지도 않을 것이라고. 그보다는 오히려 스스로 눈이 되어 모두를 바라보고, 감시하고, 찾을 것이라고. 그래야만 뒤주에 갇혀 굶어죽은 아비처럼 되지 않을 것이고, 주변의 눈이 무서워 아들까지 죽이는 비정한 할아버지처럼 되지 않을 것이며, 눈의 공포에서 벗어나기 위해 남편을 죽여달라고 울부짖던 어머니처럼 되지 않을 것이라고.

그래서 얻은 눈이 바로 밀찰이었다. 밀찰이라는 수단을 얻은 이후 이산은 더이상 다른 이들의 눈을 의식할 필요가 없었다. 오히려 그를 감시하던 눈은 눈치를 보기 시작했고, 공격하던 눈은 두려움으로 가득찼으며, 쏘아보던 눈은 시선을 외면하고 고개를 숙였다.

이산은 밀찰을 태울 때가 가장 행복했다. 그것을 태우는 순간 궁궐에 박혀 있던 수천 개의 눈은 모두 온화하고 따뜻한 충복이 되었다. 비밀을 나누는 것은 그렇게 아름답고 순고했다. 비밀을 태우는 것은 고요하고 평화로웠다.

이산은 밀찰을 태울 때마다 향기를 느꼈다. 그 향기를 맡으면 기분이 좋아지고 불안감이 사라졌다. 심환지의 밀찰에서도 마찬가지였다. 심환지가 보낸 밀찰을 태우고 있노라니 세상 모든 것이 자신 앞에 무릎을 꿇고 있는 느낌이었다. 그의 말 한마디면 모든 것이 태어나고, 모든 것이 종적을 감출 것 같았다.

돌이켜보면 심환지는 얼마나 그악스러운 자인가. 드러내놓고 아버지 장헌세자의 죽음은 동정할 만한 구석이 전혀 없다고 떠들어대던 자가 아닌가. 그로 인해 숱하게 유배지를 떠돌았건만 조정에 돌아오기만 하면 여지없이 그런 말을 쏟아놓던 자가 아닌가. 그랬던 그가 이토록 양순해진 것이 모두 밀찰 덕이 아니고 뭐란 말인가.

밀찰을 받은 후로 심환지는 시키는 일은 모두 하는 위인이 되었다. 영의정을 탄핵하다 물러나라 하면 기꺼이 물러나고, 병조판서를 탄핵하라 하면 탄핵하고, 이조판서를 세우라 하면 세우고, 물러났다 다시 들어오라 하면 기꺼이 그렇게 했다. 또 고의로 왕에게 강하게 맞서라 하면 맞섰고, 숙이라면 숙였고, 쳐들라면 쳐들었다.

어디 심환지뿐인가. 처음으로 밀찰을 주고받는 사이가 되었던 홍국영도 그랬다. 권력을 부리라면 부렸고, 죽이라면 죽였으며, 살리라면 살렸다. 그러다 물러나라 하면 물러났고, 죽으라 하면 죽었다. 홍국영에 이어 소론의 영수 서명선도 그랬고, 노론의 영수 김종수도 그랬으며, 남인의 영수 채제공도 그랬다. 이 모든 것은 밀찰의 힘이었다.

이산은 이제 자신의 앞길을 막을 자가 없다고 확신했다. 밀찰을 수단 삼아 조정을 장악한 이후 감히 이심을 품는 자는 없었다. 세손 시절 밤마다 목숨을 잃을까 두려워 잠자리를 옮겨다니던 일 따위는 이제 다시는 없을 것이다. 즉위 직후 살수들이 기왓장을 밟으며 비수를 던져대던 일도 이제 까마득한 옛일일 뿐이었다. 이산은 주먹을 불끈 쥐고 어금니를 악물었다.

지난 24년 동안 그를 지키는 금위군은 다섯 배로 늘었고 전국의 병력은 금위군을 확대하여 만든 장용영 휘하에 모두 들어왔다. 금위군은 왕을 지키는 것을 넘어 신하들까지 지켜보고 있었다. 소론이든 노론이든 남인이든, 벽파든 시파든 가리지 않고 금위군의 감시에서 벗어날 수 없게 되었다. 한양의 관리뿐 아니라 지방관의 움직임까지 손바닥을 들여다보듯이 훤히 볼 수 있게 되었다. 그러므로 어느 누가 감히 나의 목을 노릴 것이며, 어느 누가 감히 수라에 독을 탈 것이며, 어느 누가 감히 탕약에 비상을 넣을 것인가.

이산은 이 모든 것이 밀찰의 힘이라고 자부했다. 그렇기에 밀찰은 절대 세상에 드러나서는 안 되는 비문이었다. 이산이 붕당의 영수들과 밀찰을 주고받으며 보이지 않는 곳에서 정사를 결정하고,

막후에서 거래하고 있다는 사실이 알려지면 하루아침에 조정은 벌집을 쑤셔놓은 형국이 될 것이 뻔했다. 법치와 왕도를 운운하는 젊은 언관들의 상소가 빗발칠 것이며, 유생들은 성균관을 비우고 궐문을 가로막은 채 고성으로 정승과 임금을 규탄할 것이고, 젊은 사관들은 혈기와 의기를 앞세우고 붓을 놀려댈 것이었다. 그가 밀찰을 읽은 즉시 태우라고 누누이 당부하고, 때로는 협박하고, 때로는 감시하는 이유도 거기에 있었다.

그런데도 무오년 봄에는 왕과 권신 사이에 밀찰이 오간다는 소문이 돌았다. 이산은 그 소문의 진원지가 심환지라 생각했다. 당시 채제공은 늙어 꼬부라져 더이상 밀찰로 왕래할 처지가 아니었고, 김종수도 병으로 자리에 누운 지 몇 년째로 정치를 논할 상대가 되지 못했다. 또 소론과 시파에는 굳이 밀찰을 보낼 일이 없었고 남인의 이가환은 지방관으로 부임한 터라 왕래할 수 없었다. 그러므로 심환지가 아니고는 밀찰에 관한 말이 나올 곳이 없었다.

이산은 그 일로 심환지에게 경고를 보냈다. 수하나 자식을 어떻게 단속하기에 이런 말이 도는지 캐물었고, 혹여 다시 한번 같은 말이 돌면 수족을 모두 잘라놓겠다고 으름장을 놓았다. 실제 심환지의 심부름꾼 중 하나는 쥐도 새도 모르게 죽임을 당했다.

그러자 심환지는 자신은 결코 밀찰이라는 단어조차 꺼낸 적이 없다는 서찰을 보내왔다. 이산도 그쯤에서 더이상 심환지를 몰아붙이지 않았다. 심환지 부인의 병세가 악화된 것을 염려하여 어의도 보내주고 인삼도 건네주었다. 또 심환지 아들이 과거에 떨어진 것을 안타깝게 여기며 다음번에는 300등 안에만 들어도 등수를 올려 급제를 시키겠다는 약속도 했다.

한편으로는 밀찰을 운운한 자들을 은밀히 색출하여 외딴 곳에서 취조했고, 그중 일부는 섬으로 쫓아버렸고, 일부는 숨통을 끊어놓았다. 애민을 으뜸으로 여기는 그가 할 짓은 아니었지만 대(大)를 위한 소(小)의 희생은 불가피했다. 다행히 이후 밀찰에 대한 소문은 잠잠해졌다.

이산에게 심환지는 그저 사육된 호랑이 같은 존재였다. 심환지를 좌의정에 올리고 그에게 조정의 실권을 안겨준 것도 그런 용도로 쓰기 위함이었다. 그가 심환지를 조정으로 다시 불렀을 때 벽파는 세력을 잃고 방향을 잡지 못하고 있었다. 영조대왕 시절 노론이 누리던 위세와 도도함은 사라지고 없었다. 가까스로 파당을 유지하며 자존심과 명분 하나로 겨우 버티고 있던 그들을 다시 일으켜 세우기 위해서는 권력과 부귀의 맛에 길들여진 시파를 몰아낼 호랑이 한 마리가 필요했기 때문이다.

권력이란 과거를 돌아보지 못하게 하는 이상한 속성이 있다. 그 것은 노론의 시파와 소론, 남인 등 우당을 자처하는 무리라고 해서 예외는 아니었다. 그들은 권좌에 앉아 온갖 부귀를 누리던 북당과 남당의 외척이 홍국영의 칼날에 밀려나는 것을 목도했고, 홍국영이 하루아침에 제거되어 불귀의 객이 되어 사라지는 것을 보았으며, 노론 청류의 영수를 자처하던 김종수와 심환지가 유배지를 전전하는 것을 목격했다. 그런데도 그들은 자신들의 권력은 영원할 것처럼 위세를 떨고 고개를 빳빳하게 세워 조정을 호령하고 백성 위에 군림했다. 그리고 때로는 왕을 위협하며 자신들이 마치 조정의 주인인 양 행세했다. 이산은 늘 먹이만 찾아다니는 승냥이떼 같은 그들을 더이상 지켜보고 있을 수만은 없어 벽파를 다시 불러들였다. 권력은 결코 영원하지 않다는 것을, 그것은 오로지 왕이 배후에 있을 때만 유지될 수 있다는 것을, 그래서 권력은 오로지 왕의 소유여야 한다는 것을 그들에게 처절하게 가르치려 했던 것이다. 심환지는 바로 그 일에 필요한 한 마리 호랑이였다. 그것도 철저히 사육된 호랑이였다.

이산은 그 어느 세력도, 그 어느 누구도 결코 믿지 않았다. 사람은 그 어떤 짐승보다도 믿을 수 없는 존재임을 그는 지난날의 경험을 통해 너무나 잘 알고 있었다. 그 어느 인간도 자신의 이권과 탐욕 앞에서는 의연할 수 없다는 것을 그는 어린 시절부터 처절하게 깨달았다. 권력 앞에서는 아비도, 어미도, 형제도 없다는 것을 자신만큼 잘 아는 사람은 없으리라 확신하며 살아왔다. 그렇기에 권력의 속성에 너무나 익숙했다.

권력은 승냥이떼 같은 것이었다. 먹을 것이 있으면 썩은 것도 마다하지 않고 덤벼드는 속성이 있었다. 배가 불러도 끊임없이 먹어대는 걸신 같은 면도 있었다. 그것은 결코 스스로 한계를 깨닫지도 못하고, 스스로 멈추지도 못한다.

승냥이들을 멈출 수 있는 유일한 존재는 호랑이였다. 그것도 굶주린 호랑이여야 했다. 홍국영과 김종수, 채제공이 모두 그런 호랑이였다. 하지만 호랑이도 배가 부르면 다시 승냥이떼가 되었다. 그 승냥이들을 흩어놓기 위해서는 또다시 한 마리의 굶주린 호랑이가 필요했다. 그래서 시파가 승냥이떼가 되었을 때 이산은 굶주린 심환지를 불러들여 호랑이로 키웠다. 또한 심환지와 벽파가 승냥이 떼로 전락하면 지방을 떠돌며 잔뜩 굶주린 이가환이나 정약용을 키워 호랑이로 삼을 심산이었다.

왕이란 비정한 존재여야 했다. 그렇지 않으면 왕좌를 유지할 수 없었다. 배신이란 늘 가장 믿었던 자로부터 시작되기에 왕은 결코 누구도 완전히 믿어서는 안 되었다. 배신이란 곧 믿음 위에 피는 악의 꽃이었다. 그 꽃이 피는 순간 신하는 없고 원망 어린 죽음만 남을 뿐이었다. 그러므로 왕이 되는 순간 친구, 스승, 형제, 가족도 존재할 수 없었다. 왕이 잠시 한눈을 파는 순간 가장 먼저 배신의 칼을 휘두를 자들이 바로 그들이기 때문이다.

밀찰을 태우는 불빛을 보며 이산은 그런 말을 되새기고 또 되새겼다. 밀찰은 어느새 재가 되어 청동 소각통에서 가라앉고 있었다. 그는 그것이 완전히 사그라질 때까지 시선을 거두지 않았다. 무엇이든 완전히 사라지지 않은 한 사라지지 않은 것이고, 사라지지 않은 한 어떤 형태로든 다시 살아나 승냥이가 되고 호랑이가 되었다.

2장

묘책

심환지는 퇴청하자마자 관복도 벗지 않고 이익수를 사랑채로 불렀다. 뭔가 단단히 화가 난 표정이었다. 심환지의 눈꼬리가 위로 올라가고 미간에 내 천(川) 자가 그려졌다. 그는 여간해서 속내를 잘 드러내지 않았지만 전에 없이 말투가 예민했다.

"우포청 일은 어찌되어가더냐?"

이익수가 들어오자 심환지가 다그치듯이 물었다. 이익수는 고개를 살짝 옆으로 돌리며 심환지의 시선을 피했다. 하지만 이내 입가에 엷은 미소까지 띠고 장담하듯이 대꾸했다.

"아무 단서도 남기지 않았는데, 제깟 놈들이 어떻게 알겠습니까요?"

하지만 심환지는 못마땅한 표정으로 이익수를 노려보았다. 그 눈빛에는 노기와 함께 미덥지 못한 상대에 대한 경멸이 섞여 있었다. 심환지는 쉬이 누군가를 믿는 사람도 아니었지만 수하를 함부로 다루는 성격도 아니었다. 하지만 이번 일에는 부아가 단단히 났는지 이익수를 강하게 몰아세웠다.

"이러다 덜미라도 잡히면 어쩔 것인가? 포교 오가라는 놈이 수하들을 죄다 풀어 객주를 뒤지고 있다는데, 네놈은 뭘 믿고 그런 말을 하는 것이냐?"

심환지의 닦달에도 이익수는 조금도 주눅이 잡혀 있지 않았다. 한성부에서 서리로 잔뼈가 굵은 그였다. 온갖 협잡과 거래가 판치는 한성부에서 서리생활 10년이면 호랑이 굴에서도 제 끼니는 챙겨먹는다고 했다. 그만큼 경아전(서울 아전)은 교활함과 낯 두꺼움이 없으면 버텨낼 수 없는 자리였다. 한성부를 들락거리는 자치고 한가락 하지 않은 이가 없었고 협박하거나 거드름 피우지 않는 이도 없었다. 스무 살 때부터 그곳에서 20년을 지냈으니 웬만한 일로는 기가 죽지 않는 것도 당연했다.

"뒤져봤자 무엇이 나오겠습니까. 걱정하지 마십시오."

이익수가 자신만만하게 나오니 심환지의 음성도 저절로 누그러졌다.

"그러니 노가를 잘 처리했으면 이런 걱정은 하지 않을 것이 아닌가?"

말은 그렇게 했지만 이익수의 일 처리가 형편없었다는 뜻은 아니었다. 이익수가 아니었다면 노가를 찾아내지도 못했을 뿐 아니라 감쪽같이 일을 시키고 자살로 위장하기도 어려웠을 것이다. 이익수는 그만큼 쓸모가 있는 위인이었다. 남들은 그에게 천하의 권력을 쥔 좌의정이 못할 일이 어디 있느냐고 하지만 실상 정승의 모가지는 한낱 관청의 서리보다 쉽게 떨어지는 일이 허다했다. 조정이란 데는 작은 티끌 하나만으로도 거대한 바윗덩이를 만들어낼 수 있는 곳이었다. 특히 요즘 들어 심환지는 티끌 하나도 생기지 않도록 행동을 삼가고 또 삼갔다. 혹여 그 티끌이 거사를 그르칠 수 있다는 기우 아닌 기우에 시달리고 있었던 것이다. 그런 까닭에 이익수의 존재는 더욱 중요했다.

이익수는 무슨 일이든 흔적을 남기지 않았다. 흔한 말로 이자는 꼬리 자르기의 명수였다. 누군가에게 일을 시켜놓고도 당사자가 누구의 명을 받고 일하는지 알지 못하게 하는 데 타고난 재주가 있었다. 때때로 심환지 자신조차도 이익수의 일 처리 과정을 신통하게 여길 정도였다.

심환지가 여러 대소사를 이익수에게 시키는 이유는 자명했다. 떳떳하지 못한 일을 시키기에는 이익수보다 나은 자가 없었던 것이다. 손발로 쓸 수 있는 관리가 여럿 있기는 했으나 자칫 그들을 잘못 쓰면 오히려 더 큰 사달이 나기 십상이었다. 조선의 관가에서 일어난 일들은 하룻밤만 지나면 한양 바닥에 자자하게 소문이 나는 것이 현실이었다. 아무리 은밀히 하는 일도 관가에서는 이상하리만치 빠르게 퍼졌다. 그만큼 관가는 듣는 귀와 보는 눈이 많았다. 그렇기에 관직에 있는 자들을 부려 일을 도모하는 데는 한계가 있었다.

"대감마님, 모두 날씨 탓입니다. 그렇듯 춥지만 않았다면 벌써 썩어 없어졌을 시신이었습니다. 한 달이 되도록 그렇게 말짱한 채로 얼어 있을 줄 누가 알았겠습니까? 그래도 모든 것은 소인의 불찰입니다요. 다시는 그런 일이 없도록 하겠으니 노여움을 푸십시오. 그리고 오 포교가 설사 대감마님께서 수은을 구입했다는 사실을 안다 한들 무슨 일을 할 수 있겠습니까? 걱정 붙들어 매십시오."

그 말에 심환지는 입맛을 크게 한 번 다시고는 손으로 뒷목을 몇 번 두드렸다. 피곤하거나 곤란한 일이 생겼을 때 심환지가 버릇처럼 하는 행동이었다.

"나를 지켜보는 눈이 어디 한둘인가? 소론과 남인, 시파가 내 약점을 잡기 위해 늘 이 집 주변에 눈들을 깔아놓은 것을 모르는가? 게다가 금상이 보낸 자들이 지천으로 깔려 있을 테니, 조심하고 또 조심해야 한다."

그렇게 다짐을 받은 뒤에도 심환지는 여전히 안심이 되지 않았다.

"우포청 오유진이라는 자는 어떤 사람인가? 그자는 그대로 둬도 되겠는가?"

심환지가 걱정스러운 말투로 물었지만 이익수는 자신만만한 얼굴이었다. 흡사 그까짓 일로 무슨 신경을 그리 쓰느냐고 항변하는 듯한 표정이었다.

"그자는 크게 신경쓰지 않으셔도 될 듯합니다. 조정에 연줄이 있는 자도 아니고, 파당이 있는 자도 아닙니다. 황해도에서 군관으로 지내다 얼마 전에 가까스로 포도부장 자리 하나 꿰차고 한양에 들어온 보잘것없는 자입니다. 그런 자가 무슨 힘이 있어 대감마님을 건드리겠습니까요. 그저 사는 데 급급해 포청 일을 열심히 하고 있을 따름입니다요. 그런 자를 괜히 건드려서 의심을 살 필요는 없을 듯합니다. 자칫하면 숨어서 지켜보는 눈들이 먼저 알고 우리를 의심할 수도 있습니다. 그리고 혹 신경쓰일 일이 있으면 제가 적당히 알아서 손을 봐줄 것이니, 대감마님께서는 하등 신경쓰지 않으셔도 될 일입니다요."

심환지는 그쯤에서야 고개를 끄덕였다. 이익수가 그렇게까지 장담하는데 군이 불신할 이유가 없다고 보았던 것이다.

"알았네. 그 문제는 알아서 잘 처리하게. 그리고 노가가 만든 한지 중에 밖으로 샌 것은 없겠지?"

"물론입니다. 조각 하나도 남김없이 쓸어왔습니다."

"그렇다고 노가의 지작소 근처에 걸음을 해서는 절대 안 될 것이야."

"여부가 있겠습니까. 그나저나 앞으로 계속 덕배를 쓰실 것입니까? 놈이 칠푼이 같은 데가 있는데다 함부로 말을 흘릴까 걱정입니다."

심환지는 이익수가 무엇을 염려하는지 잘 알고 있었다. 덕배는 다소 모자라는 아이였다. 그래서 혹 누군가가 넘겨짚고 쿡 찌르기라도 하면 아무 말이나 숨김없이 쏟아낼 터였다. 하지만 심환지는 그런 점 때문에 덕배를 택했다. 덕배를 아는 사람이라면 그가 은밀하고 중요한 일을 수행할 능력이 없음을 잘 알고 있기 때문이었다. 금상이 숨겨둔 눈들도 그 점을 모를 리 없었다. 그래서 그는 오히려 덕배가 가장 안전한 연락책이라고 판단했다. 그 점을 증명하듯이 지난 4년 동안 덕배가 심환지의 집을 왕래하는 것을 의심하는 사람은 아무도 없었다.

심환지가 대왕대비와 연통한 지도 벌써 5년째였다. 김종수는 대왕대비와는 절대 손을 잡아서는 안 된다고 했다. 대왕대비와 손을 잡으면 결국 외척과 손을 잡지 않을 수 없을 것이고 이는 곧 청류를 자처하는 청명당의 명분을 실추시키는 일이라고 했다. 하지만 심환지의 생각은 달랐다. 만약 금상이 사라진다면 어린 세자가 왕위를 이을 것이고 그렇게 되면 대왕대비가 수렴청정을 할 수밖에 없었다. 그러므로 대왕대비와 손을 잡지 않고서는 미래를 도모할 수 없다는 판단이었다.

심환지가 처음 대왕대비에게 은밀히 결탁 의사를 내비쳤을 때 그녀는 매우 조심스러운 태도를 보였다. 벽파의 영수 김종수의 묵인 아래 그녀의 오빠 김귀주가 탄핵당했고 결국 김귀주는 유배지에서 생을 마감했다. 그래서 대왕대비는 벽파를 신뢰하지 않았다. 더구나 그녀는 금상의 감시를 받고 있는 처지였다. 금상은 겉으로는 대왕대비에게 온갖 효도를 하고 예를 다하는 듯이 수선을 떨었지만 뒤에서는 대왕대비의 일거수일투족을 살피고 있었다. 그런 상황에서 벽파와 손을 잡은 것이 자칫 밝혀지기라도 하면 대왕대비라 하더라도 금상은 그냥 두고만 보고 있지 않을 것이 분명했다. 그런 두려움으로 대왕대비가 망설이고 있을 때 심환지는 자신의 묘책이 성공하면 왕권은 대왕대비가 쥐게 될 것임을 환기시켰다. 대왕대비도 금상이 있는 한 자신과 경주 김씨 가문의 안전을 보장할 수 없다는 것을 잘 알고 있었기에 결국 심환지와 손을 잡았다.

이후 심환지는 덕배와 필례의 결합을 추진했다. 그들을 잘 활용하면 연락책으로 안성맞춤이라는 판단에서였다.

필례는 대왕대비전의 무수리였다. 그녀는 원래 오작인을 아비로 둔 의녀였는데, 왕실녀를 치료하는 과정에서 약을 잘못 전달하는 바람에 죽을 지경에 처했었다. 다행히 대왕대비의 은덕으로 죽음을 면하고 무수리로 지내고 있었다. 그녀는 몸집이 거대하고 여느 장정에게도 뒤지지 않는 완력을 지니고 있었다. 하지만 거대한 몸집에서 풍기는 인상과 달리 명민하고 민첩했으며 충성심도 강하고 상황 판단력도 좋았다. 덕분에 대왕대비는 서찰 따위를 쓸 필요가 없었다. 필례의 기억력이 모든 것을 해결해주었기 때문이다. 그녀는 대왕대비가 귓속말로 전하는 말을 모두 기억해두었다가 집에 돌아와 글로 옮겼다. 그리고 남편 덕배 편에 심환지에게 전달했다. 또 심환지가 대왕대비전에 서찰을 보내면 필례는 그 내용을 모두 머릿속에 넣고 궁궐로 들어가 대왕대비에게 전했다. 그리하여 심환지와 대왕대비가 연통을 주고받는 사실은 아무도 눈치채지 못했다.

"덕배와 관련한 일은 내가 알아서 할 터이니, 너는 염려하지 말거라."

그렇게 말한 뒤 심환지는 창선방에 사람을 보내 심인을 데려오라고 했다. 심인은 그의 팔촌뻘 되는 서출이었다. 비록 그는 학문이 깊지 않았지만 의학에 남다른 깊이가 있었고 스스로 고안한 탁월한 의술을 지니고 있었다. 사실 이번 묘책을 낸 것도 심인이었다.

심인이 사랑채 문을 열고 들어섰을 때는 이미 어둠이 내린 뒤였다.

"배가라고 했는가? 그자의 상태는 어떤가?"

심인이 오자마자 심환지는 대뜸 그렇게 물었다. 심인은 대답 대신 책자 하나를 내밀었다. 그리고 책장을 펴며 설명했다.

"이것이 지난 4년 동안 기록한 배가의 병부(病簿)입니다. 그리고 여기부터가 올해 보인 증상입니다."

심환지는 책자를 세심하게 살핀 뒤 다시 물었다.

"중증인가?"

"그렇습니다. 자주 어지럼증에 시달리고 간혹 헛것을 보기도 합니다. 기억도 가끔 잊어버립니다."

"통증은 있는가?"

"통증은 있으나 앵속과 대마 성분 때문에 심하게 느끼지 못하고, 마땅히 어디가 아픈지도 잘 짚어내지 못합니다. 손발을 심하게 떨고, 입맛을 잃어 몸도 많이 수척해졌습니다."

"얼마나 살겠는가?"

"여름을 넘기기 쉽지 않을 것입니다."

그 말을 듣고 심환지는 흡족한 표정으로 고개를 끄덕였다. 지난 4년간 진행한 일이 이제 결실을 볼 때가 되었다니 감회가 새로웠다. 하지만 여전히 긴장의 끈을 늦출 수는 없었다. 요즘 들어 주상의 동태도 심상치 않았기 때문이다.

"그렇다면 곧 다음 묘책을 써볼 때가 된 것이 아니겠나?"

"그렇습니다. 당장 내일이라도 시행해보려 합니다. 연이어 세 번쯤 시행하면 좋은 결과를 얻을 수 있을 것입니다."

"알았네. 하지만 신중에 신중을 기해야 하네. 주변에 벌레가 꼬이지 않도록 조심하고 또 조심하게. 가급적 내게 오는 것도 삼가게."

"알겠습니다. 걱정하지 마십시오."

"이제 그만 가보게. 남들 눈에 띄지 않도록 조심해서 다니게. 그리고 이 책자는 내가 태워 없애겠네."

심인이 돌아간 뒤 심환지는 이틀 전에 온 금상의 밀찰을 꺼내 앞부분을 다시 읽었다. 3월 17일에 받은 서찰이었다.

단비가 내리기 시작하니 마치 꿀이나 기름, 엿과도 같다. 흠뻑 쏟아져 전답에 가득차기를 간절히 바란다. 요사이 잘 지내는가?

나는 갑자기 눈곱이 불어나고 머리와 얼굴이 부어오르며 목과 폐가 메마른다. 눈이 짓무르지 않을 때 연달아 차가운 약을 먹으면 짓무르는 기미가 일단 잦아든다. 대저 태양의 잡다한 증세가 모두 소양의 여러 경락으로 귀결되어 귀뿌리와 잇몸 밑바닥이 번갈아 통증을 일으키니 그 고통을 어찌 형언하겠는가.

나의 몸이 이렇듯 고통스럽다는 것을 경은 알아주기를 바란다. 몸의 고통이 있더라도 어찌 정사를 게을리하겠는가. 어제도 겨우 한 시진 눈을 붙이고 올라온 계문들을 읽느라 밤을 새우다시피 했다.

이번에 경기감사로 간 자는 그릇이 못 되나 1년은 봐줄 만하고 이조판서는 두어 달 두었다가 체직해야 할 듯싶다. 신임 대사성은 예조판서를 위해서라도 잠시 자리에 머물도록 하고 대사헌은 몇 달 더 두고 보는 것이 좋겠다. 혹 사헌부에서 우의정을 비난하는 글이 올라오면 강하게 꾸짖다가 슬그머니 물러서도록 하라. 이제 그 자리에 있기에는 우의정이 총기를 잃은 지 오래니 기로소에 들어가 차나 마시게 하는 것이 좋으리라.

심환지는 거기까지 읽고 서찰을 접었다.

"주상은 열심히 태우시오. 나는 열심히 모을 것이오. 그래서 주상이 어떤 사람인지 기필코 역사에 남겨 내가 옳았음을 알릴 것이오."

심환지는 어금니를 악물고 입을 꾹 다물었다.

이상한 왕래

　　오유진은 수하들을 풀어 한양에서 수은과 앵속, 대마를 거래하
는 곳을 전부 알아보도록 했다. 그런데 앵속은 약방마다 거래하지
않는 곳이 없었고 개인이 구입하는 경우도 많아 일일이 캐물어서
거래 내역을 확인하기란 여간 어려운 일이 아닐뿐더러 시간도 오
래 걸렸다. 그리고 대마는 워낙 거래처가 많아 확인하는 작업 자체
가 불가능했다. 그래서 그나마 거래처가 한정된 수은에 먼저 집중
했다. 수은을 거래하는 객주만 해도 수십 군데였고 수은을 사간 곳
은 너무 많았다. 하지만 그것 말고는 단서가 없는 탓에 시간이 걸
려도 탐문을 계속하는 수밖에 없었다. 그렇게 석 달이 훌쩍 흘러
어느덧 4월 중순이었다. 이미 봄도 막바지였고 한낮에는 더운 기
운까지 감돌았다.

　　한양에서 수은을 취급하는 객주는 서른 곳도 더 되었다. 그들에

게서 수은을 사간 곳은 약방과 유기장이 가장 많았고 염색장, 도화장, 대장간에서도 구입해갔다. 심지어 절간에서도 가져갔는데, 불상을 만드는 데 쓴다고 했다.

"수은이라는 것이 청나라에서 수입하기 때문에 그곳 상인들과 직접 거래하는 객주는 다섯 곳밖에 되지 않지만, 그들에게서 수은을 사서 약방, 대장간, 염색장, 도화장 등에 공급하는 작은 객주는 서른 곳이 넘습니다. 약방에서는 환을 만들 때 쓴다 하고, 유기장에서는 도금할 때 필수적이라 하고, 대장간에서는 불상을 만드는 데 많이 쓴다고 합니다. 그리고 염색장과 도화장에서는 안료를 만들 때도 쓰고 그림 그리는 물감에도 쓴다 하니, 그 사람들을 모두 조사하지 않는 한 범인 찾기는 애당초 틀린 것 같습니다요."

황판수의 입은 이미 비뚤어질 대로 비뚤어져 있었다. 아무 단서도 없이 그깟 수은의 출처를 알아본다고 범인을 잡을 수 있겠냐는 항변이었다. 사실 오유진도 수은 구매자들을 모두 찾아서 그들을 상대로 탐문한다는 것 자체가 모래사장에서 바늘 찾는 격이라고 생각하고 있었다. 하지만 실낱같은 희망이라고는 그것 하나밖에 없었던지라 어쩔 수 없는 노릇이었다.

하지만 석 달 보름을 헛짓만 하고 보니 더이상 탐문을 지속하는 것도 무리였다. 비록 죽은 자들의 억울함은 풀어주지 못했지만 열심히 하느라고 한 만큼 체념할 때도 되었다 싶었다. 그리하여 지작인 부부 살인사건은 미결로 처리하기로 결심했는데, 탐문을 나갔던 사령 중 하나가 고개를 갸웃거리며 이런 말을 했다.

"그런데 이상한 게 하나 있습니다."

"이상한 것이라니?"

"유기장이든 염색장이든 대장간이든 모두 수은을 구입할 이유가 분명하지 않습니까? 그런데 좌상댁에서 왜 수은을 구입했는지는 잘 모르겠습니다."

"좌의정 심환지 대감 말인가?"

"그렇습니다. 한 몇 년 전부터 좌상댁에서 정기적으로 수은을 사갔다는 것입니다. 그것도 몇 군데 객주에서 꽤 많은 양을요."

"좌상댁에서 수은을 가져간 자가 누구라던가?"

"수은을 주문한 자는 좌상댁에서 일하는 이익수란 자인데, 그자가 종놈을 보내서 가져갔다고 합니다요."

이익수라면 오유진도 아는 자였다. 원래 한성부에서 녹사로 있던 자였는데, 몇 년 전부터 심환지 아래로 들어가 청지기 노릇을 하고 있었다. 녹사로 있을 때부터 수단이 좋고 음흉하기로 소문난 자였는데, 심환지 아래로 들어간 뒤로는 웬만한 벼슬아치는 눈 아래 깔고 거들떠보지도 않을 만큼 도도하게 굴었다. 그런 자를 단지 수은을 사갔다는 이유로 포청으로 불러들이기란 불가능했다. 우포청 포교가 아니라 포도대장이 부른다 해도 눈 하나 꿈쩍하지 않을 자였다.

"혹 그때 객주에서 수은을 가져간 종놈이 누군지는 파악했느냐?"

"좌상댁 노비 중에 덕배란 놈이 있는데, 그자가 받아갔다 했습니다."

'이익수라…… 한낱 청지기가 값비싼 수은을 구입했을 리는 없을 테고, 분명 좌상이 필요해서 구입한 것인데, 그것을 왜 구입했느냐고 물어볼 수도 없고, 그렇다고 아무 근거도 없이 이익수를 포청으로 부를 수도 없으니 참으로 난감한 일이다.'

오유진은 한참을 고민한 끝에 덕배를 문초해보기로 했다.

"먼저 덕배가 어떤 자인지 알아오너라. 사는 집은 어딘지, 무슨 일을 하는지, 심성은 어떤지, 평판은 어떤지 자세히 알아오너라. 다만 은밀히 조사해야 할 것이다. 자칫 좌상 대감의 귀에 들어가기라도 하면 일이 틀어질 수도 있으니."

오유진은 사령들 대신에 차비노 대치에게 신신당부를 했다. 포졸이 덕배의 신상을 캐고 다닌다는 소문이 나면 심환지가 알아채는 것은 시간문제였기 때문이다. 다른 이도 아니고 천하의 권력을 손에 쥐고 있는 좌의정 심환지를 건드린다는 것은 자칫 목숨을 잃을 수도 있는 일이었다. 그렇기에 사령들은 선뜻 나서려 하지 않았고 보내보았자 제대로 조사도 하지 않고 주변만 어슬렁거리다가 올 것이 뻔했다. 그래서 차비노 대치를 보낸 것이었다.

"덕배는 좌상댁에서 100보 정도 떨어진 북쪽에 위치한 초가에 살고 있는데, 덕배 아비가 좌상댁 서출이라는 소문이 있습니다. 덕배는 칠삭둥이에다 얼굴이 계집처럼 생겼는데, 몸집도 콩알만하고 일도 잘 못하는 놈이라 합니다. 그래도 몇 년 전에 결혼은 했습니다. 마누라는 궁궐에서 물을 긷는 무수리인데, 힘이 장사라 합니다. 그 무수리가 서방은 잘 섬기는 덕에 덕배가 배는 주리지 않고 산다 합니다."

그렇게 말한 뒤 대치는 몇 번 입맛을 다시더니 속에 있는 한마디를 보냈다.

"그런데 이런 얼간이가 살인하고 무슨 연관이 있을까 싶네요. 이번에도 헛다리를 짚는 게 아닌가 싶습니다."

대치의 말에도 일리가 있었다. 아무나 살인을 할 수 있는 일도 아니었고 지작인 부부를 죽인 범인은 검시에 밝고 치밀한 자였다. 덕배처럼 세상 물정 모르는 자가 연관되어 있을 가능성은 별로 없었다. 그러나 세상일이란 늘 예외가 있는 법이고 사람이란 보이는 것과 다른 면이 있을 수 있었다. 오유진은 덕배가 범인은 아닐지라도 그를 통해 뭔가 알아낼 수 있는 일이 있지 않을까 싶었던 것이다.

"혹 덕배 아비라고 소문난 자가 누구인지 조사했는가?"

오유진은 덕배보다는 덕배의 주변 인물이 이 사건과 밀접한 관계가 있을 것으로 여겼다.

"좌상 대감의 팔촌 아우 중에 심인이라는 자가 있는데, 직업이 의원입니다. 그자가 좌상댁을 들락거리다가 여종 하나를 건드렸는데, 그래서 태어난 아이가 덕배라는 소문이 있습니다."

'좌상댁에는 노비가 숱하게 있을 텐데, 이익수가 군이 덕배 같은 얼치기에게 수은을 받아오라고 시켰다면 덕배가 가져간 수은은 혹 심인에게 전달하려던 것이 아닐까.'

거기에 생각이 미치자 오유진은 한결 마음이 가벼워졌다. 굳이 심환지를 조사할 필요 없이 심인만 먼저 살펴볼 생각이었다. 좌상을 건드리는 것이 아니라 좌상의 먼 친척이자 서출인 한낱 의원을 조사하는 일이니 긴장할 필요까지는 없겠다는 생각이었다.

하지만 심인이 수은을 썼다면 필시 약제를 만드는 데 사용했을 터인데, 그렇다면 크게 이상할 것도 없지 않은가. 심인뿐 아니라 다른 약방에서도 수은을 사갔는데, 굳이 심인만 문제삼을 일도 없다는 생각이 들었다. 그런데 문제는 구입한 양이었다. 다른 약방에 비해 몇십 배로 많았다. 도대체 약제를 만드는 데 그 많은 수은이 왜 필요하다는 말인가. 오유진은 그 점이 석연치 않아 심인을 조사해보기로 했던 것이다.

오유진은 먼저 덕배에게 기찰을 붙여 감시하게 했다. 그리고 덕배의 집이 비었을 때 자신이 직접 수하 둘을 데리고 가서 몰래 가택수색을 감행했다. 특별히 혐의점이 있어서 그런 것은 아니었다. 워낙 아무것도 없는 상태다보니 혹 단서가 될 만한 것이 있지 않을까 하는 막연한 기대감 때문이었다.

그 결과 덕배의 집에서 뜻밖의 수확을 거두었다. 지작장이 노가의 집에서 찾은 한지와 비슷한 재질의 종이를 발견한 것이었다. 오유진은 그것을 들고 다시 김청안을 찾아갔다. 김청안은 종이의 일부를 잘라 수은이 묻어나는지 조사했고 다시 물에 녹여 관찰한 뒤 이렇게 말했다.

"이 종이는 아무 곳에서나 만들 수 없는 것이니, 노가가 만든 것이 맞을 것이오. 자, 보시오. 이 종이도 찢어서 손가락으로 문질러보면 은빛으로 수은이 묻어나지 않소?"

오유진은 곧장 덕배를 심문하기로 했다. 이제 앞뒤 잴 것도 없었다. 하지만 가급적 주변에서 눈치채지 못하도록 덕배를 주막으로 유인했다. 그를 꾀어낸 것은 대치였다. 대치는 잔뜩 겁을 먹은 기색이었다. 후환이 두려워서였다.

"덕배란 놈이 어수룩한 덕에 구슬려 데려오긴 했지만, 이게 잘하는 일인지 모르겠습니다요. 혹 좌상댁에서 알고 소인이 경을 치는 것은 아니겠지요?"

사실 대치가 염려하는 것은 심환지가 아니라 그의 청지기 이익수였다. 이익수는 발이 넓고 치밀한 자로 관청 곳곳에 사람을 심어 두고 있었다. 혹여 대치는 그의 감시망에 걸려 요절이 날까 두려웠던 것이다.

"내가 모두 책임질 테니, 자네는 염려하지 말게나. 내 입에서 자네 이름이 나가는 일은 없을 것이네."

오유진이 주막에 딸린 봉놋방에 들어갔을 때 덕배는 대치가 내놓은 막걸리 한 사발을 마신 뒤 기분좋은 얼굴로 앉아 있었다. 덕배는 오유진이 들어서자 그저 멀뚱멀뚱 쳐다만 볼 뿐 별다른 반응은 보이지 않았다. 정말 아무 의심도 없는 어린아이 같은 얼굴이었다.

'저 얼굴로 거짓을 꾸며대지는 않겠지?'

오유진은 덕배의 해맑은 얼굴을 보자 그런 마음이 들었다. 처음에 오유진은 덕배를 대하면 먼저 겁을 주어 잔뜩 얼어붙게 할 심산이었다. 그를 압박하여 그 종이의 출처를 캐는 것이 급선무라고 생각했다. 하지만 정작 덕배를 대면하자 그런 마음이 사라졌다. 굳이 겁박하지 않아도 아는 대로 술술 말할 것 같은 느낌이었다. 그 바람에 오유진은 조금 당황하기까지 했다. 설마 그 깐깐하고 노회한 심환지가 이런 얼뜨기에게 중요한 일을 맡겼을까 싶었다. 하지만 사람 속을 누가 아느냐는 말을 몇 번이나 되뇌며 넌지시 물었다.

"내 너에게 궁금한 것이 있는데, 물어봐도 되겠느냐?"

덕배는 실실 웃으며 고개를 끄덕였다.

"일전에 너의 집에 갔다가 우연히 이 종이를 발견했다. 이 종이는 어디서 난 것이냐?"

오유진은 덕배의 집에서 발견한 종이를 내밀었다. 그래도 덕배는 눈만 끔벅거릴 뿐 놀라는 기색은커녕 왜 자기집에 왔느냐고 물어보지도 않았다.

"이 종이가 뭡뎁쇼?"

"너의 집에서 가져온 종이라니까."

그러자 덕배는 종이를 이리 만지고 저리 만지면서 고개만 갸웃거렸다.

"이 종이를 모르겠느냐?"

"일전에 심 의원댁에서 감초를 얻어왔는데, 마땅히 쌀 것이 없어서 굴러다니는 종이에 싸온 적이 있구먼요. 아무래도 그 종이 아닌가 싶은뎁쇼."

"심 의원이라면 창선방에 사는 의원 심인을 일컫는 것이냐?"

"맞습니다요."

오유진은 제대로 짚었다 싶었다.

"그렇다면 소의문 객주에게서 수은을 받아간 적은 있느냐?"

그 말에 덕배는 무척 신기하다는 표정으로 오유진을 쳐다보았다.

"그걸 어떻게 아신대요?"

덕배는 뭔가 숨기려는 기색이 전혀 없었다. 그저 묻는 대로 답하고 아는 대로 말할 뿐이었다. 그래서 오유진은 덕배는 그저 단순한 심부름꾼일 뿐이라고 판단했다. 그래도 확인할 것은 모두 확인할 심사로 더 캐물었다.

"옥류동에서 지작소를 하는 노가를 아느냐?"

하지만 덕배는 노가를 전혀 모른다고 했다.

"노가에 대해 들은 적도 없느냐?"

"들은 적도 없습니다."

"그러면 수은을 받아서 어디다 가져다주었느냐? 네가 노가에게 주지 않았단 말이냐?"

"노가요? 모르는 사람한테 제가 왜 수은을 가져다줍니까요? 수은은 좌상댁에 드렸습니다."

오유진은 거기까지 묻고 그만두었다. 덕배는 살인사건과는 무관해 보였기 때문이다. 그렇다면 심환지와 심인만 용의 선상에 있는 셈이었다. 심인은 노가가 만든 종이를 가지고 있고 심환지는 노가가 사용한 수은을 공급했다. 즉 노가에게 수은을 주고 종이를 만들게 한 것은 심환지이고 그 종이를 사용한 것은 심인이라는 뜻이었다. 하지만 이런 추측만으로 그들을 살인자로 단정하기에는 무리였다. 그들과 노가가 접촉했다는 사실을 증명할 증인도, 증거도 없었다. 그리고 살해 동기도 짐작할 수 없었다. 그래서 먼저 심인에게 수하들을 붙여 감시하게 했다. 지켜보다보면 뭔가 단서를 얻을 수 있을 것이라는 판단에서였다.

"심인은 여간해서 집밖으로 잘 나오지 않는 위인입니다. 약방에서 환자 보는 게 주로 하는 일이옵고, 삼청동 좌상댁에 다녀오는 일도 거의 없었습니다. 삼청동에서 며칠에 한두 번 종놈을 보내 약재를 조금씩 가져가는 것 외에 특별한 왕래는 없었습니다. 좀 특이

한 일이 있다면 삼청동에서 사람이 다녀간 다음에는 꼭 외출을 하는 정도입니다."

며칠 동안 심인을 감시하던 사령 이가의 보고였다.

"어디로 외출하는가?"

"그래서 제가 특별한 곳을 가나 해서 따라붙어보았더니, 광희문쪽에 사는 머슴집에 갔다 오는 게 전부였습니다."

"그 머슴은 어떤 자인가?"

"주변에 물어보았더니 그 머슴에 대해 아는 자가 별로 없었습니다."

오유진은 심인이 가끔 간다는 그 머슴집을 직접 살펴보러 갔다. 별일 없이 머슴집을 수시로 간다는 것이 수상쩍었기 때문이다. 수하의 말대로 그 머슴에 대해 아는 이는 별로 없었다. 다만 광희문 근처 주막에 가끔 간다는 말을 듣고 그곳 주모를 만나 물었더니 그녀에게서 이런 말이 나왔다.

"그 사람 성이 배씨인데, 몇 년 전부터 그 집에 살았습죠. 근처에 있는 심 의원 밭을 부쳐먹고 있다 하는데, 밭농사를 짓는 꼴이 영 엉망입니다. 밭엔 늘 잡초가 무성하고, 채소를 심어놓고도 말려 죽이기 일쑤입니다. 그런데도 심 의원이 먹을 것도 대고 집도 구해준 것을 보면 먼 친척이라도 되는 모양입니다."

오유진은 심인을 직접 지켜보기로 하고 며칠 잠복한 결과, 수하들 말대로 심환지 집에서 종놈 하나가 다녀가면 꼭 심인이 배가의 집을 방문했다. 어떤 날은 심환지의 종이 하루에 세 번을 다녀가기도 했는데, 그때마다 심인도 세 번이나 배가를 찾아갔다. 심인이 배가의 집을 갈 때는 급한 환자들도 물리쳤다. 그래서 어느 날 밤에는 심인을 쫓아들어가 배가라는 자의 집에 몰래 숨어들었다. 그리고 심인이 배가와 무슨 짓을 하나 살펴보았더니, 별다른 일은 하지 않았다. 그저 심인은 배가의 방에 잠시 들어갔다가 나왔고 또다시 들어가 배가와 잠시 이야기를 나눈 뒤에 돌아가고는 했다.

심인이 배가의 집에 머무는 시간은 극히 짧았다. 기껏해야 일각(15분)도 채 되지 않았다. 그렇다고 특별한 일을 하는 것도 아니었다. 그런데 왜 군이 배가의 집을 왕래하는지는 도저히 이해할 수 없었다. 창선방 심인의 약방에서 배가의 집까지는 두 마장 거리였다. 왕복시간을 따지면 걸어서 이각 정도 소요되었다. 하루에 세 번 왕복하면 결코 적은 시간이 아니었다. 그런데도 심인은 심환지 집에서 사람이 올 때마다 어김없이 배가의 집을 방문하고 돌아갔다. 아무리 급한 환자가 와도 개의치 않았다. 그렇다면 심인에게는 그 어떤 일보다 배가의 집을 방문하는 것이 중요한 일이란 뜻이었다. 하지만 아무리 생각해도 오유진은 왜 심인이 배가의 집을 왕래하는지 알 수 없었다.

필살검법

이미 자초(밤 11시)를 넘긴 시간이었다. 오유진이 배가의 집을 살피고 돌아오는데, 뒤에서 누군가 따라붙는 느낌이 들었다. 움직임이 예사롭지 않은 자들이었다. 필시 서너 명은 되는 듯했는데, 보폭이 일사불란하고 발소리도 거의 나지 않았다. 조금만 방심했더라면 전혀 눈치채지 못할 뻔했다. 오유진은 한층 빠르게 움직였다. 하지만 따라오는 자들도 만만치 않았다. 모습을 드러내지 않은 채 뒤를 밟는 수준이 훈련된 자들임을 쉽게 알 수 있었다.

'이 정도로 내 뒤를 쫓을 정도라면 이놈들은 고도로 훈련된 자들이다. 무예도 상당한 경지에 있는 놈들이다.'

이런 생각을 하며 오유진은 필사적으로 우포청을 향해 달아났다. 하지만 우포청에 미처 이르기도 전에 혜정교 근처에서 놈들 중 하나로부터 표창이 날아왔다. 가까스로 피했지만 표창은 오유진의 어깨를 스치고 지나갔다. 그 바람에 주춤하는 틈을 타 한 놈이 앞을 가로막으며 칼을 휘둘렀다. 분명 여럿이 뒤를 쫓아왔지만 발이 느린 자들은 미처 따라오지 못한 듯했다. 놈은 날렵하고 움직임이 부드러웠다. 칼로 찌르고 발로 차고 몸을 회전하는 움직임이 능란했다. 놈의 칼끝은 순간순간 오유진의 급소를 향해 날아들었고 오유진이 가까스로 피해서 달아나면 여지없이 다음 동작이 급소를 찔러왔다. 그나마 한 명이라 다행이란 마음으로 오유진은 날카롭게 파고드는 칼날을 피하며 달아나다 일순간 놈의 가슴팍을 주먹으로 갈겼다. 놈은 짧은 신음을 내뱉으며 뒤로 나자빠졌다. 그 틈을 놓치지 않고 오유진은 죽을힘을 다해 달린 끝에 가까스로 놈을 따돌리고 우포청 담을 타고 넘을 수 있었다.

어깨를 스쳐간 표창의 상처는 예상외로 깊었다. 게다가 독까지 묻어 있었는지 상처가 이내 시꺼멓게 변했다. 자칫 독이 퍼지면 위험할 수도 있을 것 같았다.

날이 밝자 오유진은 혜정교로 달려갔다. 놈이 던졌던 표창이 필시 주변에 박혀 있을 터였다. 오유진은 표창이 날아온 쪽을 가늠하고 반대쪽을 훑었다. 표창은 근처 토담에 깊이 박혀 있었다. 표창은 세 치 정도 되는 길이에 앞쪽은 삼각형의 창날과 비슷했고 뒤쪽은 작은 날개가 두 개 달려 있었다. 흙을 떨어내자 창날 끝에 묻은 핏자국이 보였다. 그것은 여느 표창보다는 아주 작은 편이었고 한번도 본 적 없는 것이었다.

오유진은 그것을 들고 장흥고로 향했다. 스승 백동수가 그곳에서 주부 벼슬을 하고 있었다.

"매일 돗자리 수나 세는 늙은이가 뭘 안다고 이런 것을 들고 찾아왔느냐?"

큰절을 올리고 표창을 내밀며 자초지종을 설명하자 백동수는 그렇게 입을 떼었다. 백동수는 이미 머리가 하얗게 센 노인이었다. 조선제일검의 풍모는 온데간데없었고 그저 창고 물품이나 관리하는 고지기 냄새가 물씬 풍겼다.

백동수는 오유진의 아버지 오창환의 벗이었다. 두 사람은 조선의 검선으로 불리던 김광택에게서 검술을 익혔다. 하지만 검술을 쓸 곳은 마땅치 않았다. 둘 다 서얼이었던 탓에 무과를 볼 수 없었던 것이다. 그 바람에 두 사람은 입에 풀칠하느라 분주히 지냈다. 오창환은 등짐을 지고 전국을 떠돌며 장사를 했고 백동수는 가족을 이끌고 강원도 벽지로 들어가 농사를 지었다. 그 무렵 오창환은 불행히도 병을 얻어 죽었다. 금상이 왕위에 오를 무렵 경상도에 괴질이 돌았는데, 등짐을 지고 장사에 나섰다가 돌아오지 못한 것이다. 하지만 백동수는 창검의 일인자로 천거되어 친위군영 장용영에서 무술을 가르치는 초관이 되었다. 이후 어영청초관이 되었고 금군에게 무술을 가르쳤다. 또한 그 시절에 어린 오유진을 데려다가 무술을 가르쳤다. 백동수는 왕명에 따라 이덕무, 박제가 등의 규장각검서관과 함께 무예서를 편찬했는데, 그것이 곧 훈련원에서 무예 교본으로 삼고 있는 『무예도보통지』였다.

백동수는 검술뿐 아니라 의술에도 밝았고 독에 대해서도 잘 알았다. 오유진은 스승 백동수라면 상처를 치료하고 표창에 대해 무엇이라도 말해줄 수 있을 것이라 확신했다.

백동수는 오유진이 가져온 표창을 물속에 넣어두고 말을 이었다.

"어깨 상처 한번 보자꾸나."

오유진이 상의를 벗고 상처를 보여주자 백동수는 식초로 상처를 닦아낸 다음 하얀 진액을 상처와 그 주변에 발랐다.

"독이란 놈은 원래 약과는 잘 어울리지 않는 법이지. 그래서 독 위에 약을 바르면 살이 썩기 십상이다. 독은 독으로 치료해야 후유 증이 적은 법이야. 이건 앵속 씨앗을 빻아서 살모사 독과 사향, 벌 집가루를 섞어 만든 제독제다. 사흘이면 아물 것이다."

그렇게 말한 뒤 백동수는 표창을 물에서 건져냈다. 그리고 줄에 매달린 은구슬 같은 것을 그 물속에 집어넣었다. 잠시 뒤 은구슬 색깔이 군청색으로 변하자 백동수가 말했다.

"푸른 문어 독이다. 이것은 조선 땅에서는 구할 수 없고, 주로 왜인 살수들이 사용하는 것이다. 스쳤기 망정이지 제대로 맞았으 면 절명했을 것이다."

그 말에 오유진은 모골이 송연했다. 자칫했으면 한밤중에 객사 할 뻔했다고 생각하니 등줄기에 식은땀까지 흘렀다.

"그러면 저를 공격한 자들이 왜인이란 말입니까?"

"꼭 그렇다고 단정할 순 없지. 왜인이 아니더라도 푸른 문어 독 은 구할 수 있을 테니까. 그런데 그들이 사용하던 무술은 어떻더 냐? 왜인의 검술은 우리와 달라 쉽게 구분할 수 있었을 것인데."

그제야 오유진은 놈이 쓰던 무술에 생각이 미쳤다. 그래서 눈을 감고 놈의 움직임을 가만히 떠올려보았다. 그리고 일어서서 마치 눈앞에서 펼쳐지듯이 놈의 동작을 재현했다. 그 모습을 지켜보던 백동수가 의아한 표정을 지으며 고개를 갸웃거렸다.

"스승님 왜 그러십니까?"

오유진의 물음에 백동수는 여전히 납득할 수 없다는 표정이었다.

"지금 네가 구사한 동작은 무혈검법을 응용한 필살검의 초식이다."

오유진은 처음 듣는 검법이었다.

"무혈검법이 무엇입니까?"

"무혈검법은 내 스승의 부친인 김체건 선생께서 만든 검법인데, 반드시 피를 봐야만 멈춘다는 의미에서 붙여진 필살검법이다. 그런데 너를 죽이려고 한 자가 이 초식을 썼다니, 정말 믿기지 않는구나."

백동수는 한참 동안 생각에 잠긴 채 말을 하지 않았다. 오유진은 백동수가 입을 뗄 때까지 기다릴 수밖에 없었다.

"너는 그날 밤 무슨 일을 했던 것이냐?"

"창선방에 사는 의원 심인을 기찰하고 돌아오던 길이었습니다."

"그자가 누구냐??"

"좌상 대감의 팔촌 아우인데, 서출이라 합니다."

"그자는 왜 감시했느냐?"

오유진은 옥류동 지작인 부부 살인사건부터 덕배를 조사한 일까지 자세히 설명했다. 오유진의 말을 조용히 경청하던 백동수는 뭔가 알겠다는 듯이 고개를 몇 번 끄덕이고는 신중한 음성으로 입을 열었다.

"이 일은 결코 예삿일이 아니다. 가급적 하루빨리 이 사건에서 손을 떼지 않으면 네 목숨을 보전하기도 힘들 것이다."

오유진은 백동수의 말을 선뜻 받아들일 수 없었다.

"살인자를 찾는 일인데, 어째서 그만두라고 하십니까?"

오유진은 스승 백동수가 심환지에게 겁을 먹고 그런 태도를 보인다고 생각하며 은근히 실망스러운 눈빛을 보였다. 그와 동시에 부아가 치밀어올랐다. 예전의 천하제일검은 간데온데없이 사라지고 그저 남의 눈치나 보는 고지기 신세로 전락한 스승이 한심하다는 생각마저 들었던 것이다.

백동수도 그런 오유진의 속내를 짐작했는지 이렇게 말했다.

"너는 지금 내가 심환지를 두려워하여 이런 말을 한다고 생각하는 것이냐?"

오유진은 아무 대꾸도 하지 않았다.

"나는 지금 너의 목숨을 지키려 하는 것이다. 네가 더 깊이 개입하면 헤어나올 수 없는 깊은 수렁으로 빠져들고 말 것이기 때문이다."

하지만 오유진은 수긍할 수 없었다. 아무리 믿고 따르는 스승의 말이라 해도 무턱대고 받아들일 수는 없는 일이었다. 백동수도 오유진의 표정에서 이미 그런 내면을 읽고 있었다.

"네 표정을 보니, 내 말을 들을 것 같지 않구나. 하긴 다소 황당하기도 할 것이다. 살인자를 찾는 일인데, 갑자기 그만두라고 하니 납득할 수 없을 것이다. 하는 수 없구나. 네게 이 말을 하지 않는 것이 최선이라고 생각했지만, 결코 네가 물러서지 않을 것 같아 이야기할 수밖에 없구나."

백동수는 뭔가 굳은 결심이라도 한 듯 입을 한 번 굳게 다물더니 말을 이었다.

"무혈검법은 내가 스승님께 전수받은 것이다. 그 검법을 아는 사람은 네 아버지와 나뿐이었다. 그리고 내가 어영청초관이 된 뒤에 이 검법을 동덕단 무사들에게만 전수했다."

"동덕단이 무엇입니까?"

"동덕단은 상감을 가장 가까이서 은밀하게 호위하는 밀병(密兵) 조직이다. 상감의 명령으로 내가 15년 전에 그들을 조련하고 훈련시켰다. 장용위 소속 무사 중에 타고난 무골을 가진 자 30명을 선발하여 특별히 만든 조직이다. 지금도 유지되고 있는데, 단원이 지금쯤 100명이 넘을 것이고, 조직도 훨씬 커졌을 것이다. 너를 공격한 자는 동덕단 소속의 밀병일 가능성이 있다."

그 말을 듣자 오유진은 갑자기 앞이 캄캄해지고 머릿속이 마구 뒤엉키는 느낌이었다. 임금이 부리는 비밀 호위 조직이 자신을 공격한 것이라니. 참으로 믿기지도 않고, 믿어서도 안 되는 말 같았다.

"저는 단지 살인사건을 해결하려 했을 뿐입니다. 그것이 포청 포교로서의 제 임무이고, 임금께서 주시는 녹봉에 보답하는 일입니다. 그런데 그런 저를 임금을 지켜야 할 밀병이 죽이려 하다니요."

"나도 그 점이 선뜻 납득이 되지 않는다. 그래서 조사를 좀 해볼까 한다. 내가 조사를 끝낼 때까지 너는 상처를 치료하면서 쉬는 것이 좋겠다. 하지만 놈들이 또 암습할지 모르니 긴장의 끈을 놓지 말아야 한다. 알겠느냐?"

그 말을 듣자 오유진은 오히려 오기가 발동했다. 더구나 심환지와 관련된 일에 주상을 지켜야 할 밀병이 동원되었다는 사실에 더욱 부아가 치밀었다.

"저의 안전도 염려되지만, 주상의 밀병이 혹 좌상 대감을 위해 움직였다면 그것이 더 큰 문제가 아니겠습니까?"

백동수도 그 점이 의아하고 염려되는 일이라고 했다. 그래서 동덕단에 줄을 대 내부 사정을 알아볼 요량이라고 했다. 그에 덧붙여 그 조사가 끝날 때까지만이라도 심인을 조사하는 일을 잠시 보류하라는 말도 잊지 않았다. 오유진은 일단 스승의 말에 따르기로 하고 우포청으로 돌아갔다.

수은 중독

정약용은 10여 일 동안 주상이 보내준 의서들을 검토하며 주상의 병증과 유사한 병들을 샅샅이 살폈다. 그중에서도 주상이 앓고 있던 옹저와 창질을 집중적으로 공부했다. 약방을 찾아다니며 옹저와 창질 환자들을 만나 문진을 하기도 했다. 그 과정에서 여러 의원을 접했는데, 옹저와 창질에 가장 밝은 의원은 유의 이경화였다.

"소생의 지우 중에 심한 옹저와 창질을 함께 앓고 있는 사람이 있어 선생님께 도움을 청하러 왔습니다."

정약용이 절을 한 후 찾아온 사연을 말하자 이경화는 고개를 끄덕이며 마른기침을 몇 번 삼킨 뒤 입을 열었다.

"선생의 이름은 익히 들었소. 내 늙어 꼬부라져 촌구석에 처박혀 살고 있지만, 그래도 하늘이 낳은 영재를 모를 리 있겠소. 미용, 어서 오시오."

이경화는 이미 팔순의 노구였다. 몇 년 전부터 무릎이 좋지 않아 바깥나들이도 거의 못하는 처지였다. 그는 젊은 시절에 생원시와 진사시에 모두 합격했으나 오직 의학에 뜻을 두고 관직에 나가지 않은 유의였다. 정약용은 그의 『광제비급』을 탐독하고 혹 그라면 주상의 병증에 대해 알고 있지 않을까 하는 마음으로 찾아온 터였다. 그런데 이미 늙을 대로 늙어 제대로 운신조차 못하는 처지가 된 모습을 보고 마음이 답답했다.

"소생이 선생님의 저서를 읽고 고견을 듣고자 왔습니다."

그러자 이경화는 타구에 침을 몇 번 뱉은 뒤 인상을 찡그리며 쇳소리 같은 음성으로 말을 이었다.

"미안하오. 이제 내 몸도 쓸모를 다한 모양이오. 내 몸이 이러니 다른 사람의 몸을 어찌 고치겠소만, 그래도 아는 대로 말하리다. 그 지우의 증세를 소상히 말해보시오."

정약용은 주상의 증세를 세밀히 적은 작은 책자를 하나 내밀었다. 이경화는 그것을 읽은 뒤 입을 꾹 다물며 정약용을 쳐다보았다.

"왜 그러십니까?"

"혹 이 지우가 선생께 매우 중요한 분이오?"

"그렇습니다. 반드시 병증을 고쳐야만 하는 분입니다."

"내가 팔십 평생 수많은 환자를 만났지만, 이렇듯 여러 증상을 동시에 보이는 경우는 처음이오."

그 말에 정약용은 앞이 캄캄하고 손이 떨렸다. 실상 자신도 주상의 병증이 매우 중증임을 인지하고 있었던 까닭이다.

"무슨 일이 있어도 병증의 원인을 찾아 고쳐야 합니다."

정약용이 흙빛으로 변한 얼굴로 불안함을 감추지 못하자 이경화가 물었다.

"선생의 반응을 보니, 그분이 예삿분은 아니구려. 그분의 연세가 어찌되오?"

정약용은 한숨을 가느다랗게 내쉬며 대답했다.

"춘추 마흔아홉입니다."

"그분은 원래 피부가 마르고 물을 즐겨 마시지 않습니까?"

"그렇습니다."

"그분은 늘 격무에 시달립니까?"

"그렇습니다."

"그분은 근심이 끊이지 않습니까?"

"그렇습니다."

"그분은 화를 잘 삭이지 못합니까?"

"그렇습니다."

그러자 이경화는 한숨을 길게 몰아쉬며 절망스러운 표정을 지었다. 그리고 한동안 말이 없다가 고개를 몇 번 끄덕이더니 이렇게 일러주었다.

"선생, 잘 들으시오. 선생도 알다시피 옹저라는 것은 혈액이 나빠져서 생기는 병이오. 옹(癰)은 혈류가 막혀서 생기는 병으로 몸속으로 들어온 찬 기운과 더운 기운이 흩어지지 못한 것이 원인이오. 그래서 살이 썩어 고름이 생기기는 하지만 고약을 써서 치료하면 나을 수 있소. 저(疽)는 어혈이 기의 순환을 방해할 때 생기는 병으로 피부가 함몰되고 힘줄과 뼈가 모두 상하면서 몸속까지 상하게 되는 병이오. 이는 침과 뜸, 고약을 혼용하면 고칠 수 있소. 그런데 선생의 지우께서는 옹저가 한꺼번에 창궐하여 온몸을 장악하고 있소. 그럴 경우 침과 뜸, 고약과 약재를 쓰면 고칠 수도 있소."

고칠 수도 있다는 말에 정약용은 일말의 희망을 품고 두 손을 모았다.

"그렇다면 고칠 방도가 있다는 것입니까?"

이경화는 또다시 타구에 침을 뱉은 뒤에 물을 몇 모금 마셨다.

"미안하오. 요즘은 몇 마디만 해도 목이 마르고 입이 타는 것 같소. 소갈증을 앓은 지 이미 오래라, 어쩔 수 없소."

"고칠 방도가 있다는 말씀이지요?"

정약용이 재촉하자 이경화는 다시 말을 이었다.

"그런데 선생의 지우께서는 옹저뿐 아니라 창질도 함께 앓고 있소. 온몸에 부스럼이 가득 앉았고, 두창(머리에 생긴 부스럼)도 생겼소. 두창의 크기도 작지 않아 부스럼에서 진물이 나고, 또 얼굴에는 부스럼이 악화되어 종기로 발전했소. 또한 손바닥에도 버짐이 뻗쳤고, 손등에는 아장풍(습진)이 형성되었소. 몸에 퍼진 부스럼은 피부가 건조한 것이 원인이고, 두창은 부스럼을 긁어낸 것이 원인이오. 또한 얼굴에 난 면종은 부스럼으로 인해 피가 오염되어서 생긴 것이오. 이 또한 뛰어난 의원이라면 치료할 수 있을 것이오."

"그러면 무엇이 가장 문제인 것입니까?"

"가장 심각한 문제는 침을 자주 흘리고, 손을 떨며, 자주 기억을 잊어버리고, 현기증을 느끼는 것이오. 이것은 옹저나 창질과 무관한 병이오. 침을 자주 흘리고 손을 떨며 기억을 자주 잊어버리는 증상은 흔히 중풍에서 나타나는 것이오. 하지만 중풍은 버짐을 형성하는 일이 없고, 두창을 일으키는 법도 없소. 또 안면에 마비를 일으키기는 하나 면종을 유발하는 일도 없소. 이 모든 것을 한꺼번에 일으키는 환자가 죽지 않는 경우는 아직 보지 못했소."

죽는다는 이경화의 말에 정약용은 정신이 혼미해졌다.

"게다가 선생의 지우께서는 입맛도 잃었고, 밥맛도 느끼지 못한다 했소. 게다가 음식을 먹으면 쇳맛이 난다 했소. 이는 이미 돌이킬 수 없는 상황으로 치닫고 있다는 뜻이오. 급히 손을 쓴다 해도 오래 연명할 수 없을 것이오."

"그렇다면 도저히 고칠 수 없다는 것입니까?"

이경화는 잠시 눈을 감고 앉아 기억을 더듬었다. 수십 년 동안 의원으로 살면서 겪은 여러 환자를 떠올려보고 있는 것이 분명했다. 이윽고 그는 눈을 뜨며 긴 한숨을 토해냈다.

"언젠가 김포 바닷가를 유람할 때 매우 비슷한 증세를 가진 환자를 본 적 있소. 다만 그 사람은 증세가 선생의 지우만큼 심각하지 않았고, 또 연령도 30대였지만……"

"그 사람은 어떤 증세를 보였습니까?"

"선생의 지우처럼 자기도 모르게 침을 흘리고, 손을 떨며, 이따금 기억이 희미해졌소. 또한 현기증도 자주 일으키고, 입맛도 없었으며, 맛있는 것을 먹어도 모두 쇳맛이 난다 했소. 창질도 있었고, 머리에 부스럼도 심했소. 다만 옹저가 일어나는 정도는 아니었고, 면종을 일으키지도 않았소."

"혹 그 사람에게 어떤 처방을 내렸는지 알려주실 수 있겠습니까?"

"그때 유람중이라 제대로 치료는 못했고, 간단한 처방만 내렸소. 먼저 하던 일을 그만두고 집에서 푹 쉬라 했소. 그리고 가급적이면 다른 일을 찾아보라고 했소. 그 밖에도 물을 많이 먹고, 여름 내내 바닷가에 가서 하루에 두 번씩 개펄을 몸에 바르고 한 시진쯤 있다가 걷어내라고 했소. 가난한 사람이라 다른 처방은 하지 못했소."

"그뒤 그 사람은 어떻게 되었습니까?"

"몇 년 전에 병을 고쳐준 값이라며 소금 한 가마를 져다 놓고 간 일이 있소."

"그 사람을 만나볼 수 있겠습니까?"

"아마 아직도 거기 살고 있다면 만나볼 수 있을 것이오. 김포에서 강화도 갑곶으로 길을 잡아가다보면 문수산성이 나오는데, 그 아래 마을에 가서 김가 칠성을 찾아보시오."

정약용은 견마잡이를 앞세워 김포로 향했다. 김칠성이라는 자를 만나면 병증의 원인을 알 수도 있을 것이라는 생각에 마음이 급했지만 말을 다루지 못하는 까닭에 이틀이나 걸려서 김칠성이 산다는 마을에 도달했다. 하지만 그가 김칠성의 집을 찾았을 때는 허탈한 마음만 일었다. 김칠성이라는 자는 작년에 역병이 돌 때 죽었다는 것이었다. 그래도 혹 도움될 만한 것이 있을 수도 있다는 생각에 정약용은 김칠성의 이종사촌인 장가를 만나 요모조모 캐물었다.

"칠성이 그 사람, 그 병을 앓기 전에는 원래 도금장이였습죠. 아버지 대부터 대대로 도금장에서 일했는데, 근동에 있는 불상이며,

군졸들이 쓰는 투구는 물론이고 대가댁 벽에 금칠도 모두 칠성이 손을 거쳤습죠. 그런데 몸에 부스럼이 나고 자꾸 머리가 아프다며 드러누운 뒤로는 도금 일을 그만두었습니다. 어떤 용한 의원이 도금 일을 그만두면 병이 나을 거라고 했답니다. 그래서 정말 도금장을 그만두고 염전에 나가 일하더니 훌훌 털고 일어났습니다. 그 뒤로 잘 살더니만, 작년에 역병이 도는 통에 오십 줄에 그만 황천으로 갔지요."

정약용은 그 말을 듣고 김칠성이 일했다는 도금장을 가보았다. 마침 절에 안치할 불상을 만들고 있었는데, 도금장이 중 하나가 김칠성이라는 이름을 듣고 이런 말을 했다.

"칠성이 그 사람, 도금을 기막히게 잘했습죠. 수은에다 금을 섞어내는 기술은 신기하기까지 했다니까요. 지금 우리 중에 아무도 칠성이 기술을 따라잡을 자가 없는뎁쇼. 보시다시피 우리는 수은을 이렇게 바른 뒤에 그 위에 금칠을 하는데, 칠성이 그 사람은 맨손으로 금을 수은에 섞어내는 능력이 대단했습니다. 아버지께 전수받은 기술이라는데, 우리는 아무도 따라잡지 못할 재능이었지요. 그런데 어느 날 갑자기 이 일을 그만두고 염전으로 가버렸어요. 병을 고쳐야 된다나 어쩐다나 하면서 말입죠."

정약용은 그 말을 듣고 난 뒤에도 도금법에 대해 세세히 묻고 적었다. 그리고 그들 중에 혹 김칠성과 비슷한 병을 앓는 자가 없는지 물었다. 정약용은 수은이 그 병증의 원인일 수도 있다 생각했고, 그렇다면 수은을 자주 다루는 도금장이들이 비슷한 병에 시달리지 않을까 싶었던 것이다. 하지만 유사한 병증을 보이는 사람은 없었다.

그래도 그는 포기하지 않고 도성으로 돌아와 다른 도금장을 방문해보았다. 혹 그곳에도 김칠성과 유사한 병증을 보이는 자가 있다면 수은이 병증의 원인일 수 있다고 판단했던 것이다. 하지만 도성의 도금장에서도 김칠성과 유사한 병증을 앓는 사람은 없었다.

정약용은 허탈한 마음으로 집에 돌아왔는데, 이경화가 급히 보자는 전갈을 보내왔다. 정약용이 허겁지겁 달려갔더니 그를 보자마자 이경화가 이렇게 말했다.

"선생이 가고 나서 여러 날 동안 약방에 줄을 대서 수소문해보았더니, 선생의 지우께서 앓고 있는 병과 유사한 병증을 보이는 환자가 있다는 말을 들었습니다. 내 이미 기별을 해놓았으니, 과천 입석마을 약방으로 가보시오. 거기서 내 제자가 약방을 하고 있는데, 수개월 전부터 그런 병증을 가진 환자 하나가 왕래한다 했소. 내가 몸이 성하면 같이 가겠소만, 몇 걸음 걷지도 못해 쓰러질 몸이니, 선생께서 환자를 잘 보고 판단하시오."

정약용은 다시 지친 몸을 이끌고 배를 타고 한강을 건넌 뒤 입석마을에 도착하여 이경화의 제자를 만났다.

"스승님으로부터 진작 연통을 받았습니다. 환자는 약방에 데려다놓았으니 한번 보시지요."

환자는 마흔을 넘긴 초로의 남자 최가였다. 그의 몸을 살펴보니 주상의 증세와 흡사했다. 자주 현기증이 나고 자신도 모르게 침을 흘린다고 했다. 입맛도 없고, 밥맛도 없고, 살맛도 나지 않는다 했다. 기억도 자주 깜빡깜빡하고 손발도 떨린다 했다. 하지만 주상의 증세에 비해서는 양호한 편이었다. 무슨 일을 하느냐고 물었더니 뜻밖에도 최가는 계면쩍은 웃음을 흘리며 주저하다가 말했다.

"내 부끄럽게도 의원이외다. 그런데 도대체 이 병은 알지를 못하겠소. 가진 의서를 다 뒤져보고, 여러 의원 친구에게 물어도 보았지만 다들 고개만 저을 뿐, 마땅한 답을 하는 자가 없었소. 내 의원에 줄을 대서 알아도 보았지만 아는 자가 없었소. 다행히 이 약방에서 창질 치료를 잘한다 해서 내왕하고 있는데, 그나마 좀 좋아진 게 이 꼴이오."

그도 주상처럼 다소 마른 체구에 물을 잘 먹지 않는다 했다. 대개 가을부터 몸이 가렵고, 그 가려움증은 봄까지 지속된다고 했다. 하지만 전에는 가렵기는 해도 창질이 생긴 적이 없었고 현기증이 나거나 침을 흘린 적도 없다고 했다. 언제부터 그런 증세가 시작되었냐고 물었더니 작년 여름부터라고 했다.

그는 주절주절 여러 말을 늘어놓았지만 그에게서 김포의 김칠성과 동일한 행적은 딱히 발견할 수 없었다.

"그렇다면 이것은 그저 타고난 몸 탓이란 말인가?"

정약용은 실망감을 표현하면서도 혹 모른다는 생각에 지나가는 말로 이렇게 물었다.

"혹 수은을 다루지는 않으시오? 약방에서도 환을 제조할 때 수은을 쓴다는 말을 들었소만……"

그 말에 최가는 대수롭지 않은 투로 대꾸했다.

"수은으로 환약을 만들어 먹은 지는 오래되었소. 중국의 비방에도 있는 것이니, 몸에 좋은 약재와 섞어 환을 만들어 매일 먹고 있소. 그게 뭐 문제라도 되는 겁니까?"

"그 환을 얼마나 오랫동안 복용해왔소?"

"10년은 족히 되오."

정약용은 무릎을 탁 쳤다. 수은이 원인이라고 판단했던 것이다. 그래서 최가에게 김포 살던 김칠성 이야기를 해주며 빨리 환약을 끊고 김칠성이 했던 방법대로 해보라고 일러주고 급히 도성으로 돌아왔다. 이후 그는 수은의 독성에 대해 집중적으로 알아보았다. 그러던 차에 중국 연단술의 대가 도홍경의 저서 『본초경집주』를 접하게 되었는데, 거기서 연단술로 단약(丹藥)을 만들 때 수은의 양이 지나치면 약이 아니라 독이 된다는 내용을 발견했다.

정약용은 주상이 앓는 병증의 원인이 수은이라 확신하고 그날 밤 급히 인편으로 주상에게 뵙기를 청했다. 하지만 주상의 입궁 허락이 떨어진 것은 이레나 지난 뒤였다. 정약용은 입궁하여 주상을 만나 그간 이경화를 만난 일과 약방을 뒤져 유사한 환자들을 만난 일을 아뢴 뒤 이렇게 덧붙였다.

"전하, 소신이 조사해본 바에 따르면 전하와 같은 증상을 가진 환자가 둘 있었습니다. 그들은 모두 수은이 피부로 침투했거나 수은을 복용하여 그런 증세를 보인 것으로 판단됩니다. 혹 전하께서도 수은을 복용하거나 접하신 일은 없으신지요?"

하지만 주상은 수은을 접한 적도, 접할 일도 없다 했으며, 수은이 들어간 약제도 복용한 일이 없다고 했다. 그래서 정약용은 고심 끝에 주상에게 이경화에게 치료받을 것을 권했다.

"이경화는 옹저와 창질에 밝은 유의로 일찍이 김포에 사는 김칠성이라는 자를 고친 적이 있습니다. 그자의 병증을 들어보니 전하의 증세와 대동소이했습니다."

주상은 속히 이경화를 입궁하도록 했다. 정약용이 날듯이 달려가 이경화에게 주상의 입궁 명령을 전했다. 하지만 이경화는 긴 한숨을 내쉬며 말했다.

"이 늙은이가 지난번에 선생께 병증을 들었을 때, 이미 환자가 주상임을 짐작하고 있었소. 하지만 그때 선뜻 나서지 못한 것은 내 몸 때문이오. 내가 젊은 나이라면 어떻게 해서든 처방을 마련하여 주상의 병증을 완화할 수 있겠으나 이렇게 몸이 늙고 제대로 운신조차 하지 못하는데 어떻게 주상을 치료하겠소. 그래서 그동안 의서를 두루 살펴 겨우 처방전을 마련했소. 이 처방전을 가지고 어의 피재길로 하여금 치료하게 하는 게 좋을 듯하오. 피재길이라면 이 늙은이의 처방전을 이해할 수 있을 것이오."

"선생님, 국운이 달린 일입니다. 부디 주상을 직접 배알하고 병증을 좀더 자세히 살펴주십시오. 그 뒤에 처방을 쓴다면 훨씬 정확하지 않겠습니까?"

이경화는 결국 정약용의 간곡한 부탁을 물리치지 못해 가마를 타고 입궁했다. 희정당 앞에서는 이미 어의 피재길이 기다리고 있었다. 이경화는 피재길과 함께 주상을 배알하고 주상의 몸을 살피고 문진했다. 또한 종기와 피부 냄새를 맡기도 하고, 진맥을 병행하며 병증을 하나하나 세밀히 살폈다.

주상의 병증은 정약용이 적어온 병부의 내용보다 훨씬 심각했다. 주상의 뺨 주변에는 검푸른빛이 감돌았고, 눈동자는 뿌옇게 흐린 것이 탁했으며, 흰자위는 노란빛을 띠었다. 코 아래쪽 인중은 갈색으로 진하게 뒤덮였고, 입술은 푸른빛이 감돌았다. 이미 죽음의 그림자가 짙게 드리워졌다는 뜻이었다. 게다가 손발이 떨리고 심한 현기증까지 동반하고 있었다. 또한 동통을 동반한 가려움증이 있었고, 종기가 곳곳에 나 있었다. 간과 심장이 모두 상했음을 의미했다. 이경화는 내심 주상이 석 달 이상 버티기 힘들겠다고 판단했다.

"어떤가?"

이경화의 어두운 얼굴을 바라보며 주상이 물었다. 하지만 이경화는 선뜻 대답하지 못했다.

"괜찮다. 내가 이미 병이 깊음을 알고 있다. 가감 없이 말하라."

그러자 이경화는 굳은 얼굴로 대답했다.

"정사를 모두 멈추시고, 소신의 처방을 따르실 수 있겠사옵니까?"

하지만 주상은 고개를 가로저었다.

"정사를 멈출 순 없다. 임금이 정사를 보지 않으면 백성은 누굴 믿고 살겠는가? 내가 내일 죽는다 해도 백성을 돌보는 일은 멈출 수 없다. 그것이 임금의 소임이다."

그 말에 정약용이 끼어들었다.

"전하, 지금 상태로 만기를 총찰하시는 일은 무리시옵니다. 의원의 말을 들으소서. 적어도 한 달만이라도 정사를 멈추소서."

주상은 여전히 고개를 가로저었다.

"받아들일 수 없는 일이다. 다만 일을 최대한 줄이겠다. 또한 이

의원이 내리는 처방대로 해보겠다. 그래 어떤 처방이 가장 먼저인가?"

"먼저 정사를 멀리하고 쉬소서. 다음으로는 몸에서 독을 제거하는 여러 시술을 받으셔야 하옵니다. 소신이 처방전을 어의 피재길에게 전할 터이니, 어의가 주문하는 대로 하소서. 그리고 수라를 가려 드셔야 하는데, 드시지 말아야 될 것들을 소신이 모두 적어두었사오니, 그대로 하소서. 다음으로……"

이경화는 그렇게 열두 가지 처방을 읽어 내렸다. 그중에는 아무리 치료법이라 하더라도 시행하기 힘든 것들이 있었다. 몸에 바르는 약재 중에는 '식지 않은 소똥' 같은 것이 있었는데, 감히 임금의 몸에 그런 오물을 붙일 수 있을지도 의문이었다. 하지만 이경화는 그렇게 해야만 조금이라도 차도가 있을 것이라고 신신당부하고 물러났다.

퇴궐한 뒤 정약용이 이경화에게 다시 물었다.

"선생님, 주상의 증세가 매우 심각합니까?"

이경화는 말이 없었다. 정약용이 몇 번이나 더 물었지만 이경화는 여전히 아무 말도 하지 않았다. 그러자 정약용이 이렇게 물었다.

"제가 조사한 바로는 수은에 중독된 사람에게서 전하와 같은 증세가 나타났습니다. 전하께서 혹 수은이나 다른 금속에 중독된 것은 아니신지요?"

그제야 이경화가 입을 열었다.

"수은에 중독되셨다? 혹 전하께서 수은으로 된 단약을 드시고 계시오?"

"그렇지 않습니다."

"그렇다면 혹 전하께서 수은을 지속적으로 접할 일이 있으신 게요?"

"그런 것도 찾지 못했습니다."

"그런데 어찌 수은 중독을 거론하는 게요?"

"김포의 김칠성이라는 자와 과천의 최가가 모두 수은 중독이 아닌가 의심되었기 때문입니다. 하지만 전하께서는 수은에 중독될 일이 전혀 없으셨습니다. 그런데 증상이 유사하니, 참으로 이상한 일이라 생각하고 있습니다."

"중국의 한 서적에서 수은을 마시게 하여 사람을 죽였다는 기록을 본 적이 있소. 또한 단약에 수은을 지나치게 넣으면 독약이 된다는 기록을 본 적도 있소이다. 하지만 그 증상이 어떤지는 익히 대한 적이 없소. 혹 김칠성과 같은 일을 하는 이들 중에 똑같은 병증을 가진 자가 있었소?"

"조사를 해보았지만, 같은 병증을 호소하는 자는 없었습니다."

"그렇다면 수은 중독을 의심하는 건 무리가 아니겠소?"

"저도 그렇게 생각하지만, 김칠성과 최가 모두 수은과 관련한 병증을 보인 이상 그 점을 생각하지 않을 수 없었습니다. 그렇다면 혹 수은과 유사한 금속에 중독될 가능성은 없겠습니까?"

"나도 전하께서 음식을 드실 때 쇠맛을 느끼신다 하여 그런 의심을 하지 않은 것은 아니오. 하지만 전하 주변에서 중독될 만한 어떤 물질을 마땅히 발견하지 못했으니, 감히 말할 수가 없었소."

결국 두 사람 모두 수은 중독에 대한 의심을 거둘 수밖에 없었다. 주상 주변을 아무리 살펴보아도 수은에 중독될 물건도, 음식도, 약재도 없었기 때문이다.

정약용이 매우 실망한 낯빛으로 돌아서자 이경화가 이렇게 말했다.

"이 늙은이가 죽을힘을 다해서라도 주상을 치료할 방도를 더 연구해보겠소."

정약용은 그 말에 일말의 희망을 걸고 이경화의 집을 나왔다.

신의

"지난 3년간 나를 치료한 병부를 모두 조사해서 혹 수은이 포함된 약재를 사용한 사실이 있는지 알아보라."

주상은 규장각검서관 출신 박제가를 은밀히 불러 명령했다. 박제가는 학문이 뛰어나고 무예도 남다른 경지에 이르렀을 뿐 아니라 의학에도 조예가 깊어 주상이 가장 믿고 신뢰하는 인물 중 한 사람이었다. 정약용이 다녀간 뒤로 주상은 '수은 중독'이라는 말이 머릿속에서 사라지지 않았다. 그리하여 밤새 뒤척이다 날이 밝기가 무섭게 은밀히 영평현령으로 재임중이던 박제가를 호출하여 병부를 조사해보게 했던 것이다. 또한 어의 피재길에게는 이런 명령을 내렸다.

"너는 은밀히 궁궐에서 사용하는 모든 침을 조사하여 수은과 합금된 침이 있는지 조사하라. 그리고 내가 사용하는 그릇과 수저에도 수은이 사용되었는지 함께 조사하라."

하지만 3년 이래 작성된 내의원 병부를 전부 뒤져 수은을 사용한 약재가 있는지 조사해보았지만 단 한 번도 수은을 섞은 약재를 사용한 기록은 없었다. 또한 내의원에서 사용하는 침과 소주방에서 사용하는 수라의 도구를 일체 조사했지만 수은이 들어간 물건은 역시 발견되지 않았다.

"그렇다면 약용의 판단이 틀렸다는 것인가?"

주상은 정약용의 성격과 행동 방식을 잘 알고 있었다. 확신이 들기 전에는 결코 결론을 내리지 않는 위인이었다. 그처럼 정약용은 빈틈없었다. 그는 한강에 놓을 배다리를 설계할 때도, 화성을 짓기 위한 거중기를 설계할 때도 완벽하게 일을 처리했다. 심지어는 현장 조사도 하지 않은 화성의 설계도를 고안하기까지 했다. 그런 사람이 엉뚱한 진단을 내렸을 가능성은 희박했다. 하지만 주변을 아무리 살펴보아도 수은과 관련된 물건은 하나도 발견되지 않았다.

'그래도 나의 병증이 수은 중독과 유사하다 하지 않는가? 그렇다면 결론은 둘 중 하나다. 내가 수은과 유사한 독을 지닌 물질에 중독되었거나 내가 모르는 사이에 계속해서 내 몸속에 수은이 축적되고 있다는 것이다.'

주상은 예문관봉교 박종직을 은밀히 불렀다. 박종직은 예문관 붙박이 관원으로 벌써 5년째 한림으로 있는 자였다. 예문관 한림은 출세가 보장되는 곳이기는 하지만 임금을 시종하는 자리인 까닭에 길어도 2년 이상 머물게 하는 법이 거의 없었다. 하지만 주상은 검열(정구품)로 임명되어 들어온 그를 5년 동안 다른 곳으로 보내지 않고 봉교 직책에 묶어두고 있었다. 박종직은 보잘것없는 가문 출신에다 당파도 없는 자였다. 홍문관, 사간원, 사헌부는 물론이고 왕의 교지를 짓고 사초를 작성하는 예문관 한림들도 죄다 당파에 예속된 지 이미 오래였다. 주상은 그 점을 못마땅하게 여기고 있다가 남인의 영수 채제공이 영의정이 되자 가문이 한미하고 당파에 예속되지 않은 자들을 규장각과 한림에 영입하라고 지시했다. 박종직은 그때 영입된 자들 중 유일하게 예문관에 남은 관원이었다. 그간 이조에서 여러 차례 박종직을 외직으로 내보내려 했으나 그때마다 주상은 허락하지 않았다. 근신 중에 적어도 한 명쯤은 당파에 예속되지 않은 자가 필요하다고 생각한 까닭이었다. 그렇다고 자주 그를 가까이하거나 특별한 애정을 주는 일도 없었다. 덕분에 각 당파에서도 박종직에게는 아예 눈길도 주지 않았다. 주상은 그런 처지의 박종직이 긴요하게 쓰일 때가 있을 것이라 판단했다.

"너에게 어패를 줄 터이니, 수라에 사용하는 모든 식재료를 조사하라. 그리고 혹 그 식재료 중에 중독성이 있는 것이 있으면 하나도 빠짐없이 낱낱이 조사하여 보고하라."

박종직은 그저 주상이 시키는 일을 행할 뿐 이유를 묻지 않았다. 또한 은밀히 조사하라는 말도 충실히 이행했다.

조사를 끝낸 박종직이 식재료에서는 중독성이 있는 물질을 찾을 수 없었다고 보고하자, 이번에는 지밀상궁과 대전환관과 함께 다시 조사할 것을 명령했다.

"너는 지밀상궁과 승전색의 도움을 받아 내 침실에 사용하는 모든 기물을 조사하여 보고하라. 또한 내가 입는 모든 옷, 베개, 이불

등 침구에 사용하는 비단과 포목을 모두 조사하여 독이 있는 금속이 들어가는지 알아보라. 은밀히 알아보아야 한다."

하지만 박종직은 이번에도 수라에 사용하는 그 어느 식재료에도 중독성이 있는 물질은 없었으며 침구와 침실에 쓰이는 모든 기물에서도 중독성 있는 물질은 발견되지 않았다고 했다. 그러자 주상은 대전의 붓과 벼루, 한지는 물론이고 자주 접하는 책까지 모두 조사하여 독성이 묻어나는지 알아보도록 했다. 하지만 역시 문제가 되는 물건은 나오지 않았다.

"결국 약용의 판단이 틀린 게로군."

주상은 그런 결론을 내리고 심환지에게 밀찰을 썼다.

요사이 잘 있었는가? 나는 피로가 쌓인 나머지 재계하며 소식하는 동안 간간이 생강과 계피를 먹기는 했으나, 기력이 버티기가 힘들어 자리에 앉기만 하면 정신을 잃고 잠이 드니 너무나도 답답하다. 그래서 긴히 상의할 일이 있으니 서찰을 받는 대로 즉시 입궁하라.

주상은 서찰을 황덕만에게 전하면서 가급적 심환지를 빨리 데려오라고 했다. 혹 심환지라면 좋은 의원을 알고 있을지도 모른다는 생각이었다. 자고로 병이란 소문을 내라는 말이 있다. 그래야 알맞은 의원을 찾아 치료하는 데 도움이 된다는 뜻일 터다. 병을 앓고 있다고 아직 공공연히 조정에 알릴 일은 아니었지만 정약용에게만 맡겨두기에는 병증이 예사롭지 않다고 판단했던 것이다. 그래서 심환지에게도 병증을 알리고 의원을 찾게 할 생각이었다.

심환지가 연통을 받고 부랴부랴 희정전에 발을 들여놓았을 때는 이미 어둠이 깔리고 있었다.

"전하, 신이 며칠 전에 먹은 식혜 때문에 배앓이가 심해 지체하다가 늦었습니다. 용서하소서."

그 말에 주상은 껄껄 웃으며 말했다.

"노구에 그대가 고생이 많다. 경이 늦은 것이 어떻게 경의 탓이겠는가? 과인이 주책없이 급히 부르는 바람에 늙은 신하를 힘들게 하고 있는 것이네."

주상은 웃는 표정을 보였지만 여기저기 쑤시고 갑자기 피로가 몰려왔다. 낮 동안 가뭄 때문에 이런저런 조치를 취하느라 분주히 움직인 탓이었다. 1월 이후로 비가 전혀 내리지 않아 전국의 농토가 모두 갈라지고 있었다. 그 일로 기우제를 지내느니, 어느 땅에 어떤 조치를 내리라느니, 경기도관찰사는 무슨 조치를 취하고 강원도관찰사는 지시를 어떻게 수행했는지 계를 올려 알려달라느니 하는 통에 기력을 소진했다.

"전하, 곤해 보이십니다."

"그렇게 보이는가?"

"이 늙은이가 뵙기 민망할 지경이옵니다."

"허허, 늙은 신하가 그리 보았다면 맞는 말이겠지. 그래서 경을 부른 것이네."

"소신께 긴히 하실 말씀이라도 있으신지요?"

주상은 승전색과 지밀상궁만 남기고 모두 밖으로 물렸다. 그리고 승전색에게 자신의 상의를 탈의하도록 지시했다.

"전하, 무슨 일이시옵니까?"

"내 경에게 보여줄 것이 있어서 그러니, 민망하게 여기지 말라."

상의를 벗은 주상은 심환지에게 가까이 다가오라고 했다.

"내 몸을 보시게. 온통 병증으로 뒤덮여 있지 않은가?"

심환지는 주상의 몸을 주의 깊게 살피고 나서 말했다.

"주상께서 환우가 있다는 말씀은 들었으나, 이토록 심각한 줄 미처 몰랐습니다. 신이 황망하여 어찌할 바를 모르겠나이다."

"그래서 경이 의원을 좀 찾아줘야겠네. 주변에 이런 증세를 잘 아는 용한 의원이 없겠는가?"

심환지는 잠시 머뭇거리다 대답했다.

"신의 삼종제(팔촌 아우)가 시골 의원으로 있는데, 재주가 제법입니다. 특히 창질과 옹저에 밝은데, 한번 불러보시겠습니까?"

"그 사람이 어디 사는가? 부르면 즉시 올 수 있는가?"

"창선방에 살고 있으니, 급히 부르면 한 시진 안에 올 수 있을 것입니다."

주상은 곧 황덕만을 창선방으로 보냈다. 그리고 밤이 무르익었을 때 심환지의 팔촌 아우가 도착했다.

"그대는 이름이 무엇인가?"

"소인은 창선방에서 약방을 하는 심인이라 하옵니다."

"그대가 창질과 옹저에 밝다고 들었다. 내 몸을 한번 살펴보겠는가?"

"미흡한 재주가 조금 있기는 하옵니다만, 시골 의원 수준에 지나지 않사옵니다."

"그대는 겸양을 떨지 말고 내 몸을 살펴보라."

그러면서 주상은 상의를 탈의하고 심인에게 몸을 보였다. 심인은 주상의 몸에 난 열상과 종기를 자세히 살핀 뒤 진맥을 했다. 그리고 이윽고 입을 열었다.

"소신이 아는 것은 부족하오나, 제 식견으로는 전하께서는 천성적으로 마른 피질에 창질을 자주 앓을 수 있는 체질입니다."

"그 점은 나도 이미 아는 바다."

"지금 전하께서는 마음으로 화기가 심하시어 피질로 창질이 뚫고 나온 것이고, 창질에 염증이 생겨 부스럼이 되는 것이며, 부스럼이 악화되어 그 일부가 종기로 발전하여 진액이 형성되어 있는 것입니다. 게다가 화기로 인해 심장이 상하시어 혈류가 원활하지 못하고, 혈맥이 기를 잃어 현기증이 나실 것입니다. 그런 까닭에 자주 기억이 희미해지시고, 총명을 잃기 십상이시며, 자칫 침을 흘리시고, 이 뿌리가 상하실 수도 있습니다. 이 뿌리가 상하면 입맛이 사라져 수라를 드셔도 맛을 느끼지 못하시고, 심하면 쇠맛 같은 것을 느끼실 수 있습니다. 좀더 심해지시면 용안에도 종기가 나고, 기억이 더욱 희미해지실 것이며, 온몸에 통증이 나타나 고통이 배가되실 것입니다."

"어허, 너의 말이 모두 맞다. 어찌 보기만 하고도 그렇게 잘 아느냐? 내가 너에게 말하지 않은 것들을 어찌하여 너는 그렇듯 정확하게 알고 있느냐? 참으로 신출한 능력이 아니더냐? 환자를 보기만 해도 병증을 알아내는 의원을 신의(神醫)라 한다더니, 시골에 자네 같은 신의가 숨어 있을 줄은 몰랐구나. 그래, 가까이 오라. 그리고 망진을 해보라."

망진(望診)이란 환자의 얼굴과 몸에 나타나는 다섯 가지 색깔의 변화를 보고 병을 알아내는 진찰법인데, 이때 보는 곳은 얼굴의 코, 이마, 양 눈썹 사이, 뺨, 귓바퀴, 턱, 입술 등이다. 이런 부위에는 타고난 반사광이 나타나는데, 그 반사광을 멀리서도 볼 수 있으면 건강한 사람이고 가까이서도 볼 수 없으면 죽음을 앞둔 사람이다.

심인은 주상의 얼굴과 몸을 다시 한번 자세히 살폈다.

"소인이 보건대 전하께서는 다소 중증이시나, 고칠 수 없을 정도는 아닌 듯싶습니다."

그 말에 주상은 얼굴에 화색이 돌고 껄껄 웃기까지 했다. 그 모습을 살피며 심인이 말을 이었다.

"하지만 매우 오래된 병증이시라 치료에 많은 시간이 소요될 수 있습니다. 또한 기존에 사용하시던 방법으로는 호전되기 힘드실 수 있습니다. 그래서 오늘은 침과 환을 처방하고, 이후 다시 처방하면 어떠시겠습니까?"

"그렇다면 혹 네게 특별한 처방이 있느냐?"

"소인이 창졸간에 불려와 정신이 혼미하온데, 전하의 병증이 복합적이고 다양하여 의서를 널리 찾아보고 깊이 고민하여 처방을 고안할 말미가 필요하옵니다. 소인께 보름간의 여유를 주시면 처방전을 마련하여 올리겠사옵니다."

그러면서 심인은 주상에게 먼저 침술을 행하겠다 말하면서 두려워하는 표정으로 말했다.

"입직 승지도 없고, 약방 제조도 없는데, 침과 약을 썼다가 후에 큰 사달이라도 나지 않을까 저어되옵니다. 괜찮으시겠사옵니까?"

"그 점은 내가 잘 알아서 조치할 터이니, 너는 염려하지 않아도 된다."

그 말을 듣고 심인은 침을 놓을 혈자리를 하나하나 거론하며 시술에 들어갔다.

"당일 전하의 운기로 보아 많은 침을 쓸 수는 없을 듯하고, 먼저 보법으로 원기를 돋워두기만 할 것입니다."

"그리하라."

"전체적으로 태양방광경의 경혈에 호침을 놓아 기력을 회복시킬 것이나, 기경팔맥 두 곳엔 장침을 쓸 것입니다."

"그리하라."

그렇게 심인은 한 시진 동안 계속 침술을 행했다. 그리고 주상이 용포를 갖추어 입고 앉자 준비한 환약을 바치며 말했다.

"이 환약은 고통을 줄여주고 입맛을 돌게 하는 천금환이라는 것입니다. 천금환에는 금과 당귀가 혼합되어 있어 열을 내려주고 가려움증을 없애주며, 앵속이 들어가 통증을 줄여주고 입맛을 돌게 할 것입니다. 또한 수은과 유황을 섞어 만든 영사가 포함되어 있어 가래를 삭이고 눈을 밝게 할 것입니다. 하지만 효과가 일시적이라 근본적인 치료는 할 수 없사옵고 남용하면 되레 병증이 악화될 수 있으니 보름 치만 드소서."

"알았다. 내 네게 보름간의 말미를 줄 터이니, 그전에라도 처방 전이 마련되면 속히 연통하라. 또 처방을 위해 필요한 것이 있거든 좌상을 통해 알려주고, 혹 필요한 의서나 약재가 있으면 속히 연통하라. 그러면 무엇이든 마련해줄 것이다."

심환지와 심인이 물러가자 주상은 전에 없이 기분이 좋아졌다. 또한 심인이 올린 천금환을 먹으니 갑자기 몸이 가벼워지는 것 같기도 하고 입맛도 도는 느낌이었다. 그래서 이미 물렸던 수라를 다시 가져오라 했다. 모처럼 기분이 좋아진 탓인지 주상은 수라를 말끔히 비웠다.

그믐밤의 그림자

백동수는 박제가의 집에 찾아들었다. 박제가는 영평현령으로 내려가 있다가 임금의 특명을 받고 소환되어 잠시 도성에 머물던 중이었다. 급히 오느라 숨을 헐떡이는 백동수를 보며 박제가는 의아한 표정을 지었다. 백동수는 여간해서 긴장하는 법도, 성미를 급하게 드러내는 법도 없었다. 그런데 이처럼 굳은 얼굴로 급히 찾아온 것을 보면 보통 일이 아님을 짐작할 수 있었다.

"아녀 형님, 이 밤에 무슨 일로 이리 급한 걸음을 하셨습니까?"

백동수는 숨을 몇 번 고른 뒤 다시 크게 숨을 토해냈다.

"초정, 먼저 안으로 들어가세. 긴히 물어볼 말이 있네."

전에 없이 진지한 백동수의 표정에 박제가도 긴장했다.

"형님, 도대체 무슨 일이십니까?"

박제가는 앉자마자 백동수에게 물었다. 이에 백동수는 다시 크게 숨을 한 번 몰아쉬더니 말을 꺼냈다.

"내 제자 하나가 무혈검법을 하는 자들의 공격을 받았네."

무혈검법을 동덕단에 도입한 당사자가 바로 박제가였다. 박제가는 학문에도 밝았지만 뛰어난 무인이기도 했다. 세간에서는 그를 위항도인이라 불렀는데, 이는 그의 무예와 학문을 모두 존경한 세인이 붙인 별호였다. 그는 금상 재위 3년(1779)에 이덕무, 유득공, 서이수와 함께 검서관으로 발탁되었는데, 금상은 그에게 은밀히 비밀 호위단인 동덕단 설립안을 만들도록 지시했다. 그래서 그는 겉으로는 궁궐의 서고 관리인이자 임금의 자문역인 검서관으로 활동하면서 뒤로는 동덕단 부단주로 활동했다. 이때 백동수는 박제가의 천거로 등용되어 동덕단 단원들의 무술을 지도했다. 그때 동덕단원 30명에게 전수한 무술이 바로 무혈검법이었다.

"무혈검법을 쓰는 자가 도대체 누구를 공격했단 말입니까?"

"내 제자 중에 우포청에 근무하는 유진이라는 아이가 있는데, 그 아이에게 독이 묻은 표창을 던지고 무혈검법을 사용하여 죽이려 한 자들이 있었네."

그 말을 듣고 박제가는 가느다란 한숨을 토해냈다. 그도 이미 뭔가 알고 있는 눈치였다.

"사실 저도 작년부터 세간에 무혈검법이 돈다는 소문을 들은 적이 있습니다."

"그게 정말인가? 그런데 왜 내게 말을 하지 않았나?"

"아직 확실한 증좌를 찾지 못하여 은밀히 조사하던 중이었습니다."

"무혈검법 전수자들을 모두 조사해보았는가?"

"그게 쉽지가 않아서 말입니다."

"어째서 그런가? 무혈검법 전수자는 자네도 다 알고 있지 않은가?"

"그것이 그리 간단한 문제가 아닙니다. 형님께서는 일찍 동덕단에서 손을 떼서 모르시겠지만, 지금 동덕단은 매우 비대해져 있습니다."

하긴 동덕단에 무혈검법을 전수한 지도 벌써 10년이 훌쩍 넘었다. 이후 무사들에게 무혈검법을 전수받은 자들이 얼마나 되는지 알 수 없는 노릇이었다. 무혈검법을 전수한 자들은 동덕단의 명부에 기록되어 있었지만 암암리에 전수받은 자들까지는 기록할 수 없었다. 그간 전수자들이 자신의 자녀나 제자에게 은밀히 전수했을 가능성을 배제할 수 없었기 때문이다.

박제가가 난감한 표정으로 말을 이었다.

"당시 무혈검법 전수자는 모두 30명이었는데, 지금까지 살아 있는 자는 모두 16명입니다. 그 16명 중에 동덕단에 남은 자는 동덕단주와 좌우 부단주를 합쳐 세 명뿐이고, 나머지는 북방이나 삼남으로 내려가 무관으로 지내거나 관직에서 물러나 초야에 묻혀 지내고 있습니다. 또한 그간 동덕단에서 새롭게 무혈검법을 전수받은 자는 298명이고, 그중 현재 동덕단원으로 활동하고 있는 자는 100명입니다. 그러므로 동덕단에 남아 있는 전수자 103명을 제외하면 전국에 흩어져 있는 전수자는 모두 211명입니다. 그들 211명 중에 현재 무관직에 남아 있는 자가 120명이고, 관직을 떠난 자가

91명입니다. 그렇다면 이들 91명 중에 무혈검법을 세간에 퍼뜨리는 자들이 있다는 것인데, 아직 그 꼬리를 잡지는 못했습니다. 그리고 전수자들이 사사로이 무혈검법을 은밀히 전수했는지도 알 수 없습니다. 그 때문에 항간에 떠도는 무혈검법에 대한 소문을 더 조사해보아야 내막을 제대로 알 수 있을 것 같습니다. 다행히 소문의 진원지를 파악하여 그 경로를 조사하고 있습니다."

"이 사실을 동덕단주도 알고 있는가?"

"아직 모릅니다. 동덕단 내부자의 소행일 수도 있기 때문에 동덕단에 알리는 것은 신중해야 할 듯합니다. 자칫 동덕단 내부에서 서로를 의심하는 사태가 일어나면 오히려 문제가 더 심각해질 수 있기 때문입니다."

박제가의 말에 일리가 있었다. 동덕단은 철저히 신뢰를 바탕으로 유지되는 조직이었다. 그런 조직 내부에서 서로를 의심하는 사태가 벌어진다는 것은 곧 조직의 와해로 귀결될 우려가 있었다.

"그렇다면 전하께서도 아직 모르고 계시겠군."

"그렇습니다. 상황 파악이 완전히 되기 전까지는 성상께 고할 수 없지 않겠습니까?"

"동덕단주와 부단주는 믿을 만한 자인가?"

"그 점은 염려하지 않으셔도 됩니다."

말은 그렇게 했지만 박제가는 근래 들어 동덕단의 결속력이 예전 같지 않음을 염려하고 있었다.

동덕단을 실질적으로 이끈 인물은 정민시였다. 정민시는 홍국영, 김종수, 서명선과 더불어 금상을 왕위에 올린 즉위 공신 중 한

명이었다. 금상은 그들의 공을 잊지 않기 위해 동덕회라는 모임을
만들고 정기 모임을 가졌을 뿐 아니라 『명의록』을 편찬하여 그들
의 의리를 후대에까지 알리게 했다. 금상은 그들 네 명 중에 특히
정민시를 남달리 생각했다. 정민시는 다른 인물들과 달리 붕당에
연연하지 않았고 권력이나 재물을 탐하지도 않았다. 또한 요직에
앉아도 세력을 형성하는 일도 없었다. 금상은 그런 정민시의 인격
을 높이 평가하여 비밀 조직인 동덕단의 제조로 삼았다. 이후 정민
시는 10년 이상 동덕회를 이끌었는데, 지난 3월에 쉰여섯 살의 나
이로 죽고 말았다.

정민시는 지난해 1월에 병이 있다며 벼슬을 내려놓고 요양을 핑
계로 남한강 가에 초막을 짓고 지냈는데, 밤에 발을 헛디뎌 익사한
것으로 전해졌다. 그 죽음이 하도 요상하고 의심스러워 동덕단에
서 은밀히 사인을 조사했지만 타살의 흔적은 발견하지 못했다.

사실 정민시가 병이 있다 핑계를 대고 벼슬에서 물러난 것은 주
상의 은밀한 지시 때문이었다. 하지만 그 내용이 무엇인지는 박제
가도 알지 못했다. 다만 그 무렵에 주상이 동덕단주 정시묵을 불러
정민시에게 특별한 임무를 내렸으니, 그가 없는 동안 동덕단을 잘
이끌어달라고 당부했다는 것이다.

정민시가 죽음으로써 동덕회는 사실상 사라졌다. 동덕회는 원래
주상이 회주를 맡고 4대 공신이 회원이 되어 정기적으로 모임을
가졌는데, 회원 중에 가장 먼저 죽은 사람은 나이가 가장 어렸던
홍국영이었다. 이어 소론의 영수 서명선이 죽었으며 작년 1월에는
벽파의 영수 김종수도 죽었다. 그리고 올 3월에 마지막 남은 동덕

회 회원인 정민시까지 죽었으니, 더이상 동덕회는 존재하지 않는 셈이었다.

그런 현실을 안타까워한 주상은 정민시의 죽음을 몹시 비통해하며 다음과 같은 글을 내렸다.

동궁 시절부터 다정했던 사이들이 앞서거니 뒤서거니 모두 가버리고 오직 중신(重臣) 한 사람이 남아 있었다. 정민시는 네 개의 영(營)을 맡았고, 여섯 개 부(部)의 장을 역임했으며, 세 개의 번(藩)을 다스렸고, 두 개 관(館)의 장도 했다. 이처럼 인사 관계, 문학 관계, 재정, 군사 등 화려하기 짝이 없을 만큼 여러 요직을 역임했으나 그의 문정은 청탁의 발걸음이라고는 없이 쓸쓸하고 조용하기만 하여 옛날 빈한했던 시절의 규모를 20년이 넘는 오늘까지 그대로 지켜왔던 것이다.

질병 요양을 위해 강가 농막으로 갔던 사람이 끝내 일어나지 못할 줄이야 어찌 생각이나 했으랴. 아, 그 중신을 무슨 수로 다시 본단 말인가. 그의 발소리가 완연히 들리는 듯하건만…… 참으로 애석하다. 죽은 판돈녕부사 정민시에게 우의정을 특별히 추증하라.

그런 현실을 잘 알고 있었지만 박제가는 군이 백동수에게는 말하지 않았다. 백동수가 동덕단의 내부 사정을 안다고 하여 도움될 만한 일은 없을 것이라 판단한 까닭이었다.

"오 포교는 어떤 이유로 무혈검법을 쓰는 자들로부터 습격을 받았습니까?"

백동수가 오유진에게 들은 사건의 내막을 대략 설명하자 박제가가 말했다.

"며칠만 제게 말미를 주십시오. 심증이 가는 자가 있는데, 그자의 뒤를 캐면 작은 단서라도 찾을 듯싶습니다."

"알았네. 그러면 연통을 주게. 나는 이만 가겠네."

그렇게 헤어진 두 사람은 사흘 뒤 밤에 다시 만났다. 박제가가 연통을 넣어 백탑 부근에서 보자고 한 것이다. 백동수는 오유진과 함께 나타났다.

오유진이 박제가를 보고 꾸벅 인사하자 백동수가 말했다.

"내가 자네와 만난다는 말을 하니 한사코 함께 오겠다고 하여 별수 없이 대동하고 왔네."

"그렇지 않아도 발 빠른 젊은 친구가 있었으면 했는데, 잘됐습니다."

그 말에 오유진도 한마디 거들었다.

"시생이 다른 건 몰라도 걸음 하나는 빠릅니다. 심부름이라도 시켜주신다면 반드시 보탬이 될 것입니다."

박제가는 오유진의 어깨를 토닥이며 사람 좋게 웃었다. 그믐의 어둠이었지만 박제가의 허연 이가 초승달처럼 드러났다 사라졌다.

"소문의 진원지를 조사하는 중에 최갑동이란 자를 알게 되었습니다. 그자가 무혈검법을 쓰는 것을 본 자가 있습니다."

"그자도 동덕단 출신인가?"

"동덕단 명단에는 없는 자입니다. 그런데 최갑동의 사촌 최시동은 동덕단원이었습니다."

"최시동 그자는 지금 어디에 있는가?"

"최시동은 이미 죽은 지 10년도 넘었습니다. 그런데 만약 최시동이 죽기 전에 최갑동에게 몰래 무혈검법을 전수했을 수도 있지 않습니까? 그래서 최갑동을 조사해볼 생각입니다."

"그자는 지금 무슨 일을 하고 있는가?"

"마땅한 직업은 없고, 객주들 주변에서 수하들을 몇 거느리고 호위 노릇을 하고 있습니다."

그러자 오유진이 말을 보탰다.

"최갑동이라면 저도 아는 자입니다. 시정잡배들 사이에선 제법 이름이 있는 자입니다. 무술 실력도 있고 담력도 있는 자로 알려져 있습니다. 하지만 행동이 무겁고 성정이 근엄하여 왈짜패 같은 이들과는 잘 어울리지 않습니다."

"어쨌든 그자가 근래에 자주 밤이슬을 밟는다 하네. 오늘 그자의 뒤를 밟아볼 작정이네."

박제가는 파자교 근처에 있는 최갑동의 집으로 두 사람을 안내했다. 세 사람이 근처 숲속에 숨은 지 일각이 조금 지났을 때 최갑동이 조심스럽게 문을 열고 나왔다. 그리고 이내 파자교 쪽으로 빠르게 움직였다.

파자교 주변에는 이미 네 명의 사내가 모여 있었다. 그들은 최갑동이 도착하자 어디론가 바쁘게 내달렸다. 그들 모두 검은 옷에 검은 두건을 쓰고 있었다. 그믐이라 그들의 모습이 거의 보이지 않았지만 세 사람은 그들의 뒤를 조심스럽게 밟았다.

자객이 주선한 만남

정약용은 의서를 뒤지고 또 뒤졌다. 주상과 같은 병증을 보이는 사례를 찾기 위해 벌써 수일 동안 의서에 빠져 있었다. 밤낮없이 수백 권의 의서를 살펴보았지만 같은 병증을 앓은 사례는 여전히 찾지 못했다.

"정녕 주상을 살릴 방도가 없단 말인가?"

정약용은 허탈한 마음을 달래기 위해 한양의 약방을 다시 뒤졌다. 주상과 같은 증세를 보이는 환자를 또다시 찾을 수 있을지도 모른다는 실낱같은 희망으로 도성을 훑고 다녔다. 하지만 역시 허사였다.

그래서 정약용은 이번에는 수은, 주철, 구리, 은, 금 등과 같은 광석에 대한 책도 뒤졌다. 그 속에서 주상의 병증에 대한 단서를 찾을 수 있을 것 같았기 때문이다. 하지만 그 금속 중에 독소로 사용될 가능성이 있는 금속은 수은밖에 없었다. 하지만 이미 주상은 수은을 가까이할 일도, 가까이한 일도 없다 했다.

정약용은 이경화에게 기대를 거는 수밖에 없다 생각하고 그에게 사람을 보냈다. 그간 주상을 위한 새로운 처방을 마련했는지 알아보기 위함이었다. 그런데 이경화에게 갔던 노비 창덕이 뜻밖의 비보를 안고 돌아왔다.

"그 댁에 갔더니, 초상이 났지 뭡니까요."

"초상이라니?"

"그 댁 주인어른께서 오늘 새벽에 돌아가셨다 합니다요."

"이경화 선생님께서?"

"그렇습니다요."

정약용은 그 말을 듣자마자 이경화의 집으로 달려갔다. 정약용이 왔다는 말에 이경화의 아들 이정연이 나왔다.

"어떻게 된 일입니까?"

"새벽에 소피 때문에 깼다가 자리끼나 갈아드릴까 하여 아버님 방에 들어갔더니, 잠든 채로 숨져 계셨습니다."

그 말을 듣고 정약용은 이경화의 사랑방 주변을 살펴보았다. 외부 침입이 있었다면 분명히 마루에 발자국이 남아 있을 터였다. 정약용은 마루를 면밀히 살폈지만 발자국 같은 것은 없었다. 방바닥에서도 발자국은 발견되지 않았다. 하지만 이경화의 시신을 살피던 정약용은 타살임을 확신했다.

이경화의 몸에는 검붉은색의 시반이 있었고 피부 곳곳에는 검붉은 반점이 나타나 있었다. 또한 눈동자가 살짝 돌출되어 있었고 입과 코 안에는 맑은 핏물이 고여 있었다. 얼굴 전체에도 핏발이 섰고 항문이 돌출되어 있었다. 그리고 복부도 부어올라 있었다.

"혹 발견 당시에 대변이나 소변은 없었습니까?"

정약용이 그렇게 묻자 이정연이 대변이 흘러나와 있었다고 했다. 누군가가 이불로 입을 막고 질식시켜 살해한 것이 분명했다.

정약용은 다시 침입의 흔적을 찾았다. 신을 벗고 들어왔다면 발자국을 남기지 않았을 테지만 담을 넘었다면 필시 흔적을 남겼을 것으로 판단했다. 역시 그의 예상은 적중했다. 담벼락 밑에 흙이 패어 있는 곳이 있었고 그 아래로 발자국이 남아 있었다. 발자국의 수로 보아 침입자는 한 명이었다.

하지만 정약용은 이경화가 타살된 사실을 밝히지 않았다. 그 정도 증거로는 범인을 잡을 수 없을 뿐 아니라 타살이라는 소문이 나면 오히려 상황만 복잡해질 수 있었다. 이경화의 죽음은 주상의 병증과 밀접한 관련이 있었다. 그렇다면 주상의 병증을 아는 자들이 이경화를 죽여 주상의 치료를 방해하려는 것이 분명했다. 거기까지 생각이 미친 정약용은 주상과 이경화가 은밀히 만난 사실을 아는 자 중에 범인이 있다고 판단했다. 정약용은 범인으로 추정되는 인물을 떠올려보았다. 어의 피재길, 대전환관 승전색, 지밀상궁, 개유와 아전들, 승정원 사령들, 내금위 소속 무사들. 그가 아는 한 그들이 전부였다. 하지만 그들 외에도 은밀히 주상의 동태를 살피는 자들도 있을 수 있었다. 그러므로 범인을 누구라고 단정하기가 매우 애매했다. 그런 상황에서 이경화가 타살되었다고 알려보았자 범인을 잡을 가능성은 거의 없었다. 그래도 이경화의 죽음을 그대

로 묻어두고 갈 수는 없었다. 그래서 정약용은 홀로 은밀히 죽음의
배후를 밝히고자 했다.

정약용은 먼저 어의 피재길을 만나 이경화가 타살되었음을 밝
혔다. 피재길은 정약용과 친분이 두터운 사이였기에 그에게는 알
려도 무방하다고 생각했다. 피재길은 이경화가 타살되었다는 말에
소스라치게 놀랐다.

"도대체 어떤 자가 선생을 해했단 말이오?"

"나도 알 수가 없소. 다만 확실한 것은 주상 전하의 치료를 원하
지 않는 자들의 소행이라는 것이오."

"그자들이 누구란 말이오?"

"나도 짐작이 잘 되지 않소. 어쨌든 어의께서도 조심하시오. 지
금 전하를 치료할 분은 어의밖에 없소이다."

하지만 피재길도 자신 없어 했다.

"나도 여러 창질과 옹저를 치료한 적 있지만, 주상의 병증 같은
경우는 본 적이 없소. 또한 이경화 선생으로부터 여러 처방전을 받
기는 했지만, 그 역시 좋은 처방인지 확신할 수 없소. 내게 처방전
을 전해주면서 이 선생께서도 같은 말씀을 하셨소. 결코 확신할 수
없는 처방인데, 그래도 혹여 들을 수도 있을 것 같아 시도해보는
것이라 했소. 게다가 그 처방의 여러 내용이 궁궐에서는 시행할 수
없는 것이었소. 만약 그것을 은밀히 시행했다가 조정 대신들이 알
게 되면 내 목이 달아날 것이오. 그래서 엄두도 못 내고 있던 중인
데, 이 선생마저 변을 당하셨으니, 이 일을 어쩌면 좋을지 모르
겠소."

그 말을 듣자 정약용은 앞이 캄캄했다. 이에 피재길이 몇 마디 더 보탰다.

"아무래도 전하께 모든 것을 사실대로 고해야 할 것 같소. 정 참의께서는 비밀리에 치료해야 한다 하지만, 나는 뒷감당이 되지 않소. 그러니 양해해주기 바라오."

정약용은 별수없이 그렇게 하라 하고 피재길과 헤어졌다. 그는 돌아오는 길 내내 다리가 무거웠다. 주상의 증세를 호전시키지 못하면 결국 국상을 당할 것이라는 절망감에 온몸이 축축 늘어졌다. 만약 주상이 훙서한다면 그 뒷일은 겪지 않아도 훤히 그려지는 상황이었다. 주상이 붕어하면 이제 겨우 열한 살밖에 되지 않은 세자가 보위를 이을 것이고 그리 되면 대왕대비가 수렴청정을 하며 왕권을 대행할 것이다. 이는 곧 주상이 20여 년 동안 일군 것들이 하루아침에 사라진다는 의미였다. 주상의 업적 중 하나가 남인 세력의 부활이었다. 말하자면 주상의 죽음과 동시에 남인 세력도 함께 소멸될 것이라는 뜻이었다.

업적을 쌓는 데는 수십 년이 걸리지만 무너뜨리는 일은 하루아침에도 가능한 법이었다. 남인의 영수 채제공을 주축으로 남인이 겨우 재건되는 데 무려 50년이 걸렸지만 무너지는 것은 단지 며칠이면 족한 상황이었다. 특히 천주교에 대한 피바람이 또다시 불면 그 엄청난 폭풍 속에 살아남을 남인은 벽파에 빌붙은 몇 사람에 불과할 것이 뻔했다. 그런 사태를 겪지 않으려면 어떻게 해서든 주상의 치세가 더 오래 지속되어야만 했다. 적어도 세자가 성인이 되어 주상의 왕권을 온전히 이어받아야만 남인도, 그의 가문도 살아남을 수 있을 터였다. 그러려면 반드시 주상의 병명을 알아내어 병증을 완화하거나 치유해야 했다.

정약용은 그런 암울한 현실을 염려하며 툇마루에 앉아 하늘을 올려다보았다. 음력 4월 그믐이었지만 아직 더위는 찾아오지 않았다. 비록 달도 없는 밤이었지만 밤기운은 아늑하고 바람은 적당하여 밤의 향취를 즐기기 좋은 날이었다. 벗이라도 찾아오면 주안상을 마련하여 마음속에 쌓아둔 염려와 답답함을 토로하면 좋겠다 싶은 그런 밤이었다.

그때 그 밤의 넉넉함과 고요함을 깨고 어디선가 칼과 칼이 부딪치는 소리가 들려왔다. 정약용은 깜짝 놀라 벌떡 일어나 담벼락 바깥을 내다보았다. 담에 가려 제대로 보이지 않았지만 검은 그림자들이 뒤섞여 뛰어올랐다 다시 가라앉고 이내 짧은 비명을 흘리기도 했다. 그리고 한 무리의 발소리가 들리는 듯하더니 누군가 훌쩍 담을 넘어 마당 안으로 들어섰다. 온통 검은 옷에 검은 두건까지 착용한 그자는 마치 그림자처럼 움직였다. 정약용은 그를 보자 자신도 모르게 기둥 뒤에 숨으며 소리쳤다.

"웬 놈이냐?"

고함을 지른다고 질렀지만 겁에 질린 터라 입 밖으로 크게 터져 나오지 못했다. 그때 검은 그림자를 향해 누군가가 달려들며 소리쳤다.

"참의 어른 피하십시오. 자객입니다!"

어둠 속이라 누군지 쉽게 알아볼 수는 없었지만 익숙한 목소리였다. 하지만 누군지 쉬이 떠오르지 않았다. 그는 검은 그림자를 향해 무섭게 칼날을 휘둘렀고 검은 그림자는 이리저리 피하며 달아나다 다시 담을 넘어 사라졌다. 이어 또다른 두 사람이 담을 넘어 마당으로 들어섰다.

"괜찮으냐?"

"네, 스승님."

"놈들은 여간내기가 아니다."

그들이 대화를 주고받는 중에도 정약용은 기둥 뒤에 숨어 있었다.

"참의 어른, 이제 괜찮습니다. 나오시지요. 저 우포청 포교 오유진입니다."

정약용은 그제야 한숨을 내쉬며 대청 아래로 내려섰다.

"도대체 무슨 일인가?"

정약용의 물음에 박제가가 어둠 속에서 불쑥 나오며 말했다.

"미용, 나요. 나 초정이오."

"아니, 초정이 어쩐 일로…… 영평에서는 언제 돌아왔소이까?"

박제가는 의아한 표정을 풀지 못하는 정약용에게 함께 온 백동수를 소개하고 그들이 자객들의 뒤를 밟은 사연을 설명했다. 정약용은 그들을 사랑채로 안내한 뒤 백동수에게 말했다.

"야뇌의 함자는 익히 들어 알고 있습니다. 하지만 이렇게 직접 뵙기는 처음입니다. 저는 야뇌께서 신출귀몰하고 무예가 출중하시다 하여 몸집이 매우 건장하신 줄 알았습니다."

사실 백동수는 무인치고는 몸이 가늘고 근육이 없는 편이었다. 또한 인상도 평범하여 백면서생처럼 보이기 십상이었다.

"초정과 야뇌 두 분께서 함께 편찬하신 『무예도보통지』도 접한 적이 있습니다. 그런데 이렇게 직접 두 분을 함께 뵈니 영광스럽기 그지없습니다. 또한 목숨까지 신세를 지는 데 이르렀으니, 이런 인연이 또 어디 있겠습니까?"

사실 백동수는 몰라도 정약용과 박제가는 잘 통하는 사이였다. 규장각에서 맺은 인연을 바탕으로 그들은 이미 친밀한 벗이 되어 있었다. 만약 그들에게 규장각이라는 공간이 없었다면 그들이 같은 자리에 앉아 세상을 걱정하고 학문을 논할 일도 없었을 것이다. 태생적으로 박제가는 노론 출신이었고 정약용은 남인 출신이었다. 남인이 남인에게 배우고 남인 자제를 제자로 삼듯이 노론은 노론의 뿌리에서 배우고 노론의 물에서 놀았다. 그것은 이미 100년이나 지속된 조선 선비 집단의 전통이었다. 그리하여 정약용이 퇴계 이황에 뿌리를 두고 허목을 거쳐 성호 이익을 스승으로 삼듯이 노론은 석담 이이에 뿌리를 두고 김장생을 거쳐 송시열을 스승으로 삼았다. 그러니 그들은 어릴 때부터 지금껏 무릎을 맞대고 같은 자리에서 학문을 논하거나 시절을 노래할 일이 없었다. 특히 박제가와 정약용은 노론과 남인을 대표하는 천재였다. 박제가가 서출이라고는 하나 학문의 경지로 보면 당대의 그 누구도 괄시할 수 없는 경지에 이르렀고 정약용도 그에 뒤지지 않았다. 그런 그들을 한자리에 모이게 한 것이 주상이었다. 주상은 당파와 관계없이 인재들을 규장각으로 끌어모았고 그들을 통해 조선을 혁신하고자 했다.

정약용과 박제가의 공통점이 있다면 둘 다 새로운 문물을 받아들여 조선을 부강한 나라로 키우자는 데 있었다. 하지만 그 수단에는 차이가 있었다. 정약용이 속한 남인에게 새로움이란 곧 서학을 의미했지만 노론에게 새로움은 청나라 문화, 즉 북학을 의미했다. 또한 정약용이 생각하는 나라의 부강은 토지제도 개선으로 이루어지는 것이었지만 박제가가 생각하는 나라의 부강은 상업 발달로 이루어지는 것이었다. 따라서 정약용은 외부적으로는 서학을 적극적으로 받아들이고 내부적으로는 토지제도의 혁신을 이루어야 한다고 주장하는 반면, 박제가는 외부적으로는 북학을 적극적으로 받아들이고 내부적으로는 상업 발달을 통해 혁신을 일으켜야 한다고 주장했다. 물론 이들의 주장이 노론과 남인 전체를 대변하는 것은 아니었다. 남인에서도 서학을 반대하고 천주교를 탄압하려는 세력이 있었고 노론에서도 북학을 반대하고 상인을 짓눌러야 한다는 세력이 있었기 때문이다. 말하자면 그들은 남인과 노론의 신진 사류를 이끄는 선각이었던 셈이다.

어느 세월이나 그렇듯이 속해 있는 집단과 상관없이 선각은 통하는 데가 있기 마련이었다. 그런 까닭에 박제가는 남인의 영수 채제공이 이끄는 연경 사절단 수행원이 되어 청나라의 앞선 문물을 접하고 익혀『북학의』를 썼으며 채제공도 북학파의 상업 진흥의 논리를 받아들여 신해통공의 역사를 이루었다.

신해통공이란 정조 15년(1791) 신해년에 취해진 조치로 시전상인들이 휘둘러왔던 금난전권의 폐해를 일소한 획기적인 사건이었다. 그때까지 조정의 권신들은 시전상인들에게 시중 물품에 대한 전매권을 주는 대가로 엄청난 뇌물을 챙겨왔고, 가난하고 힘든 난전이나 영세한 상인들은 시전 상인들에게 헐값으로 물건을 넘기며 고통스럽게 살아왔다. 이는 물가를 몇 배로 뛰게 만들어 백성들의 가계를 힘들게 하는 원인이었는데, 남인의 영수 채제공이 주도하여 금난전권을 폐지한 것이다. 이후 시장이 활성화되고 물품값이 제자리를 찾았다. 이 때문에 시전 상인들과 결탁했던 노론 세력은 채제공을 원수처럼 여겼으나 시장 활성화를 주장하던 북학파는 오히려 신해통공을 지지했다. 이처럼 남인과 북학파는 비록 뿌리는 달랐지만 서로 협력할 수 있는 접점을 찾았다. 그런 까닭에 정약용 같은 선각 남인은 북학파를 대변하는 『북학의』를 섭렵했고 박제가 같은 선각 노론은 서학에 담긴 신문물에 관심을 가질 수 있었던 것이다.

따지고 보면 북학파와 서학파가 붕당의 틀을 넘어 합의점을 찾을 수 있었던 배경에는 주상이 있었다. 주상은 북학파의 상업 부흥론과 남인의 서학 수용론을 적절히 받아들이고 그 장점을 취하면 조선의 부강을 이룰 수 있다는 태도를 보였다. 따라서 북학파든 서학파든 주상의 안위를 위하는 일에는 같은 마음이었다.

"저야말로 미용 같은 당대의 천재를 만나게 되어 영광이외다."

정약용의 환대에 백동수가 너털웃음을 보이며 말을 이었다.

"그런데 자객들이 왜 정 선생을 암살하려 했는지 우리는 그게 의문이오."

정약용은 주상을 만난 일을 비롯하여 주상의 병증과 그 병증의 원인을 찾아 헤맨 일, 이경화의 죽음에 얽힌 일 등을 털어놓았다. 그러자 백동수가 물었다.

"그렇다면 미용께서는 오늘 자객을 보낸 자가 이경화 선생을 죽인 것으로 본단 말이지요?"

정약용이 고개를 끄덕이자 이번에는 박제가가 말했다.

"미용의 이야기를 듣고 보니 지금 벌어지고 있는 모든 일이 주상의 병증과 연관되어 있다는 뜻인데, 하지만 선뜻 연결고리를 찾기가 힘드오."

정약용도 수긍하며 대꾸했다.

"저도 아직 파악하지 못한 점이 그것입니다. 현재 벌어지고 있는 일을 보면 주상의 병증에는 분명 유발 요인이 있을 것 같은데, 아무리 찾아도 찾을 수가 없습니다. 제가 약방을 돌며 발견한 유사한 환자 둘은 분명 수은 중독 때문에 생긴 병증 같은데, 주상 주변에서는 수은과 연관된 어떤 물질도 찾을 수 없었습니다."

"사실 나도 성상의 특명을 받고 성상의 병부를 모두 살폈지만 수은을 사용한 약재는 없었소. 성상 주변에 수은과 관련된 어떤 물질이 있는지, 소주방에 공급되는 모든 곡식과 찬거리에도 중독성이 있는지 면밀히 살폈지만, 수상한 물질이나 물건은 전혀 발견하지 못했소. 게다가 성상께서 침구류와 의복의 소재까지 모두 조사하도록 했지만, 역시 독성 물질은 발견되지 않았소. 그러므로 전하께서 어떤 물질에 중독되었을 가능성은 희박하오."

그 말을 듣고 오유진이 고개를 갸웃거리며 입을 열었다.

"수은과 관련된 일이라면 저도 이해되지 않는 일이 있습니다. 사실 제가 옥류동 지작인 부부 살인사건과 관련하여 심 정승댁 노비 덕배와 의원 심인을 주목하게 된 것도 수은 때문이었습니다. 옥류동 살인사건 현장에서 발견된 한지 조각을 조사했더니, 거기서 수은가루가 나왔습니다. 그래서 수은을 매매한 자들을 조사하던 중에 심 정승댁 노비 덕배란 자가 많은 양의 수은을 사갔다는 점을 이상히 여겨 그를 조사하게 되었습니다. 그런데 덕배의 집에서 옥류동 지작장이 노가가 만든 한지를 발견했고, 덕배를 추궁해보았더니 그 한지가 창선방 의원 심인의 것이라는 사실을 알아냈습니다. 이후 심인의 집을 감시했는데, 심인이 매우 이상한 행동을 하는 것이었습니다. 심인의 머슴 중에 광희문 근처에 사는 배가라는 자가 있는데, 심 정승댁에서 심인에게 사람을 보낸 날은 심인이 반드시 배가를 방문하는 것이었습니다. 이상한 생각에 그들이 만나 무슨 일을 하는지 살펴보았는데, 별다른 일은 하지 않고 그저 만나기만 하고 돌아가고는 했습니다. 그래서 그날도 심인의 뒤를 밟고 돌아오는 길이었는데, 느닷없이 자객들이 저를 덮친 것입니다."

오유진의 말을 들은 정약용은 뭔가 실마리를 풀 수 있을 것 같았다. 하지만 정확하게 맞아떨어지는 답이 없어 말을 망설이고 있는데, 박제가가 먼저 입을 열었다.

"지금까지 들은 말을 종합해볼 때 옥류동 노가에게 한지를 만들게 한 것은 좌상 대감이고, 그 한지를 사용한 사람이 심인이라는 것입니다. 그렇다면 이제 우리가 알아내야 할 것은 세 가지입니다. 첫째는 수은 섞인 한지의 용도가 무엇인가 하는 것, 둘째는 그것이 좌상 대감과 어떤 관련이 있는가 하는 것, 셋째는 그것과 주상의 병증이 어떤 연관성이 있는가 하는 것입니다."

그러자 정약용이 말을 보탰다.

"그렇다면 심인이 주기적으로 만난다는 배가라는 작자를 만나보는 것이 급선무인 듯합니다. 심인이 먼길을 왕래하며 그자를 만났다면 분명히 중요한 용무가 있을 것입니다. 그러니 심인이 배가를 만나는 이유를 파악하는 것이 먼저지요. 그리고 또하나 급히 처리해야 할 일이 오늘 저를 죽이러 온 자들을 찾아내는 것입니다. 그래서 그들을 사주한 자를 찾아내야 할 것입니다. 이 두 가지 문제를 먼저 처리하고 난 다음에 다시 모이는 것이 좋겠습니다. 그러니 야뇌와 초당께서는 자객들의 뒤를 캐주십시오. 그러면 오포교와 저는 배가와 심인이 무슨 일을 하는지 반드시 알아내겠습니다."

네 사람은 다음을 기약하고 일단 헤어졌다.

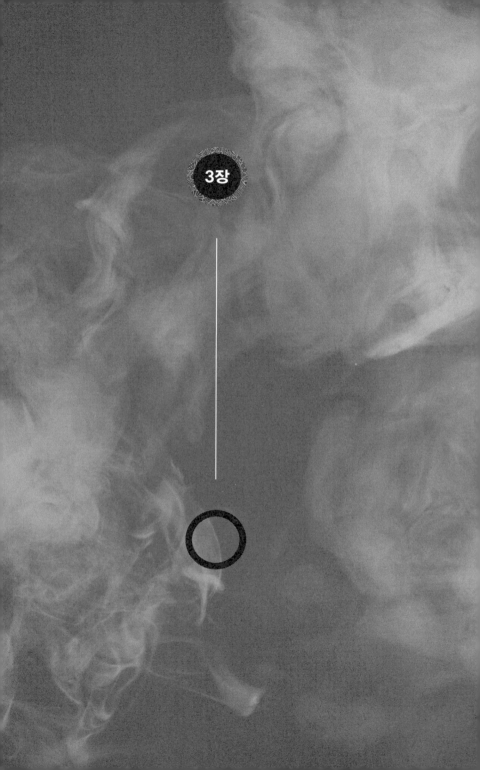

연훈방

오유진은 배가의 집을 들이쳐 다짜고짜 우포청으로 끌고 올 심사였다. 그렇게 하지 않으면 정약용과 배가를 만나게 할 마땅한 방도가 없었다. 그래서 배가를 잡아들일 적당한 구실을 찾고 있었는데, 배가를 기찰하러 갔던 사령이 뜻밖의 소식을 전해왔다.

"광희문의 그 배가가 그저께 죽었다 합니다. 이미 관에 신고도하고, 공초도 작성하고, 오늘 아침에 초상까지 치렀다 합니다."

오유진이 급히 정약용을 찾아가 배가의 사망 소식을 전하자 정약용의 얼굴에는 안타까워하는 기색이 역력했다.

"혹 배가의 시신을 확인할 수 있겠는가?"

"이미 장사지냈을 터인데, 시신을 확인하려면 무덤에서 파내야하겠지요."

배가의 시신은 광희문 밖 인적 드문 산기슭에 봉분도 없이 거적

때기에 싸인 채 묻혀 있었다. 오유진은 우포청 차비노들을 동원하여 배가의 시신을 파낸 뒤 목멱산 자락의 어느 무덤가에 눕혀놓았다. 정약용이 그곳에 도착했을 때는 오작 박홍규가 시신을 깨끗이 닦아놓고 검험하는 중이었다.

"이자의 나이가 몇인가?"

정약용은 배가의 시신을 자세히 살피다 뭔가에 깜짝 놀란 표정을 지으며 물었다.

"마흔아홉이라 합니다."

마흔아홉이면 주상과 동갑이었다. 그러고 보니 키와 몸집이 주상과 흡사했다. 게다가 몸에 난 부스럼과 종기 자국이 주상의 몸에서 보았던 것과 너무나 닮아 있었다.

"이럴 수가!"

정약용은 시신에 붙어 있는 한지를 떼어내며 자신도 모르게 낮게 내뱉었다. 한지 아래에 고약이 붙어 있었다.

"아마 종기를 앓았던 모양입니다. 여기 말고도 몇 군데 더 있었는데, 제가 떼어냈습니다."

박홍규의 말에도 정약용은 잠깐 동안 얼어붙은 듯이 말이 없었다. 배가의 몸은 그야말로 주상의 몸과 판박이였다. 부스럼의 형태와 종기의 모양이 마치 주상의 몸을 옮겨놓은 듯했다.

'이자는 주상과 똑같은 병을 앓고 있었다. 그런데 이자가 죽었다. 그것은 곧 주상도 죽는다는 말이다.'

그런 생각이 들자 정약용은 앞이 캄캄했고 매우 혼란스러웠다.

'이자는 어떤 이유로 주상과 똑같은 병증을 앓고 있었던 것일

까? 심인은 왜 이자를 데려다놓았던 것일까? 심인은 도대체 이자에게 무슨 짓을 한 것일까?'

정약용이 생각에 골몰해 있는데, 박홍규가 말했다.

"날이 더워 부패 속도가 매우 빠릅니다. 입과 코 안에 거품이 있고 안색이 검붉은데다 아직 살이 움푹 꺼지지 않은 것으로 보아 갑자기 죽은 것 같습니다."

배가의 배와 양 옆구리, 늑골 사이에는 옅은 청색 빛이 감돌고 있었다. 뱃속에 있는 오물이 갑자기 늘어나 피부로 몰려나오면서 생긴 것으로 병사자에게 흔히 나타나는 현상이었다. 박홍규는 은비녀를 인후 깊숙이 넣고 종이로 밀봉한 뒤 한참 만에 꺼내들었다.

"비녀가 전혀 변하지 않는 것으로 보아 독살은 아닌 듯합니다."

그 말에 정약용은 퍼뜩 정신이 들었다. 그는 생각이 조금 달랐다. 직접 독살을 당한 것은 아니지만 독에 중독된 흔적이 보였다. 가슴 가운데 푸른 멍울이 보였고 조금 부어 있었다. 또한 배꼽 아래쪽에도 같은 멍울이 보였다. 손톱이 약간 검은빛을 띠는 것도 중독의 징표였다. 그 점을 확인한 정약용은 냉정을 되찾으며 물었다.

"뼈를 볼 수 있겠는가?"

박홍규는 칼로 옆구리 부위의 피육을 찢었다. 그러자 검은 진액이 흘러내리며 역한 냄새가 퍼졌다. 박홍규는 피육을 걷어내고 갈비뼈를 보여주었다. 갈비뼈에 검은빛이 감돌았다. 박홍규는 갈비뼈 사이에 은비녀를 넣고 한참 동안 두었다가 꺼내서 닦자, 은비녀는 약간 검은빛을 띠고 있었다.

"입에서는 독소가 발견되지 않았는데, 어째서 뼈와 내장에서는 독소가 보이는 걸까요?"

박홍규는 이해가 되지 않는다는 표정이었다. 정약용은 대답 대신 항문을 보여달라고 했다. 항문은 흉물스러운 모양으로 지나치게 돌출되어 있었고 항문과 함께 직장의 일부까지 밖으로 밀려나와 있었다.

정약용은 은비녀를 다시 시신의 입속에 깊이 넣고 초를 녹여 뜨거운 상태에서 입을 막았다. 그리고 입에서 배꼽까지 모두 술지게미로 덮고 배꼽부터 목까지 천천히 횃불로 덥혔다. 한참 만에 은비녀를 꺼내 물로 씻어내자 은비녀는 엷은 청색을 띠고 있었다. 정약용은 다른 은비녀를 항문에 넣고 다시 초를 녹여 항문을 막은 다음 등을 술지게미로 덮고 목덜미부터 항문까지 횃불로 천천히 달구었다. 그리고 한참 만에 은비녀를 꺼내들자 이번에는 은비녀가 보다 짙은 군청색으로 변해 있었다.

"독에 중독된 흔적은 있으나 독살은 아니네. 말하자면 독이 직접적인 사인은 아니라는 뜻이지."

옆에서 그 말을 듣고 있던 오유진이 물었다.

"그렇다면 병사란 말입니까?"

"병사는 병사인데, 그 병을 일으킨 요인이 독이네. 즉 독을 지속적으로 섭취하여 병이 유발되었고, 그 병으로 인해 사망한 것이네."

"그렇다면 어떤 독에 중독된 것입니까?"

"이자의 피부에 나타난 부스럼과 종기는 내가 전하의 몸에서 보았던 것과 판박이일세. 또 전하의 몸에 나타난 병증은 수은에 중독된 자들에게도 똑같이 나타났네. 그렇다면 이자도 수은에 중독된 것이 아닐까 싶은데, 그 증좌를 찾을 수가 있어야지."

그 말을 끝으로 정약용은 한참 동안 말을 하지 않고 이런저런 상념에 빠졌다. 오유진은 궁금증이 많았지만 정약용의 표정이 너무 심각하여 감히 입을 열지 못했다. 그러다 목멱산을 내려와 광희문을 막 들어섰을 때 오유진은 갑자기 생각난 듯이 말했다.

"그런데 제가 심인과 배가가 무슨 짓을 하는지 엿보았을 때 심인이 배가에게 뭔가를 건네는 것을 보았습니다. 지금 생각해보니 종이 뭉치였던 것 같습니다."

"종이 뭉치?"

"네, 심인은 종이 뭉치를 건네주었고, 배가는 그것을 들고 방안으로 들어갔는데, 잠시 후에 방안이 훨씬 밝아졌습니다."

"밝아졌다면 그 종이 뭉치를 태웠다는 말인가?"

정약용은 그 말을 하고 나자 뭔가 마구 뒤엉켰던 실타래가 풀리는 느낌이었다.

"그러니까 심인이 종이 뭉치를 배가에게 주었고, 배가는 방 안에서 그것을 태웠다는 것이지? 그리고 심인은 배가가 그것을 다 태우는 것을 확인하고 집으로 돌아갔다는 것이고?"

정약용은 뭔가 대단한 발견이라도 한 것처럼 들떴지만 오유진은 선뜻 이해가 되지 않았다.

"참의 어른, 도대체 무엇을 찾으신 것입니까?"

오유진이 물었지만 정약용은 계속 혼잣말만 지껄였다.

"내가 왜 그 생각을 하지 못했을까? 태운다? 그렇지, 태운 것이지. 태운 거야."

"도대체 그게 왜 중요한 것입니까?"

오유진이 영문을 모르겠다는 표정으로 묻자 정약용이 그제야 대답했다.

"내 자네에게 보여줄 것이 있네. 어서 우리집으로 가세."

정약용은 집에 당도하자 서재를 뒤져 의서 하나를 꺼내들었다.

"여기 보게나. 이 의서에 보면 연훈방이라는 치료법이 나오네. 연훈방이란 입으로 연기를 마시게 하여 병을 치료하는 방법일세. 그런데 연훈방은 병을 치료하는 데만 쓰는 것이 아닐세. 자네도 익히 들어 알고 있겠지만 약이란 잘못 쓰면 독이 될 수 있는 걸세. 그러니까 연훈방은 병을 치료하는 데도 쓰이지만 병증을 유발하는 데도 쓰일 수 있다는 뜻이지. 그렇다면 연훈방을 통해 독을 태운다면 어떻게 되겠나?"

"독에 중독되겠지요."

오유진은 대답을 하고 보니 그제야 정약용이 무슨 말을 하는지 이해할 수 있었다.

"그러니까 심인이 찾아와서 배가에게 종이를 태우게 한 것은 연훈방으로 중독되게 하려 한 것이었군요?"

"그렇지. 그 종이에 독소가 들어 있다면 그것을 태워 연기를 마시면 당연히 중독되겠지. 심인은 지작장이 노가가 만든 종이를 지난 4년 동안 지속적으로 배가에게 태우게 했어. 그런데 배가가 태운 그 종이에는 수은이 들어 있었지. 그 종이를 태우면 수은의 독성이 연기를 통해 배가의 입으로 들어가게 되겠지. 하지만 종이에 섞인 수은의 양이 그렇게 많지 않기 때문에 수은의 독성은 쉽게 드러나지 않았겠지. 그런데 비록 소량이지만 수년 동안 지속적으로 수은을 태운 연기를 마셨다면 어떻게 되겠는가?"

"당연히 중독되겠지요."

"게다가 노가가 만든 종이에는 수은 말고도 앵속과 대마잎까지 섞여 있었네. 앵속은 고통을 줄일 때 쓰는 약재지. 그 앵속이 고통을 줄여줄 수 있는 것은 사람을 잠시 환각에 사로잡히게 하는 힘이 있기 때문일세. 또 대마잎을 태우면 그 연기 때문에 사람이 몽롱하게 된다는 기록이 있네. 따라서 앵속과 대마가 함께 타면 사람의 고통을 줄여주는 동시에 환각에 빠지게 만들지. 즉 노가가 만든 종이는 한편으로는 사람을 수은에 중독시켜 고통스럽게 만들고, 또 다른 한편으로는 고통을 줄여주고 몽롱하게 만들어 기운을 북돋아 주게 되지. 덕분에 배가는 수은이 든 종이를 태운 연훈방에 중독되었어도 쉽게 고통을 느끼지 못했던 것일세."

하지만 오유진은 정약용의 말을 듣고도 납득되지 않는 것이 있었다. 설사 심인이 노가가 만든 종이를 태워 연훈방으로 배가를 중독시켜 죽게 했다는 것이 사실이라 하더라도 도대체 왜 그런 짓을 했는지 이해할 수 없었다. 정약용도 그런 의문을 품기는 마찬가지였다.

"그런데 심인이 왜 연훈방으로 배가를 죽게 했는지 그것이 의문일세."

대립 환자

오유진은 덕배를 다시 꼬드겨서 심문해볼 요량이었다. 그는 여전히 심환지가 덕배 같은 얼뜨기를 왜 매일같이 부르는지 의문스러웠다. 또한 덕배와 필례가 부부로 사는 것도 언뜻 납득이 되지 않았다. 그간 조사한 바에 따르면 필례는 내의원에 소속되어 있던 의녀였고 그녀의 아비 또한 천인이기는 해도 공노비로서 자리가 보장되는 오작인 출신이었다. 비록 잘못을 저질러 의녀 신분을 박탈당하고 무수리로 살고 있지만 그래도 왕실의 최고 어른인 대왕대비전의 무수리였다. 그 위세로 보면 의녀에 결코 뒤지지 않는 처지인데, 덕배 같은 칠푼이 사노비와 결혼하여 산다는 것이 당최 이해가 되지 않았다. 게다가 결혼한 지 벌써 수년이 지났는데도 자식이 없었다. 그래서 오유진은 덕배란 놈이 음양지교나 운우지락을 알기나 할까 하는 생각까지 들었다.

차비노 대치는 이번에도 탁주를 사주겠다며 덕배를 살살 꼬드겨서 데려왔다. 오유진은 주막 뒤꼍의 평상에 술상을 봐놓고 덕배를 앉혔다.

"덕배, 오랫만일세. 그간 잘 있었는가? 자네가 일전에 알려준 일로 좋은 일이 생겨 고마운 마음에 이렇게 술상을 마련했네. 한잔하고 고기도 몇 점 하게나."

덕배는 별달리 의심하지 않았다. 그저 "예예" 하면서 연신 고맙다고 고개를 숙이며 술잔을 받아들 뿐이었다. 술이 몇 잔 들어가자 덕배의 얼굴이 불그레해졌고 자세도 풀려 아무렇게나 앉았다. 하지만 몸을 가누지 못할 정도는 아니었다. 그 틈을 보아서 오유진이 슬쩍 물었다.

"자네는 장가간 지 벌써 몇 년이나 되었는데, 어찌 자식이 없는가?"

덕배는 대수롭지 않은 말투로 되물었다.

"장가를 가면 자동으로 자식이 생기는 겁니까?"

"허어, 장가를 갔으면 합방을 했을 것이고, 합방을 하면 자식이 생기는 것은 당연한 이치지."

"합방이라 하면 같은 방에서 자는 것을 말하는 것입니까?"

"단지 같은 방에서 자는 것뿐 아니라 부부로서 합궁을 하는 것이지."

"그렇다면 잘못 생각하신 겁니다. 우리 부부는 한 번도 합방하지 않았습니다."

"장가간 뒤로 쭉 따로 잤단 말인가?"

"그렇습죠."

"왜 그러는가?"

"색시 말이 색시 몸에 병이 있어서 합방하면 둘 다 죽는다 하더이다."

그 말을 듣자 오유진은 이놈이 칠푼이가 확실하다 싶었다. 그래서 또 물었다.

"너는 매일같이 하루도 빠짐없이 심 정승댁을 왕래하는데, 무슨 일을 하는 것이냐?"

"별일은 없습니다. 그저 색시가 주는 서찰을 품에 꼭 안고 가서 대감마님께 가져다드리고, 대감마님이 주신 서찰을 다시 품에 꼭 안고 와서 색시한테 가져다줍니다."

"서찰?"

"네, 서찰."

"무슨 서찰?"

"그거야 모르지요. 저는 까막눈이라 글을 모르니까요."

"그러면 심 정승께서 주신 서찰을 자네 색시에게 주면 자네 색시는 그것을 어디로 가져가는가?"

"색시는 대감마님의 서찰을 받으면 곧장 태웁니다."

"태워?"

"네, 태웁니다."

"정말 태우기만 하는가?"

"정말 태우기만 합니다."

'심환지의 서찰을 받으면 태운다?'

오유진은 그런 필례의 행동이 도저히 이해되지 않았다. 필시 심환지는 그 서찰을 누구에게인가 전하기 위해 준 것일 텐데, 보자마자 태운다니 해괴한 일이 아닐 수 없었다.

"그러면 하나만 더 묻자."

"물어보십시오."

"자네 색시가 주는 서찰은 누구의 것인가?"

"색시의 것입니다."

"그러니까 자네 색시가 누구에게 받아온 것이냐고 묻는 것이네."

"누구에게 받아온 것이 아니고 색시가 직접 쓴 것입니다."

"자네 색시가 자네 집에서 직접 서찰을 써서 자네에게 준단 말인가?"

"그렇습니다."

이 또한 오유진은 선뜻 납득이 되지 않았다. 한낱 무수리 따위가 좌의정과 서찰 왕래를 한다는 것이 있을 수 있는 일인가 싶었다.

"자네 지금 나와 농을 하자는 것인가?"

"농이 아닙니다. 사실은 사실대로 말해야 합니다."

덕배의 표정은 진지했다. 결코 농담을 하는 것 같지 않았다. 오유진은 넌지시 이런 요구를 해보았다.

"그렇다면 혹 그 서찰을 보여줄 수 있는가? 그러면 내가 믿어주지."

"정말 제가 보여주면 믿으시겠습니까?"

"물론이지."

덕배는 히죽거리며 다음번에는 꼭 서찰을 보여주겠다는 약속을 했다.

그쯤해서 오유진은 덕배를 보냈다. 그리고 덕배의 말을 가만히 되새겨보고 나서 고개를 끄덕였다.

오유진은 곧 정약용을 만나 덕배와 나눈 대화 내용을 이야기한 뒤 말했다.

"덕배의 말이 맞다면 심 정승은 덕배와 필례를 매개로 하여 대왕대비와 모종의 서찰을 주고받는 것이 분명합니다. 그런데 굳이 덕배와 필례를 이용한 이유는 무엇일까요?"

정약용은 뭔가 짚이는 것이 있다는 듯이 고개를 끄덕이다 대답했다.

"주상의 눈을 피하기 위함이겠지. 주상께서는 대왕대비와 벽파의 결속을 원하지 않으시네. 만약 그들이 결속한다면 훗날 무슨 일이 벌어질지 잘 알고 계시기 때문이지. 벽파와 대왕대비가 한통속이 된다면 그들이 원하는 것은 하나야."

"하나라면?"

"바로 주상께서 훙서하시는 것이지. 주상이 붕어하시면 어린 세자께서 왕위를 이을 것이고 왕실의 제일 어른인 대왕대비는 당연히 수렴청정을 하며 왕권을 장악하겠지. 그런데 대왕대비와 벽파가 한통속이라면 모든 권력은 벽파에게 돌아가지 않겠는가? 그래서 주상께서는 벽파와 대왕대비가 한패가 되지 못하게 감시하고 계시지."

"그렇다면 지금 심환지가 이끄는 벽파는 주상 몰래 대왕대비와 서로 연통하며 한패가 된 것이로군요. 그리고 덕배와 필례는 바로 그 연락책인 것이고요."

"그렇지."

"그렇다면 그들이 한패가 되었다는 것은 주상께서 매우 위험하다는 뜻이기도 한 것 아닙니까?"

"그렇다네. 그들은 필시 주상을 암살하려 들 것이네."

"그렇다면 큰일이 아닙니까? 어서 주상께 아뢰어 방비해야 하지 않겠습니까?"

"하지만 마땅한 증좌를 찾지 못했네. 그들이 주상을 암살하려는 징후가 보이지 않아. 더구나 주상께서는 지금 몹시 중한 병증을 보이고 계시네. 나는 심환지가 모종의 계략을 써서 그 병증을 일으킨 것이라 보고 있네. 그래서 노가가 만들었다는 그 수은 섞인 한지에 주목하고 있는 것이네."

"그러니까 참의 어른께서는 주상께서도 배가처럼 노가의 한지에서 나오는 수은에 중독된 상태라고 생각하시는 거군요."

"그렇지."

"그렇다면 배가의 역할은 도대체 무엇인가요? 주상이 아닌 배가에게 수은을 중독시켜 죽일 이유가 있었을까요?"

그 말에 정약용은 수염을 몇 번 쓸어내리며 오유진의 눈을 빤히 쳐다보았다.

"자네는 왜 심인이 정작 암살해야 할 대상인 주상이 아닌 배가를 중독시켜 죽였다고 생각하는가? 만약 자네가 심환지이거나 심인이라면 왜 그런 짓을 할 것 같은가?"

오유진이 고개만 갸웃거리며 별다른 대답을 하지 못하자 정약용은 계속 질문을 던졌다.

"배가는 그저 가진 것 없고 먹을 것 없는 한낱 거지에 불과했네. 그런데 어느 날 갑자기 심인이 그를 데려와 집을 주고 경작할 땅까지 주며 호의호식하게 만들었지. 그러면서 시킨 일이라고는 수은이 섞인 종이를 태워 수은에 중독되게 한 것이야. 그리고 급기야는 죽인 것이지. 그런데 신기하게도 배가는 주상과 나이도 같고 몸집도 유사한 사람이었지. 자네 같으면 왜 이런 짓을 하겠나?"

그제야 오유진은 뭔가 답이 떠오른 것 같았다.

"배가는 주상의 대용이군요. 그러니까 주상을 대신하여 배가에게 수은 중독을 일으켜 죽게 만든 것이란 뜻이죠."

"그렇지. 그게 바로 내 생각일세. 배가는 바로 대립 환자였던 것이지."

"대립 환자가 무엇입니까?"

오유진은 처음 듣는 말이었다.

"중국 황실에서는 황제가 병을 앓으면 그와 유사한 병증을 앓는 사람을 데려다 먼저 처방전에 적힌 대로 약을 먹여보지. 그러고 나서 효험을 보이면 그제야 황제에게 약을 쓰는데, 이때 황제를 대신해 약을 먹는 사람을 대립 환자라고 한다네. 하지만 황제와 비슷한 증세를 보이는 환자가 없으면 멀쩡한 사람에게 이런저런 독을 먹여 황제의 병증과 유사한 증세를 가진 환자를 만든다네. 그런 다음에는 그 환자에게 처방전을 내려 먼저 약을 써본 후에 효험이 있으면 황제에게 약을 쓰는 것이지. 그런데 중국 황실에서 전해오는 이야기 중에는 다른 종류의 대립 환자도 있네. 그것은 당나라 측천무후가 사용한 것으로 전해지고 있네. 당나라 고종이 죽었을 때 당시 황후였던 측천무후가 소량의 독을 오랫동안 고종에게 먹여 중독되게 해서 죽였다는 소문이 파다했지. 그때 측천무후는 궁궐 밖에서 고종과 같은 나이, 같은 체격의 사나이를 선택하여 고종에게 먹이는 수법과 똑같은 방법으로 먹였다는 말이 있었네. 그리고 당나라 고종은 중독된 지 약 4년 만에 죽게 되었지. 그리고 궁궐 밖의 그 사나이는 고종보다 며칠 앞서서 죽었다고 하네."

"그러니까 배가도 당나라 고종을 대신하여 실험 대상으로 이용되었던 그 사나이와 같은 이유로 죽었다는 것이군요."

"그렇지."

"만약 그렇다면 주상께서는 매우 위험하신 것이 아니겠습니까?"

"그래서 내가 이렇게 전전긍긍하고 있는 것이 아닌가. 내 생각에는 필시 주상께서도 배가와 똑같은 방법으로 수은에 중독된 것이 분명해. 다만 주상에게 어떤 방법으로 배가에게 행했던 연훈방을 지속해왔는지 그것이 의문이야. 그것만 찾아낼 수 있다면 주상을……"

말끝을 흐리는 정약용의 말을 자르며 오유진이 말했다.

"혹 서찰 아닐까요?"

"서찰?"

"생각해보십시오. 주상과 심정승이 만약 서찰을 주고받았다면……"

"서찰?"

그제야 정약용은 무오년(1798)에 관료들 사이에서 떠돌던 밀찰에 대한 소문을 떠올렸다. 당시 그는 황해도 곡산부사로 있었던 터라 내막을 자세히 듣지는 못했지만 주상과 대신들 사이에 밀찰 왕래가 있었다는 소문이 돌아 조정이 잠시 시끄러웠다는 말을 들은 적이 있었다. 당시 대수롭지 않게 흘려들었던데다 금세 조정에서 사라진 소문이었기 때문에 까맣게 잊고 있었는데, 오유진이 심환지와 주상이 서찰을 주고받았을 수도 있다는 말을 하자 갑자기 생각난 것이었다.

"내 다녀올 곳이 있네."

정약용은 급히 옷을 챙겨 입고 집을 나섰다. 이가환이라면 혹 밀찰에 대해 아는 것이 있을지도 모른다는 생각이었다.

이가환은 남인이 모두 따르고 존경하는 대학자 성호 이익의 형인 이침의 손자였고, 이익의 직계 제자이기도 했다. 그는 남인의 영수였던 채제공보다 스물두 살 아래였고 정약용보다 스무 살 위였다. 그는 채제공을 이어 남인을 이끌 영수였고 정약용은 그를 이을 재목이었다. 이가환은 당대 최고의 천재로 일컬어졌는데, 그 천재성은 익히 주상도 인정했다. 심지어 주상은 이가환을 불러 학문을 겨루기까지 했다. 주상은 중국 상고대 하은주의 역사와 인물, 영토와 국경, 풍토와 변경의 족속에서부터 한나라, 당나라, 송나라, 명나라의 정치와 문물, 제도, 인물에 이르기까지 수십 가지의 질문을 마구 던져 그를 시험했다. 그런데 이가환은 그 많은 물음에 대해 단 하나도 대답하지 못하는 것이 없었고 어떤 문제에도 막힘이 없었다. 심지어 역법과 수학, 과학에 관한 대답까지 술술 이어 갔다.

이가환의 뛰어난 학문과 언변에 감탄한 주상은 채제공을 이어 남인을 이끌 영수로 그를 낙점하고 요직을 두루 거치게 했다. 하지만 이가환 역시 천주교의 굴레에서 벗어나지 못했다. 대부분의 남인이 그렇듯이 이가환도 정약용처럼 서학을 접한 적이 있었는데, 벽파에서는 이를 문제삼아 이가환을 천주교도라고 집요하게 공격했다. 그 바람에 이가환도 주문모 신부 밀입국 사건이 터졌을 때 좌천되어 충청도관찰사로 내려가 있어야 했다. 이후 조정을 벽파가 장악하는 바람에 한양으로 돌아온 이후에도 요직에 오르지 못했다.

정약용이 숨을 헐떡이며 이가환의 집에 들어섰을 때는 이미 밤이 깊어 있었다. 연통도 없이 갑자기 야밤에 찾아든 정약용을 보며 이가환은 의아한 표정을 지었다.

"미용, 자네가 이 밤에 웬일인가?"

급작스러운 방문이었지만 이가환은 매우 반가워하는 얼굴이었다. 이가환은 일전에 정약용이 낙향하겠다는 상소를 올릴 때도 몇 번이나 만류했다.

"번암 선생님께서 돌아가셔서 우리 남인이 부모 잃은 고아 신세인데, 자네마저 낙향하면 어떻게 하란 말인가? 제발 냉정하게 생각하시게. 때를 기다리면 주상께서 우리를 보살펴주실 것이네."

하지만 정약용은 이가환의 만류에도 기어코 사직 상소를 올렸다.

"그렇지 않아도 자네를 꼭 한 번 만나보고 싶었는데, 이심전심인가보이. 어서 사랑채로 들게나."

이가환은 아랫사람을 불러 술상을 들이라 했지만 정약용은 술잔을 기울일 만큼 여유가 없었다.

"정헌 선생님, 지금 제가 묻는 말에 제대로 답해주셔야 합니다. 나라의 명운이 달린 일입니다."

"나라의 명운이라니, 도대체 무슨 일인가?"

"혹 밀찰에 대해 아시는 바가 있습니까?"

"밀찰이라니, 도대체 어떤 밀찰 말인가?"

"무오년에 주상께서 대신들과 밀찰 왕래를 하고 계신다는 소문이 있지 않았습니까? 그 내막을 아십니까?"

그러자 이가환은 대답은 하지 않고 한동안 가만히 정약용을 쳐다보았다.

"왜 대답이 없으십니까? 조금 전에도 말씀드렸지만 매우 중대한 일입니다."

그래도 이가환은 여전히 입을 꾹 다물고 말하지 않았다. 그사이 여종 하나가 주안상을 차려 사랑방으로 들었다.

"받게나."

이가환은 정약용에게 술을 한 잔 부어주며 마시라고 권했다. 정약용이 단숨에 잔을 비우자 다시 한 잔 권했다. 이번에도 정약용이 단숨에 마시자 그제야 입을 떼었다.

"음, 자네가 무슨 연유로 밀찰에 대해 묻는지 먼저 알아야겠네."

"자초지종을 말씀드리자면 매우 깁니다만……"

"길어도 말해주게나. 이유를 알아야 나도 말해줄 수 있네."

정약용은 지작장이 노가 부부 살인사건부터 정민시의 죽음, 주상의 병증과 그 원인을 찾기 위해 약방을 수소문한 일, 이경화의 죽음, 자객들의 습격, 배가의 죽음에 이르기까지 그간 겪었던 일을 소상히 말했다. 그 말을 들은 이가환의 표정이 몹시 어두워졌다.

그는 마침내 조심스럽게 밀찰에 대한 말을 꺼냈다.

"밀찰은 단순한 소문이 아니라 사실일세. 번암 선생님과 나도 주상으로부터 밀찰을 받은 적이 있었네."

"그렇다면 혹 주상께서 심 정승과도 밀찰 왕래를 하실까요?"

"그럴 가능성이 높네."

"번암 선생님과 정헌 선생님은 주상께서 보낸 밀찰을 어떻게 처리하셨습니까?"

"주상께서는 밀찰을 보낼 때 항상 없앨 것을 지시하셨네. 그래서 번암 선생님이나 나는 늘 물에 적시거나 태워서 없앴네."

"그러면 주상께서는 어떻게 하셨습니까? 주상께서도 밀찰을 없앤다고 하셨습니까?"

"그렇다네. 주상께서는 내게 밀찰을 없앨 것을 지시하면서 당신도 없애겠다고 하셨네."

"어떤 방식으로 없앤다고 하셨나요?"

"자네가 염려하는 바대로 태웠을 것이네."

그 말을 듣자 정약용은 온몸의 힘이 쭉 빠졌다. 주상이 지난 수년간 배가처럼 수은이 묻어 있는 밀찰을 태운 것이 사실이라면 주상의 병증을 명확하게 설명할 수 있었다. 또한 그것은 주상도 곧 배가처럼 죽음을 맞이할 것이라는 뜻이기도 했다. 거기에 생각이 미치자 정약용은 자기도 모르게 음성이 떨렸다.

"선생님, 시급히 주상께 이 사실을 알려야 합니다. 경각을 다투는 일입니다."

"알았네. 자네가 먼저 궁궐에 연통을 넣게. 그리고 주상께서 입궐하라 하시면 나도 함께 가겠네."

동덕단

돈의문에서 소의문으로 이어지는 저잣거리에서 한바탕 소동이 일었다. 몇 명의 무사가 사나이 하나를 쫓기 시작했고 사나이는 길가에 늘어선 난전의 물건들을 마구잡이로 헤치며 죽자사자 달아났다. 그 난리 통에 난전 상인들은 사나이를 향해 욕설을 퍼붓고 삿대질을 하며 소리를 질러댔고 그 뒤를 쫓는 무사들에게 덤벼들며 항의했다. 그 바람에 사나이는 뒤쫓던 무사들의 시야에서 완전히 사라졌고 무사들은 허탈한 얼굴로 저잣거리에서 물러나야 했다.

"놈이 워낙 눈치가 빠르고 발이 빨라 놓치고 말았습니다."

저잣거리에서 사나이를 쫓던 무사 중 하나가 백동수 앞에 무릎 꿇고 앉아 말했다. 백동수는 제자들을 풀어 벌써 보름째 최갑동의 뒤를 쫓고 있었다. 마침내 오늘 아침 최갑동이 소의문 저잣거리에 있는 노름방에 숨어 있다는 첩보를 입수하고 제자들을 보내 들이

쳤는데, 놈이 용케 눈치를 채고 달아난 것이었다.

"이제 놈은 더 깊이 숨어버릴 것인데, 난감하게 됐구나."

백동수는 자기 능력만으로는 더이상 최갑동을 잡아들일 수 없을 것이라 생각하고 박제가를 찾아가 말했다.

"아무래도 동덕단에 이번 사건을 알리는 것이 좋겠네. 자네가 단주를 만나 이 일을 상의하고 동덕단을 동원하여 정 참의를 공격한 자객들을 색출해내는 수밖에 없지 않겠나?"

백동수의 말이 옳았지만 박제가는 다소 회의적이었다. 동덕단의 사정이 여의치 않음을 알고 있었기 때문이다. 그래도 박제가는 동덕단주 정시묵을 만났다. 정시묵은 내금위 출신으로 동덕단에서 잔뼈가 굵은 인물이었다. 박제가가 부단주로 있을 때는 그 아래서 패두로 활동했고 내금위 시절에는 백동수 아래서 무술을 배웠다. 그렇기에 백동수도 정시묵을 잘 알고 있었으나 동덕단 내부의 일이라 박제가는 정시묵이 동덕단주라는 사실을 비밀로 하고 있었다.

"지금 저자에 무혈검법이 암암리에 퍼져 있는데, 이를 익힌 자들이 자객으로 활동하고 있네. 이를 그대로 방치하면 필시 동덕단에 큰 화근이 될 걸세. 자네가 단원들을 풀어 그들을 직접 색출하는 것이 어떻겠는가?"

정시묵은 그 말을 듣고도 크게 놀라는 기색이 없었다.

"저도 이미 그런 소문을 듣고 놈들을 은밀히 색출하고자 했으나 워낙 소리 없이 움직이는 놈들이라 쉽게 꼬리가 잡히지 않았습니다. 더구나 지금 동덕단도 이전 같지 않습니다. 조직은 몇 배로 커졌지만 동덕단을 만들고 이끈 정민시 대감께서 지난 3월에 작고한 이후로 기강이 흐트러져 내부를 다잡기에도 벅찬 상황입니다."

박제가의 예상대로 역시 동덕단은 흔들리고 있었다.

"선생께만 드리는 말씀이지만 동덕단 내부에서는 정민시 대감이 암살되었다 믿고 있습니다. 누가 대감을 죽였는지는 밝히지 못했지만 제가 보기에도 단순한 익사는 아닌 듯싶습니다. 어쩌면 동덕단 내부자 소행일지도 모르지요. 사실 정민시 대감이 그곳에 머물고 있는 사실을 아는 사람은 많지 않았습니다. 동덕단 내부에서도 극히 일부만 알고 있었습니다."

정시묵의 표정이 매우 어두웠다. 말은 하면서도 눈빛은 다른 생각을 하는 느낌이었다. 박제가는 그 모습을 보며 균열이라는 단어를 떠올렸다.

"어쩌면 항간에 떠도는 무혈검법에 대한 소문이 우리 동덕단과 무관하지 않을지도 모르겠습니다. 선생께서도 알다시피 동덕단은 지금 너무 비대해져 있습니다. 단원 수가 100명이 넘어 통제하기도 만만치 않습니다. 어차피 동덕단은 조정에서 모르는 밀병 아닙니까? 그 밀병 속에 다른 마음을 품고 있는 자가 없으리란 보장이 어디 있겠습니까? 상궁이나 환관은 물론이고 시녀나 무수리까지 당파에 가담하고 있는 실정입니다. 어떤 놈은 벽파라 하고, 어떤 놈은 시파라 하고, 어떤 놈은 시파이면서도 노론이라 하고, 또 어떤 놈은 소론이나 남인이라 합니다. 그런데 동덕단원이라 해서 왜 당파가 없겠습니까?"

정시묵은 줄곧 한숨을 내쉬었다.

"그렇다고 자네까지 이러면 되겠는가?"

박제가는 먼저 정시묵의 마음을 다잡아야 한다고 생각했다.

"자네는 성상의 안위를 지키는 동덕단의 단주일세. 단주인 자네가 이런 생각을 가지고 있다는 것을 단원들이 알면 어찌되겠는가? 그러지 말고 단원들을 믿어보게나. 그들은 자네가 직접 뽑은 무사들이 아닌가? 그런 자네가 그들을 믿어주지 않는다면 누가 그들을 믿어주겠는가? 정민시 대감이 급사하여 자네가 힘들어하는 것은 잘 알고 있지만 그래도 단주는 자네일세. 자네가 힘을 내지 않으면 전하께선 누굴 믿고 안전을 도모하시겠는가?"

박제가의 말이 제법 효과가 있었는지 정시묵은 입을 꾹 다물며 결기를 다지는 모습을 보였다.

"선생께서 다시 동덕단으로 돌아오셨으면 좋겠습니다. 선생께서 시를 읊고 풍류를 즐기며 학문을 닦는 도인이시라는 걸 알지만 지금처럼 급박한 사태에는 저를 좀 도와주셔야 하지 않겠습니까?"

정시묵의 음성이 간절했다. 늘 부단주로만 있다가 정민시가 주상의 특명을 받고 단주의 소임을 일시적으로 내려놓았을 때 대리로 단주가 되었던 터라 그가 힘들어하는 것은 당연했다. 하지만 박제가도 동덕단의 일에 관여할 입장이 못 되었다. 손을 뗀 지도 오래되었지만 북학이니 뭐니 해서 주변에 벌여놓은 일이 너무 많았다.

"너무 버거워하지 말게나. 천하의 동덕단주가 이렇게 나약한 모습을 보여서야 되겠는가?"

"알겠습니다. 선생 말씀대로 제가 누구겠습니까? 천하의 동덕단주 아닙니까? 단원들을 잘 추슬러 그놈들을 잡아보겠습니다."

정시묵은 박제가를 안심시켜 보낸 뒤에도 한참 동안 박제가가 사라진 대문을 쳐다보고 있었다.

"초정, 미안합니다. 이제 선생과 나는 가는 길이 다른가봅니다. 부디 몸 성히 잘 지내시기 바랍니다."

정시묵은 어두운 표정으로 혼잣말을 했다. 박제가는 모르는 일이었지만 정시묵은 내금위에 들어갈 때부터 다른 목적이 있었다.

그는 어린 시절 심환지에게서 학문을 익혔다. 심환지는 서얼인 그를 마다하지 않고 기꺼이 제자로 받아주었다. 그 시절 심환지는 유배중이었다. 제자가 되고 싶다고 찾아간 정시묵에게 심환지는 이런 말을 했다.

"학문은 귀천을 가리지 않는 법이다. 사람이 귀하고 천하게 되는 것은 그 사람의 행실이 정하는 것이지, 결코 태생이 정하는 것이 아니다. 네가 비록 얼자로 태어났으나 뜻을 세운다면 어찌 학문을 이루지 못하겠느냐?"

정시묵은 그 말에 크게 감동받았다. 이후 틈이 날 때마다 경전을 들고 가서 묻고 답하고 했다. 하지만 그 기간은 결코 길지 않았다. 심환지는 이듬해 유배에서 풀려나 관직으로 돌아갔고 정시묵은 신분의 한계를 절감하고 더이상 경전을 가까이하지 못했다. 무엇보다 선비가 학문을 하는 이유는 입신양명을 하기 위해서인데, 얼자인 그가 대과를 치르고 벼슬을 얻을 가능성이 거의 없었기 때문이다. 그뒤 정시묵은 무과라면 신분을 뛰어넘어 관가로 진출할 수 있지 않을까 하는 마음에 무예를 익혔다. 그 무렵 금상이 왕위에 올라 서얼에 대한 차별을 줄이고 간간이 무과만은 서얼 출신을 한두 명 뽑았다. 하지만 그런 희망도 이내 꺾였다. 서얼이라 하더라도 아비의 신분이 당상관 이상은 되어야 어찌해볼 수 있었다. 그래서 택한 것이 갑사 지원이었다. 다행히 글줄도 읽었고 무예도 출중한 덕에 갑사에 뽑히는 것은 어렵지 않았다.

정시묵은 갑사로 뽑혀 한양에 올라온 뒤 다시 심환지를 찾아갔다. 그때 심환지는 이조참판에 올라 있었는데, 정시묵을 보자 선뜻 이런 말을 했다.

"내 너의 재주를 알고 있으니 내금위에 천거하마."

그렇게 해서 내금위 군관이 된 뒤에도 심환지는 음으로 양으로 정시묵의 뒤를 봐주었다. 정시묵이 동덕단 단원이 되고 나서도 심환지는 늘 사람을 보내 그의 살림살이를 챙겨주었다. 심환지는 이조판서가 된 해에 은밀히 정시묵을 불러 이렇게 말했다.

"그간 내가 너의 손과 발이 되어주었으니 이제 네가 나의 손과 발이 되어주어야겠다."

정시묵은 그것이 무슨 뜻인지 잘 알고 있었다. 이미 내금위생활도 10년이 넘었으니 조정 돌아가는 일이나 당파의 일도 훤히 꿰고 있던 그였다. 그래서 심환지에게 물었다.

"스승님께서 제게 원하시는 것이 무엇입니까?"

심환지는 대답하지 않고 한참 동안 정시묵을 쳐다보았다. 그래서 정시묵이 다시 물었다.

"스승님께서는 왕이 되길 원하십니까?"

심환지는 고개를 가로저었다.

"그러면 스승님께서는 조정을 독점하고자 하십니까?"

이번에도 심환지는 고개를 가로저었다.

"그렇다면 스승님께서는 정의를 세우고 싶으십니까?"

그러자 심환지가 고개를 끄덕이며 말했다.

"금상은 세상을 오직 혼자 움켜쥐려고만 해. 너도 알다시피 지금 삼정승과 육판서, 삼사의 수장들이 무슨 힘이 있느냐? 힘은 오로지 규장각 근신들에게 몰려 있다. 심지어 그들은 조정의 일만 독점하고 있는 것이 아니라 환관과 궁녀의 몫까지 차지하고 있다. 이렇게 해서야 앞으로 나라 꼴이 어떻게 되겠느냐?"

심환지는 조선의 실질적 주인은 노론 벽파라는 내용을 골자로 장광설을 늘어놓았는데, 요약하면 다음과 같았다.

조선은 태조가 세웠으나 조선을 유지하고 이끌어온 것은 사대부였다. 그중에서도 인조반정을 일으켜 폭군 광해군을 몰아내고 승냥이 같은 북인의 무리를 처단한 서인이 곧 이 나라의 주인이었다. 서인은 광해군을 몰아내고 인조를 왕위에 올릴 때 세자빈 자리를 약속받았고, 이후 왕은 서인의 탯줄에서만 나오기로 했다. 그런데 인조가 약조를 어기고 서인이 세운 소현세자빈을 죽이고 법도까지 어겨가며 봉림대군을 올려 효종으로 삼았다. 그 때문에 우암 송시열은 효종을 왕으로 인정하지 않았고 예론으로 대의를 세우려다 비명에 갔다. 그 틈바구니에서 남인이 세력을 키워 서인을 핍박하자 이에 영합한 서인 일부가 변심하여 소론을 형성했다. 이후 노론이 남아 정도를 지켰는데, 소론과 남인은 인현왕후를 내쫓고 장희빈을 왕비로 세워 그 탯줄에서 왕이 나오니 그가 곧 경종이었다.

하지만 서인의 뿌리인 노론은 경종을 왕으로 인정할 수 없어 목숨을 걸고 싸운 끝에 연잉군(영조)을 세워 나라의 법도를 되찾았다. 그런데 연잉군의 아들 사도가 정도를 저버리고 소론과 남인의 무리와 결탁하여 다시 나라를 혼란으로 몰아넣으려 하다가 죽음을 자초했다. 한데 그 사도의 아들이 왕이 되어 다시 노론을 죽이고자 하니 노론 일부가 왕에 달라붙고, 남인과 소론이 또 한편이 되니 그들을 일러 시파라고 했다. 금상은 그 시파를 기반으로 삼아 오로지 나라를 손아귀에 넣으려 하니 이는 곧 나라를 망하게 하는 일이었던 것이다. 이에 노론 청류는 망국을 막고 의리를 세워 조선을 제자리로 돌려놓고자 하니 정시묵 너는 이 일에 동참하겠느냐는 것이었다.

정시묵은 심환지의 말을 모두 이해할 수는 없었으나 스승을 돕는 일이라면 무슨 일이든 할 수 있다는 입장이었다. 그것이 그간 스승이 자신에게 베풀어준 은혜에 보답하는 길이라고 생각했다.

정시묵은 정민시를 제거하라는 스승의 명령이 내려왔을 때도 망설이지 않았다. 또한 우포청 소속의 포교 하나를 쥐도 새도 모르게 죽이라는 명이 떨어졌을 때도, 정약용을 제거하라는 명을 받았을 때도 역시 따져 묻지 않았다.

하지만 그들을 제거하는 데 동덕단원을 동원할 수는 없었다. 비록 그가 단주였지만 동덕단에는 정민시를 따르는 자가 많았다. 게다가 주상을 위해서라면 목숨을 초개처럼 여기는 자들이 대부분이었다. 그리하여 자칫 그들을 잘못 움직였다가는 오히려 그들의 칼에 목이 달아날 수도 있었다. 그래서 과거 동덕단에 머물렀던 자

몇 명을 포섭하고 최갑동과 같이 무예가 출중한 자를 수하로 삼아 일을 진행한 것인데, 엉뚱하게도 백동수와 박제가가 개입하는 바람에 일을 그르치고 말았던 것이다.

'결국 초정과 야뇌를 모두 죽여야만 한단 말인가?'

정시묵은 짧지 않은 그들과의 인연을 쉽게 떨쳐버릴 수 없었다. 스승의 명이라 하더라도 알고 보면 백동수와 박제가 역시 그에게 는 스승이나 형제와 진배없었다.

정시묵이 백동수를 처음 만난 것은 내금위 금군으로 발탁된 직후였다. 그때 백동수는 금위군의 초관이 되어 무술을 가르쳤다. 백동수는 따뜻하고 사려 깊은 사람이었다. 특히 정시묵 같은 서얼 출신에게는 남다른 애정을 보여주었다. 아마도 동병상련의 처지였기에 더욱 마음을 써주는 것 같았다.

언젠가 백동수는 주막에서 장국밥과 탁주 한 사발을 그에게 사주면서 이런 말을 했다.

"신분이 갖는 한계는 어쩔 수 없지만, 그래도 자신이 있는 자리에서 최선을 다하다보면 꼭 좋은 기회가 올 걸세. 그러니 미리 절망하지 말고 열심히 실력을 쌓게나."

그의 인정과 배려에 정시묵은 눈시울을 붉혔다. 서얼이라는 신분의 한계 때문에 겪는 어려움도 있었지만 평안도 출신인 까닭에 변방 놈이라고 괄시당하는 것도 매우 서러운 일이었다. 백동수는 정시묵의 그런 내면을 읽고 있다가 그렇게 따뜻하게 다가왔던 것이다.

이후 정시묵은 백동수를 아버지처럼 믿고 따랐다. 또한 백동수를 통해 박제가를 알게 되었다. 박제가는 백성의 삶이 달라지려면 세상을 보는 눈이 바뀌어야 한다면서 때때로 정시묵에게 북학의 장광설을 늘어놓기도 했다.

"우리도 중국처럼 수레도 도입하고 벽돌도 찍어내야 하네. 그래서 백성들이 보다 편리하고 편안한 생활을 할 수 있게 만들어야 하지. 어디 그뿐인가? 이제 농업에만 매달려서는 나라가 부강해질 수 없네. 저자를 활성화하고 상인을 우대하여 화폐와 상품이 원활하게 돌아야만 나라가 살찌고 백성이 잘살 수 있는 것이네. 백성이 부유해져야 나라가 부강해지는 것이거든."

하지만 그때 정시묵은 그런 일에 관심을 두지 않았다. 세상의 변혁이니, 백성의 풍요로움이니 하는 것보다 당장 먹고살기에도 급급한 처지였다. 혁신도 좋고 웅지도 좋지만 무엇보다도 스스로가 한양에서 터전을 잡는 것이 먼저였다. 세간조차 제대로 갖추지 못한 집에서 아내와 다섯이나 되는 자식의 입에 풀칠을 하는 것보다 더 중요한 일은 없었다. 그나마 스승 심환지가 주기적으로 보내주는 보리와 콩 덕분에 배를 곯지 않고 살 수 있는 것을 다행으로 여겼다.

박제가가 동덕단에 입단할 것을 제의한 것이 그 무렵이었다. 당시 주상은 은밀히 정민시의 주도 아래 동덕단을 조직하도록 했고 박제가가 그 실무를 맡았다.

정시묵은 동덕단 단원으로 활동하면 별도의 곡식과 땅이 주어지고 승진도 빨리 할 수 있다는 말에 혹했다. 왕을 은밀히 호위하며 때로는 목숨을 초개처럼 버릴 수 있어야 하는 충성심 따위에는 관심이 없었다. 아내와 자식들을 좀더 배불리 먹일 수 있는 일이라면, 변방의 촌놈이 낯선 한양 땅에서 조금이라도 빨리 터전을 잡을 수 있는 일이라면 뭐든 마다하지 않겠다는 것이 먼저였다. 그래서 누구보다도 열심히 하고, 누구보다도 충성을 다했다. 덕분에 동덕단 패두도 되고, 부단주도 되었으며, 급기야 단주 자리까지 오를 수 있었다.

하지만 동덕단의 활동은 드러낼 수 없는 기밀 사항이었다. 어차피 동덕단은 공식적인 조직이 아니었다. 오히려 철저히 숨겨야만 하는 태생적 한계가 있었다. 그런 까닭에 동덕단 내부의 위상이 관가의 위상과 직결되는 것은 아니었다.

오히려 그의 출세에 직접적인 도움을 준 것은 심환지였다. 심환지는 음으로 양으로 정시묵의 뒤를 봐주며 그의 승진에 관여했다. 그가 내금위 별장 자리에 오른 데는 심환지의 도움이 컸다. 백동수나 박제가는 인정을 베풀고 따뜻한 말을 건네기는 했으나 생활이나 승진에는 도움이 되는 위인들이 아니었다. 그들 스스로도 생활고에 허덕이고 있었기 때문이다.

"그래도 당신들의 마음만은 잊지 않겠소."

정시묵은 그렇게 중얼거리며 돌아섰다.

호접몽

혜화문에서 멀지 않은 저택 주변을 금위군이 물 샐 틈 없이 호위하고 있었다. 솟을대문에 중문이 있는 기와집이었지만 규모는 서른 칸 남짓하여 그다지 크지 않았다. 그 저택 중심에 '연경당'이라는 현판이 걸린 건물이 팔작지붕을 인 채 단아하게 자리하고 있었다. 연경당은 주상이 미행을 나올 때 잠시 휴식을 취하는 곳이었다. 오늘 주상은 휴식이 아닌 치료를 받기 위해 연경당을 찾았다. 심인에게 치료를 받기로 했으나 궁궐 내에서 치료를 진행할 수 없었다. 공식적인 치료가 아니었기 때문이다. 공식적인 치료를 하려면 조정의 원로, 삼정승과 승지, 어의, 사관, 내관 들이 줄줄이 늘어서 있어야 하고 그들의 의견을 하나하나 수용해야 했다. 그러자니 심인 같은 이름 없는 의원을 들여 치료를 받겠다고 하면 쉬이 받아들이지 않을 것이 뻔했다. 그래서 고심 끝에 야밤에 미행을 나와 연경당에서 치료를 받기로 한 것이었다.

"먼저 침을 놓겠습니다. 혹 불편한 느낌이 있으면 말씀해주십시오."

심인이 상의를 탈의한 채 엎드려 있는 주상에게 말을 건네고 전신에 침을 놓기 시작했다. 침이 하나하나 꽂힐 때마다 주상은 차갑고 뜨겁고 놀랍고 편안하고 나른한 느낌을 차례로 경험했다. 그리고 침을 다 놓았을 때 주상은 온몸이 가벼워지면서 졸음이 쏟아지기 시작했다.

"이제 연훈을 행할 것이오니 한숨 푹 주무소서."

비몽사몽간에 그런 말이 들려왔다. 그 말 사이에 심환지의 음성도 섞여 있었다.

"전하, 신이 여기에 있음을 잊지 마소서."

주상은 그 소리를 밀어내며 밀려오는 낯설지 않은 냄새를 맡았다. 그 냄새는 이내 어떤 느낌으로 변했다. 그것은 흡사 심환지에게 받은 밀찰을 태울 때의 안도감 같기도 했고, 소년 시절 처음으로 술을 마시고 몸이 약간 공중에 뜬 것 같은 몽롱함에 사로잡혔을 때의 쾌감 같기도 했다. 그러면서 점점 이 세상에서 육신이 완전히 사라지는 기분마저 들었다.

'혹 몸이 종이처럼 타버리고 나서 까만 재가 되는 것은 아닐까? 아니, 그 재마저도 산산이 부서져 가루가 되고 있는 것은 아닐까? 어쩌면 한 마리 나비처럼 공중으로 날아올라 저 들판에 지천으로 피어 있는 들꽃 사이를 날고 있는 것은 아닐까?'

주상 이산은 소년 시절 때때로 나비가 되는 꿈을 꾸고는 했다.

아마도 장자의 호접몽에 관한 글을 읽은 이후 시작된 꿈일 것이다. 자신이 나비가 되는 꿈을 꾼 것인지, 나비가 자신이 되는 꿈을 꾼 것인지 알 수 없는 그런 꿈이었다.

이산은 오랜만에 호접몽 속으로 들어갔다. 왕이 된 뒤로 처음이었다. 그는 거대한 꽃 속에서 완전히 벗은 몸으로 알지 못할 여인과 뒤엉켜 있었다. 그리고 한순간 날개를 펼치며 그녀와 함께 날아올랐다. 비록 나비의 날개를 달고 있었지만 그들의 몸은 나체의 인간이었다. 그들은 공중을 날아오르면서도 서로의 몸을 놓지 않았다. 그는 오히려 그녀의 몸속으로 더 깊이 파고들었고 그녀도 그를 더 깊이 받아들였다. 그렇게 그가 그녀의 몸속에 완전히 들어간 느낌이 들었을 때 갑자기 그녀는 온데간데없이 사라졌고 그만 혼자 꽃술 속에서 뒹굴고 있었다. 날개도 사라지고 없었고 육신도 사라지고 없었다. 그저 한 마리 애벌레가 되어 그곳에서 꿈틀거리고 있을 뿐이었다. 아무리 앞으로 나아가려 해도 나아갈 수 없었고 팔다리를 움직여보려 해도 애벌레의 몸에 갇혀 꼼짝도 할 수 없었다.

그렇게 얼마나 시간이 흘렀을까. 이산은 애벌레 속에서 빠져나가기 위해 몸에 남아 있는 힘이란 힘은 모두 쏟아부었다. 하루, 아니 한 달, 아니 1년 아니면 100년. 도저히 가늠할 수 없는 시간이 흘렀다. 그리고 한순간 그는 울음소리와 함께 막 태어났다. 온몸에 피를 뒤집어쓰고 큰 소리로 울어젖혔다.

그 울음소리에 놀라 이산은 눈을 번쩍 떴다. 그의 머리 위로 사람들의 눈이 보였다. 그 눈들은 왠지 모두 익숙했다. 할아버님, 아바님, 어마님, 유모, 환관, 시녀의 눈들이 차례로 그를 노려보았다. 이산은 그 눈들을 피하기 위해 고개를 이리저리 돌려보았지만 결코 그들의 시선을 피할 수 없었다. 이산은 별수없이 그들의 눈동자 속으로 들어갔다.

그들의 눈동자 속에 있는 자신은 이미 소년이었다. 어느덧 10년이 홀쩍 흘러 소년은 열한 살이 되었다. 소년은 눈동자에서 몰래 빠져나와 동궁 뒷마당으로 달려갔다. 그곳에는 아버지가 몰래 만든 지하 밀실이 있었다. 곁에서 보면 그곳은 장지문 한 짝만 보였다. 하지만 문을 열자 계단이 나왔고 계단을 따라내려가면 소년의 방보다 약간 작은 공간이 나타났다. 그 공간 한가운데에는 나무로 된 관이 하나 있었다. 소년은 그 관을 살짝 열어보았다. 그러자 관속에서 엄청나게 밝은 빛이 쏟아져나왔다. 그 빛은 초승달 모양의 칼날에서 쏟아지는 것이었다. 그 칼날을 품고 있는 것은 아버지의 눈이었다. 소년은 기겁을 하고 돌아서서 달아났다. 그 순간 관 뚜껑이 열리더니 아버지가 괴물처럼 튀어나왔다. 그러고는 대나무 지팡이에서 칼을 뽑아 소년을 쫓아오기 시작했다.

아버지의 칼날에서는 선혈이 뚝뚝 떨어지고 있었다. 소년은 죽을힘을 다해 뛰고 또 뛰었다. 그리고 마침내 몸을 숨길 곳을 찾아 그 속으로 뛰어들었다. 그랬더니 갑자기 쾅쾅 하는 소리가 들렸다. 그 소리가 너무나 커서 소년은 귀를 막고 눈을 감았지만 사라지지 않았다. 그러다 한순간 소리가 사라지면서 누군가의 말소리가 들렸다.

"됐다. 이제 망치로 못을 박았으니 제 놈이 나올 방도는 없을 것이다. 여봐라, 누구라도 이놈에게 물 한 모금 줘서는 안 될 것이다. 만약 그런 자가 있으면 역률로 다스릴 것이다."

소년은 그것이 할아버지의 목소리임을 단번에 알았다.

"할바마마, 접니다. 저 산입니다. 저는 아바마마가 아니고 손자 산이란 말입니다. 어서 이 뒤주를 열어주십시오."

하지만 할아버지는 그의 소리를 듣지 못했다. 소년은 목이 터져라 할아버지를 불렀다. 그때 밖에서 다른 목소리가 들려왔다.

"이제야 네놈이 제자리를 바로 찾았구나. 흐흐, 네놈 때문에 그간 내가 얼마나 가슴 졸이며 살았는지 아느냐?"

분명히 아버지 목소리였다. 아버지는 뒤주 속을 들여다보며 웃고 있었다.

"아니야, 여긴 내 자리가 아니야. 여긴 아버지의 자리야."

이산은 악을 쓰며 아버지를 노려보았다. 그러자 아버지는 한순간 머리를 풀어헤치고 목을 외로 꺾었다. 어느덧 이산은 뒤주 밖에 나와 있었고 대신 아버지가 뒤주에 갇혀 있었다. 아버지는 아무 말도 하지 못했다. 숨소리도 없었다. 단지 뒤주 속에서 썩은 냄새만 풍겼다.

화들짝 놀라 이산은 뒤로 물러섰다. 순간 뭔가 발에 밟혔다. 돌아서 보니 할아버지가 누운 채로 그를 바라보고 있었다. 그는 누워 있는 할아버지의 눈동자 속에서 성년이 된 자신을 발견했다. 할아버지는 가래 끓는 소리로 가까스로 말했다.

"세손, 이제 나 대신 네가 나라를 다스려야 한다. 그러니 너는 소론과 노론을 알아야 하고, 정승과 판서를 익혀야 하며, 언관과 유생을 살펴야 한다."

그러자 누군가가 앞을 가로막았다.

"전하, 그것은 안 될 일이옵니다. 세손은 소론과 노론을 알 필요도 없고, 정승과 판서를 알 필요도 없으며, 언관은 물론이고 환관조차 알 필요가 없고, 유생은 물론이요, 사부학당의 어린 유생도 접할 이유가 없습니다."

그자는 좌의정 홍인한이었다. 외조부 홍봉한의 동생이자 어머니의 삼촌인 그자는 두 눈에 도끼를 품고 연신 불화살을 쏘아댔다.

할아버지가 그 화살을 막으며 연신 기침을 쏟아냈다. 이산은 주먹으로 홍인한의 머리통을 갈겼다. 하지만 홍인한은 꿈쩍도 하지 않았다. 오히려 그의 머리털이 모두 화살이 되어 이산에게 날아들었다. 그러자 붉은 갑주를 입은 사나이 하나가 뛰어들어 화살을 막아내기 시작했다.

홍국영이었다.

"저하, 저자는 제가 맡을 테니 옥체를 피하소서."

홍국영은 몸에 수천 대의 화살을 맞고도 기어코 홍인한을 물리쳤다. 하지만 홍인한은 결코 포기하지 않았다. 그는 일단의 자객을 이끌고 이산이 자고 있는 경희궁 침실로 쳐들어왔다. 그와 함께 수백 명의 복면이 덮쳐왔다. 하지만 이번에도 홍국영은 붉은 갑주를 입고 그들을 내쫓았다. 그러고는 기어코 그들을 뒤쫓아가 홍인한의 머리를 베었다.

홍인한의 머리는 이산이 앉은 용상 아래에 나뒹굴고 있었다. 이산은 홍인한의 머리통을 발로 걸어찼다. 그러자 홍인한의 머리가 홍국영의 머리에 가 붙었다. 이산은 칼을 빼들고 홍국영의 머리에서 홍인한의 머리를 잘라냈다. 홍국영이 풀썩 주저앉으며 소리쳤다.

"주상, 어찌 내게 이럴 수가 있소? 형제의 의를 맺었건만 어찌 내 목을 치는 것이오? 앞으로는 의리를 내세우고 뒤로는 죽일 궁리만 했던 것이오? 나는 한 번도 주상을 거역한 적이 없소. 나는 한 번 도 주상의 자리를 탐한 적도 없고 주상의 음식을 먹지도 않았소. 그런데 어찌하여 주상은 의리를 저버리고 나를 죽이는 것이오?"

그 말에 이산은 손사래를 쳤다.

"아니다, 아니다. 나는 너를 죽인 것이 아니다. 나는 그저 너의 머리에 달라붙은 홍인한을 떼어내려 했을 뿐이다."

"거짓말하지 마시오. 주상은 처음부터 용상만을 생각한 것이오. 그래서 나를 이용만 하고 버릴 생각이었소. 나를 통해 정적들을 제 거하고, 다시 나를 제거하여 용상을 독차지하려 한 것뿐이오. 입으 로는 나를 형제라 하면서 의리를 운운하고, 벗이라 하면서 우정을 운운했으며, 충신이라 하면서 공을 운운했소. 앞에서는 그렇게 가 증스러운 연극을 하면서 뒤로는 나를 죽일 궁리만 하고 있었던 것 이오."

그쯤 되자 이산도 더이상 변명하지 않았다.

"그래, 너는 나를 잘도 아는구나. 나는 지금껏 그 어느 누구도 믿은 적이 없다. 할아버지도 아버지도 어머니도 모두 믿지 않았다. 그런데 하물며 너를 믿겠느냐? 결국 너도 내 곁에 있었던 것이 너 의 영화를 위한 것이 아니었느냐? 네가 나에게 충성을 다한 것도 너의 권력을 위한 것이 아니었더냐? 그렇지 않다면 너는 내게 이렇게 덤빌 수가 없다. 네가 정녕 나를 주군으로 알고 기꺼이 목숨을 바칠 각오가 되어 있었다면 내가 내린 칼날을 기꺼이 받아야만 하는 것이 아니더냐? 내 말이 틀린 것이 있느냐?"

그러자 홍국영이 낄낄거리며 웃었다. 그 웃음은 송곳이 되어 이산의 머릿속으로 파고들었다. 이산은 머리가 깨질 것 같은 통증을 느끼며 고함을 질러댔다.

"죽어랏! 이놈, 죽어랏!"

이산은 칼을 마구잡이로 휘둘렀다. 그 칼날이 춤을 출 때마다 나비의 날개들이 잘려나갔다. 잘려나간 날개들은 꽃술 사이에 떨어져 흐느적거렸다. 그제야 정신이 퍼뜩 든 이산은 칼질을 멈추었다. 그러자 꽃술 속에서 누군가가 일어나 무릎을 꿇었다.

"전하, 이제 그 독단을 멈추소서. 조선은 전하 혼자의 것이 아니옵니다. 어찌 아직도 그것을 모르십니까?"

김종수였다. 작년 연초에 돌림병으로 죽은 그가 어떻게 여기 있단 말인가. 이산은 소스라치게 놀라며 뒤로 물러섰다.

"전하, 이 나라는 사대부의 나라이옵니다. 그런데 어찌하여 사대부는 모두 버리시고 홀로 나라를 독차지하려 하십니까?"

"무슨 말이냐? 나는 이 나라의 왕이다. 조선의 왕이란 말이다. 나라는 왕의 것이다. 그러니 내가 이 나라를 독차지하는 것이 무슨 문제가 되더냐?"

"전하, 나라를 독차지하시면 폭군이 되시는 것입니다."

"내가 무슨 폭력을 썼다고 나를 폭군이라 하느냐? 내가 연산군처럼 신하에게 활을 쏘기를 했느냐, 아니면 사람을 몰살한 일이 있느냐? 어찌하여 나를 폭군이라 하느냐?"

"전하께선 앞에서는 선한 얼굴로 신하를 교화하시고 뒤에서는 음흉한 얼굴로 살인을 하지 않으셨습니까? 그것이 폭군이 아니고 무엇이옵니까? 전하께선 앞에서는 모든 신하의 어버이인 것처럼 온갖 자애로움을 보이시고, 뒤에서는 모든 신하를 허수아비로 삼아 스스로 아무것도 못하게 하지 않으셨습니까? 그것이 폭군이 아니고 무엇이옵니까? 연산군이 드러난 폭군이라면 전하께선 숨어 있는 폭군이시니, 연산군보다 더 질 나쁜 폭군이 아니고 무엇이옵니까?"

"무엇이! 네놈이 정녕 내 칼에 죽고 싶은 모양이구나."

이산이 칼을 뽑아 김종수를 내려치자 그의 머리가 발아래에 뒹굴었다. 그런데 그 얼굴은 김종수가 아닌 채제공이었다. 이산이 어찌 된 영문인지 몰라 엉겁결에 그 머리통을 발로 걷어찼더니 채제공의 머리가 한 마리 나비가 되어 나풀나풀 날아올랐다. 그리고 이내 이산의 몸에서도 날개가 돋았다. 이산은 채제공을 따라 날아갔다. 채제공은 꽃들의 암술 사이를 비행하며 그를 안내했다.

"채 정승, 같이 갑시다. 함께 납시다. 잠시만 기다려주시오."

하지만 채제공은 뒤도 돌아보지 않고 거대한 꽃대 속으로 빠르게 날아갔다. 이산도 온몸에 힘을 모아 그 뒤를 쫓았다. 그러다 문득 꽃술 속으로 떨어졌는데, 이내 날개는 사라지고 다시 알몸으로 이름 모를 여인과 뒤엉켜 있었다. 여인의 얼굴을 보기 위해 눈을 번쩍 뜨자 누군가의 음성이 들려왔다.

"전하, 깨어나셨습니까?"

심환지였다.

"연훈이 끝난 뒤에도 한참을 곤히 주무셨습니다."

심환지의 말이 마치 꿈결에 들리는 듯하더니 점차 명료해졌다.

"내가 얼마나 잠들어 있었던 것인가?"

"이미 새벽이옵니다. 서둘러 환궁하셔야 할 것 같습니다."

주상은 옷을 갖추어 입었다. 혹 궁궐 밖에서 밤을 지새운 것이 알려지면 귀찮은 말이 오갈 것이 분명했다. 그런 마음으로 급히 일어섰는데, 한결 몸이 가벼워진 느낌이었다. 몸에 통증도 별로 없었고 은근히 입맛도 돌았다.

"그대의 처방이 효과가 있는 듯하구나. 모처럼 몸이 날개를 단 듯 가볍구나."

주상은 말에 오르기 전에 심인을 칭찬했다.

"황공하옵니다."

"연훈을 한 번 더 하면 몸이 나을 것도 같구나. 또 보자꾸나."

주상은 그렇게 궁궐로 돌아갔다.

주상을 배웅하고 돌아온 심환지가 심인에게 물었다.

"효과가 얼마나 가겠느냐?"

"사흘 정도는 갈 것입니다."

"그러면 한 사흘 정도는 미루어두었던 정사를 챙기느라 온갖 기운을 쏟겠구나."

"아마도 그럴 것입니다. 그런 다음에 갑자기 또 힘이 빠지고 통증이 심해져서 필시 소인을 찾게 될 것입니다."

"수고 많았다. 오래지 않아 좋은 세상이 오겠구나. 그때를 위해서라도 잠을 자둬야지. 그만 우리도 돌아가세."

심환지는 희뿌옇게 밝아오는 하늘을 바라보며 귀가를 서둘렀다.

하늘에 맡기다

　정약용은 규장각에 인편을 보내 주상을 뵙기를 청한다는 말을 여러 차례 올렸지만 주상은 아무런 답변이 없었다. 정약용은 급한 마음에 지난번에 주상의 연통을 가져왔던 규장각 아전을 찾아가 직접 청을 넣었지만 역시 무소식이었다.

　"도대체 어떻게 된 영문인지 알 길이 없습니다. 전하께서 규장각 서리에게 연통을 넣으면 즉시 답변을 주겠다고 하셨는데, 벌써 사흘이나 감감무소식입니다."

　정약용은 이가환에게 답답한 심정을 토로했다. 이가환도 여러 경로로 주상과 면대할 방도를 모색했지만 모두 허사였다고 말했다.

　"혹 어의 피재길을 통해 청을 올리는 것은 어떻겠는가?"

　그 말을 듣고 정약용은 무작정 피재길의 집을 찾아갔다. 정약용이 피재길의 집을 찾았을 때 피재길은 이제 막 퇴청하는 길이었다.

피재길은 연락도 없이 찾아온 정약용을 다소 시큰둥한 표정으로 맞이했다.

"다 저녁때 정 참의께서 제게는 웬일이십니까?"

"급한 마음에 어의께 실례를 무릅쓰고 찾아왔습니다. 일단 조용한 곳으로 좀 가시지요."

정약용은 피재길의 사랑방에 앉자마자 말했다.

"전하께 급히 아뢸 일이 있는데 도대체 전하를 뵐 방도를 찾지 못해 무작정 이렇게 찾아왔습니다."

그러자 피재길은 난감한 표정을 지으며 말을 받았다.

"전하를 뵙지 못하는 것은 저도 같은 처지입니다. 웬일인지 수일 전부터 전하께서 일절 저를 찾지 않으십니다. 그래서 몇 차례 대전환관에게 진맥을 건의하는 청을 올려보았으나 필요치 않다며 거절하셨습니다."

"혹 전하께 무슨 특별한 변고라도 있으신 겁니까?"

정약용이 다급한 마음을 드러내자 피재길은 고개를 갸웃거리며 말을 이었다.

"전하께서 주기적으로 미행을 나가신다는 소문을 듣기는 했지만, 제가 직접 듣거나 본 일이 아니라 장담할 수 없는 말입니다."

'주상께서 주기적으로 미행을 나가신다? 미편한 상태로 미행을 나가신다면 혹 다른 경로로 치료를 받고 계신가?'

거기까지 생각이 미치자 정약용은 문득 떠오르는 모습이 있었다. 심인의 머슴 배가의 죽은 얼굴이었다.

"혹 주상께서 다른 의원에게 치료를 받고 계시다는 말은 듣지 못하셨습니까?"

정약용은 다그치듯이 피재길에게 물었다. 하지만 막상 말을 내뱉고 보니 자신이 생각해도 지나친 예단이라는 생각이 들었다.

"어찌 그런 말씀을……"

하지만 이왕 내친김에 정약용은 한 발 더 나갔다.

"전하께서 그간 꾸준히 어의께 치료를 받아오지 않으셨습니까?"

"그렇습니다."

"그런데 갑자기 치료를 끊으시고 어의들을 접견조차 하지 않으시니 다른 경로로 치료를 받고 계시다고 생각하는 것이 무리는 아니지 않습니까?"

그러자 피재길은 헛기침을 몇 번 하더니 마른침을 몇 차례 넘기며 속에 있던 말을 꺼냈다.

"어의로서 이런 말을 하는 것이 마땅한지는 모르겠습니다. 달포쯤 전에 좌상 대감께서 입시하셨는데, 전하께서 의원을 찾아보라 했다고 합니다."

"그래서요?"

"제 생각으로는 좌상 대감께서 별도로 의원을 물색하여 전하께 아뢰지 않았나 싶습니다만……"

"그 의원이 누구입니까?"

"아직 거기까지는……"

말은 그렇게 했지만 정약용은 피재길이 뭔가 알고도 말하지 못하고 있다는 느낌이 들었다. 그래서 넘겨짚었다.

"혹 그 의원이 심인이란 자가 아닙니까? 왜 거 있잖습니까? 좌상 대감의 삼종제 심인 말입니다. 내 그자가 창선방에서 약방을 하고 있다고 알고 있습니다."

하지만 피재길은 모르겠다며 밀어내듯이 자리를 파하려 했다.

"저는 더이상 아는 것도 없고, 할말도 없습니다. 내의원에 번잡한 일들이 많아 신경을 곤두세웠더니 몹시 피곤합니다. 다음에 뵙기로 하고 오늘은 그만 돌아가주셨으면 합니다."

그렇게 떠밀리듯이 피재길의 집에서 나온 정약용은 더욱 마음이 급해졌다.

'내 짐작이 맞다면 주상께서는 필시 심환지가 추천한 의원에게서 치료를 받고 계신 것이 분명하다. 만약 그 의원이 심인이라면 전하의 안위가 경각에 달려 있다.'

정약용은 이제 앞뒤 잴 것도 없다고 생각했다. 어떻게 해서든 심인의 연훈 치료를 막아야겠다는 마음뿐이었다. 그래서 이번에는 다짜고짜 승정원 사령 황덕만의 집으로 찾아갔다. 하지만 황덕만은 집에 없었다. 그가 들은 대답은 황덕만이 입궁한 뒤 벌써 며칠째 귀가하지 않고 있다는 말뿐이었다. 그렇다고 발길을 돌릴 수도 없었다. 그나마 주상에게 자신의 말을 전할 수 있는 유일한 방편은 황덕만뿐이었다. 정약용은 행랑채 한 칸을 내달라 하고 그곳에 앉아 주상에게 올릴 글을 작성하며 황덕만을 기다렸다.

황덕만은 해초(밤 9시)쯤에 돌아왔다. 황덕만은 정약용이 기다리고 있다는 말을 듣고 행랑채로 왔다.

"참의께서 소인의 집에는 무슨 일로……"

정약용은 그를 보자마자 다짜고짜 손목을 잡아끌어 앉히고 다급한 어조로 말했다.

"자네, 급히 궁궐로 다시 가줘야겠네."

"도대체 무슨 일로……"

"촌각을 다투는 일일세. 전하의 안위가 달린 일이란 말일세."

뜨악한 얼굴로 있던 황덕만은 그 말에 잔뜩 긴장하며 물었다.

"전하의 안위가 달린 일이라뇨?"

"길게 설명할 시간이 없네. 자네도 알다시피 전하께서 내게 밀명을 내린 것이 있네. 그러니 자네 이 길로 다시 대전으로 가서 이 서찰을 전하께 올려주게."

"이것이 도대체 무슨 서찰이기에……"

"다시 말하지만 전하의 안위가 달린 중대한 일일세. 자네 걸음에 전하의 안위가 달렸음을 명심하게."

정약용은 영문을 몰라 하는 황덕만에게 서찰을 안겨 밀어내듯이 다시 궁궐로 보냈다.

"꼭 주상께 올려야 하네. 이 서찰이 다른 사람에게 넘어가면 자네나 나나 모두 죽은목숨일 걸세. 알겠는가? 나는 여기서 기다리겠네. 돌아오면 즉시 내게 오게나."

하지만 궁궐로 간 황덕만은 자정이 넘도록 돌아오지 않았다. 정약용은 뜬눈으로 밤을 지새웠지만 아침이 되어도 황덕만은 귀가하지 않았다. 정약용은 날이 밝자 답답한 마음에 승정원에 인편을 보내 황덕만을 찾아보았다. 그랬더니 승정원 서리 하나가 나와서 황덕만은 어제 늦게 귀가하고 아직 출근하지 않았다고 전해왔다. 정약용은 궁궐에 근무하는 별감 중에 안면 있는 자들을 통해 황덕만의 자취를 찾아보았지만 역시 오리무중이었다. 그래서 황덕만과 친분이 두텁다는 승정원 사령을 찾아가 황덕만의 자취를 물었더니 그가 이렇게 말했다.

"전하께서도 지금 황덕만을 찾고 계십니다. 벌써 사흘째 본 자가 아무도 없다 하니 기가 찰 노릇입니다요. 이 사람이 도대체 하늘로 솟았나, 땅으로 꺼졌나."

정약용은 넋이 빠져나가는 느낌이었다. 그는 앞이 캄캄하고 가슴이 답답했지만 정신을 가다듬었다.

'하늘이 무너져도 솟아날 구멍이 있다 하지 않았는가. 이대로 있으면 필시 국상을 치러야 할 판인데, 무슨 짓이라도 해야 하지 않겠는가?'

정약용은 남인 중에 아직 주상 곁에 있는 자를 손꼽아보았다. 하지만 남인 중에는 마땅한 인물을 도저히 찾을 수 없었다. 남인이라고는 하지만 노론과 영합하여 벽파를 자처하는 자들 말고는 주상 곁에 시신으로 있는 자가 없었다. 그래서 궁리 끝에 떠올린 인물이 예문관봉교 박종직이었다. 비록 박종직은 남인이 아니었지만 채제공 천거 덕분에 한림에 낙점되어 예문관 관원이 된 자였다. 그는 이름 없는 가문 출신으로 당색이 전혀 없었고 채제공의 천거로 한림이 되었기에 남인에게 호의적이었다. 그런 사실 하나에 의지하여 정약용은 그의 집을 수소문한 뒤 무작정 그를 찾아갔다.

박종직은 돈의문 저잣거리 근처 초가에 살고 있었다. 정약용은 그 근처에서 진을 치고 있다가 땅거미가 내려앉을 무렵에야 퇴청하는 박종직을 발견하고 다짜고짜 소매를 끌었다.

"박 봉교, 날세, 나 정약용일세."

어둠 탓인지, 오랜만에 본 탓인지 정약용을 한눈에 알아보지 못한 박종직이 소매를 뿌리치려 하자 정약용은 그를 더욱 거세게 잡아끌었다. 그제야 정약용을 알아본 박종직이 깜짝 놀란 눈으로 말했다.

"승지께서 무슨 일로……?"

"내 자네에게 중요한 볼일이 있어서 왔네."

정약용은 미리 봐둔 저잣거리 주막 봉놋방으로 그를 이끌고 갔다. 박종직은 갑자기 자신을 찾아온 영문을 모르겠다는 표정을 지으면서도 군말 없이 정약용을 따라나섰다.

"내 이렇게 급히 자네를 찾은 것은 특별히 부탁할 일이 있어서네."

"승지께서 저 같은 사람에게 무슨……"

박종직이 그런 말을 하는 것은 어쩌면 당연한 일인지도 몰랐다. 예문관검열(정구품)이 된 지 벌써 햇수로 5년이었지만 여전히 그는 정칠품 봉교 자리에 있었다. 예문관생활 2년쯤 하고 나면 의당 사헌부나 사간원으로 영전하여 못해도 오품 벼슬은 하고 있어야 정상이었지만 박종직은 예문관 밥을 무려 5년이나 먹고도 칠품 벼슬을 여태 떼지도 못한 채 예문관에 그대로 머물러 있는 처지였다. 예문관 관원은 임금의 교지를 작성하고 춘추관 관원을 겸직하여 사관의 임무를 맡기 때문에 행동이 조심스럽고 압박감이 심했다. 게다가 임금의 근시로서 때로는 국사의 자문역을 하기도 하고,

임금의 학문적인 뒷받침도 해야 하며, 번다한 일에 심부름꾼 역할까지 해야 했다. 그런 까닭에 업무가 매우 과중하여 대개 2년 이상 머무는 법이 없었다. 그런데 박종직은 벌써 5년이나 그 생활을 하고 있었으니 무척 이례적인 경우였다. 좋게 생각하면 임금이 그를 매우 신임하여 곁에 오래 두고자 한다고 여길 수 있겠지만 그렇게 생각하기에는 직급이 너무 낮았다. 그리하여 주변에 연줄이 없어 마냥 예문관에 눌러앉아 있다고 여길 수밖에 없었다.

"자네, 그 무슨 소린가? 나라의 역사를 도맡은 자리에 있는 사람이 어찌 스스로를 그렇게 낮추는가?"

사실 예문관 전임관 중에서 봉교는 가장 높은 자리였다. 봉교 위로 응교, 직제학, 제학 등의 직책이 있기는 했으나 그들 자리는 모두 홍문관이나 승정원 관원들이 겸하는 직책이었다. 예문관에는 2인의 봉교 아래로 대교 2인, 검열 4인이 있었는데, 이들 여덟 명을 한림이라 일컬었다. 이들 한림은 춘추관에 예속된 사관이기도 했다. 말하자면 임금이 거둥할 때 반드시 쫓아다니며 임금의 일거수일투족을 모두 기록하여 역사에 남기는 일을 맡고 있었다. 봉교는 그 한림의 가장 윗자리였다. 그런 까닭에 정약용이 그를 나라의 역사를 도맡은 사람이라 치켜세웠던 것이다.

"내가 이 일을 자네에게 부탁하는 것은 자네가 그토록 막중한 자리에 있기 때문일세."

그렇게 운을 뗀 정약용은 주상에게 올리는 서찰 한 통을 그에게 맡기며 말을 이었다.

"이 서찰은 내일 반드시 주상께 전해져야만 하네."

그러자 박종직은 서찰을 밀어내며 손사래를 쳤다.

"시생은 이런 일은 못합니다. 어찌 성상께 올리는 밀찰을 저 같은 한미한 자가 맡는단 말입니까?"

그러자 정약용이 엄한 눈으로 박종직을 다그쳤다.

"이것은 전하의 안위와 관계된 일일세. 주상의 근신인 자네가 어찌 이런 말을 허투루 들을 수 있단 말인가?"

"전하의 안위라니요? 그렇다면 저 같은 사람이 할 일은 더욱 아닌 듯합니다."

박종직은 떨리는 음성으로 서찰을 바닥에 내려놓았다.

"저는 아무 말도 못 들은 것으로 하겠습니다."

박종직이 나가려 하자 정약용이 그를 가로막으며 애원했다.

"이보게, 이 서찰을 전하께 올리지 못하면 국상을 당한단 말일세."

서찰을 쥔 정약용의 손이 바르르 떨렸다.

"국상이라니요?"

박종직이 국상이라는 말에 떨리는 음성으로 말하며 돌아섰다. 정약용은 그의 두 팔을 잡고 울면서 말했다.

"몇 달 전에 전하께 특명을 받고 중요한 소임을 맡았네. 전하께서는 국운이 달린 중대사를 내게 조사하도록 하셨고, 이제 그 소임을 마치고 계장을 만들었는데, 무슨 일인지 전하와 연통이 닿지 않네. 그래서 전하께서 부리는 승정원 사령에게 계장을 맡겨 보냈는데 온데간데없이 사라져버렸네. 이후 여러 경로를 통해 전하께 연통을 넣으려 했으나 줄이 닿는 자가 아무도 없네. 자네가 알다시피 지금 전하의 근신 중에 남인은 모두 사라졌고 조정은 벽파가 장악하고 있으니, 누가 이 계장을 전하께 바칠 수 있겠는가? 그래서 고민에 고민을 거듭하다 자네를 찾아왔네. 화급을 다투는 일이네. 자네 손에 국운이 달려 있네. 오죽하면 내가 눈물까지 보이면서 이러겠는가? 제발 이 계장을 전하께 올려주게."

박종직이 털썩 주저앉으며 물었다.

"도대체 이 서찰 속에 무슨 내용이 들어 있는 겁니까? 뭐라도 좀 알아야 제가 결정할 수 있을 것 아니겠습니까? 간단하게라도 제게 알려주시면 안 되겠습니까?"

"자세히 말할 수는 없네. 그나마 하나 알려주면 전하께서 지금 몹시 미편하시네. 그래서 여러 병증을 앓고 계시네."

주상의 건강이 악화된 것은 박종직도 알고 있었다. 오늘 낮에 희정당에 들었는데, 주상이 내의원 제조 서용보를 불러 접견했다. 서용보가 그 자리에서 주상의 안부를 묻자 주상이 이런 말을 했다.

"밤이 되면 잠을 전혀 깊이 자지 못하는데, 일전에 약을 붙인 자리에 지금 고름이 퍼졌다."

그러면서 주상은 어의 백성일과 정윤교를 불러 진찰하도록 명했다. 백성일과 정윤교가 진찰을 마치자 주상이 물었다.

"어제에 비해 좀 어떤가?"

정윤교가 밝은 표정으로 아뢰었다.

"독기는 어제보다 한층 더 줄어들었습니다."

"그렇다면 이제 무슨 약을 붙여야겠는가?"

"근(根)은 없지만 고름이 아직 다 나오지 않았습니다. 여지고(荔

枝膏)가 고름을 빨아내는 데는 가장 좋습니다."

"터진 곳이 작으니 다시 침으로 찢는 것이 어떻겠는가?"

정윤교가 아뢰었다.

"이미 고름이 터졌으므로 다시 침을 쓸 필요가 없습니다."

"등 쪽에 또 종기 비슷한 것이 났는데, 지금 거의 수십 일이 되었다. 그리고 옷이 닿는 곳이므로 삼독이 상당히 있을 것이다."

이에 의원들이 주상의 등 쪽을 진찰하자 주상이 또 물었다.

"무슨 약을 붙이는 것이 좋겠는가? 위치는 그리 위험한 곳이 아닌가?"

정윤교는 큰 문제 없다는 듯이 대답했다.

"위치는 위험한 데가 아니고 독도 없습니다만, 근이 들어 있으니 고름이 생길 것 같습니다."

그러자 백성일이 거들었다.

"웅담고(熊膽膏)를 붙이는 것이 좋을 듯합니다."

하지만 주상은 그들을 별로 신뢰하지 않는 눈치였다.

"웅담고도 효과가 없을 것 같다."

그러자 정윤교가 다른 제의를 했다.

"수도황(水桃黃)은 독을 녹이는 약입니다."

그 말에도 주상은 별로 동조하는 기색이 없었다.

"두통이 심할 때 등 쪽에서도 열기가 많이 올라오니, 이는 다 가슴의 화기 때문이다."

그 말을 끝으로 주상은 의원들을 물러가게 했다. 그리고 서용보에게 다른 치료법이 있는지 알아보라는 명을 내렸다.

박종직은 주상과 그들의 대화를 되새기며 말했다.

"오늘 낮에 주상께서 내의원 의관들을 불러 진찰을 받으시고 병증에 대해 여러 말씀을 나누셨습니다. 하지만 시생이 보기에 그리 심각한 병증은 아닌 듯했습니다. 다만 주상께서 의원들의 처방을 못마땅하게 여기시는 면은 있었습니다. 그런데 주상께 시생이 듣지 못한 특별한 병증이 또 있습니까?"

"그렇네. 그 일로 전하께서 내게 특별한 명을 내리셨네. 이 서찰에는 전하의 병증과 관련된 중요한 내용이 들어 있네. 내가 자네에게 말해줄 수 있는 것은 이것이 전부네. 그리고 이 서찰을 주상께 전하지 못할 형편이 되면 반드시 태워 없애게."

정약용은 더이상 박종직의 의사를 묻지 않았다. 그는 다짜고짜 박종직에게 서찰을 안기고는 일어섰다.

"이제 자네가 결정하게. 자네도 한림 밥을 벌써 5년이나 먹었으니, 내 말을 알아들었을 거라 생각하네. 다만 전하의 안위가 이제 자네에게 달렸다는 것만 알아두게. 나는 먼저 가겠네."

정약용은 그 말만 남기고 주막을 나왔다. 하지만 주변을 떠나지 못하고 숨어서 박종직을 지켜보았다.

박종직은 정약용이 나간 뒤에도 한참 동안 봉놋방에 그대로 멍하니 앉아 있었다. 도대체 어떻게 해야 할지 감이 잡히지 않았다.

'이 서찰을 전하께 올리지 않으면 국상을 당한다? 그렇다면 전하를 시해하려는 음모가 진행중이라는 것인가?'

생각이 거기에 이르자 박종직은 문득 떠오르는 일이 있었다. 두어 달 전에 주상의 명령으로 수라에 사용되는 곡식과 채소에 독소가 있는 것이 없는지 은밀히 조사했던 기억이 되살아났다.

'도대체 누가, 왜, 주상을 시해하려 한단 말인가? 남인인 정약용이 이 서찰을 전해달라고 하는 것으로 봐서 남인은 아닐 테고, 그렇다면 소론이? 아니면 노론 시파가? 그것도 아니면 벽파가?'

하지만 마땅히 짚이는 무리가 없었다.

'남인과 소론, 노론 시파, 벽파 모두 전하의 죽음을 바랄 이유가 없지 않은가? 전하가 훙서하면 누가 이익이지?'

생각이 거기에 미치자 박종직은 대왕대비의 얼굴이 스쳐갔다. 전하가 용상을 비우면 당연히 어린 세자가 왕위를 이을 것이고 대왕대비가 어린 왕을 대신하여 섭정하게 된다는 계산이 나온 것이었다. 하지만 조정을 대왕대비 혼자서 유지할 수 없는 노릇이었다. 대왕대비가 왕권을 장악하면 가장 권세를 누릴 자는 그녀의 육촌 동생 김관주였다. 김관주는 벽파와 손을 잡고 있는 인물이었다.

'벽파가 전하를 시해하려 한단 말인가? 하지만 지금 조정은 모두 노론 벽파가 쥐고 있지 않은가? 전하가 노론 벽파를 가장 신임하고 있는데, 왜 그들이 전하를 시해한단 말인가?'

한참 동안 그런 생각을 하며 앉아 있던 박종직은 서찰을 뜯어볼까도 생각해보았다. 하지만 봉인된 서찰을 뜯을 경우 주상에게 올릴 수 없는 서찰이 되고 만다.

'왜 하필 내게 이 서찰을 맡겼단 말인가?'

박종직은 서찰을 자신에게 안긴 정약용이 원망스러웠다. 그러면서 왜 하필 자신을 찾아왔을까를 생각해보았다.

정약용의 말대로 임금의 근시 중에는 남인의 씨가 마른 상태였다. 원래부터 임금의 시신 중에 남인이 많지 않았지만 주문모 신부 밀입국 사건 이후에는 그나마 남아 있던 남인도 다른 관직으로 모두 밀려났다. 남인뿐 아니라 채제공이 천거했던 자들도 한직으로 좌천된 지 오래였다. 박종직도 지방관으로 밀어내려는 시도가 여러 차례 있었다. 하지만 그때마다 주상은 받아들이지 않았다. 주상은 박종직을 총애하는 기색이 전혀 없었으나 예문관에서 내쫓을 뜻을 보인 적도 없었다. 또 별도로 불러 특별한 일을 시키는 경우도 없었다. 그저 순번에 따라 번을 서고 교지를 짓게 했을 뿐이었다. 덕분에 요직을 차지한 벽파도 그를 경계하지 않았다. 그저 예문관의 붙박이 관원 정도로만 인식할 뿐이었다. 어쩌면 그는 예문관의 책장이나 의자처럼 늘 예문관 한쪽에 자리잡고 있는 가구 같은 존재인지도 몰랐다.

박종직은 혹 이런 날을 위해 주상께서 자신을 예문관에 남겨두신 것은 아닐까라는 생각도 해보았다. 하지만 이내 고개를 가로저었다. 그런 생각을 품기에는 자신을 대하는 주상의 태도가 너무 심드렁했던 것이다.

박종직은 왜 정약용이 자신에게 이 서찰을 맡긴 것일까라는 처음 질문으로 다시 돌아와 생각했다. 하지만 원망하는 마음은 많이 사라졌다. 돌이켜보면 남인의 도움이 없었다면 그가 한림 자리에 앉을 가능성은 전혀 없었다. 그의 집안은 어느 당파에 예속되었다고 할 수 없을 정도로 한미한 가문이었다. 한때 고조부가 사림의 일원이었던 적은 있으나 벼슬이라야 고작 공조좌랑이었다. 이후 집안에서 벼슬자리에 오른 인물은 자신이 유일했다. 그것도 가문의 자랑거리가 될 만한 예문관 한림이었다. 자신처럼 보잘것없는 가문 출신이 한림이 될 수 있었던 것은 오로지 채제공과 남인의 배려 덕분이었다. 정약용은 그들 남인의 핵심 인사였다. 그는 승정원 승지로 있을 때나 형조참의로 있을 때나 은근히 박종직을 챙겼다. 박종직이 그나마 몇 번 주상에게 관심을 받은 것도 알고 보면 정약용 덕이었다. "미욱하나 근실하다"고 했다. 언젠가 주상이 정약용의 평가라며 그에게 슬쩍 던져준 표현이었다. 어쩌면 미욱하다는 단어보다는 근실하다는 부분에 방점이 찍힌 정약용의 평가 덕분에 그가 아직도 예문관 한림으로 지내고 있는지도 몰랐다.

박종직은 긴 한숨을 내쉰 뒤 어금니를 악물었다.

'이것이 주상을 살리는 일이고 나라를 지탱하는 일이라면 못할 것도 없지 않은가. 이것이 내가 빚진 것을 탕감하는 일이라면 해야만 하지 않겠는가. 이것이 지난 5년간 한림원에서 녹을 먹은 값을 하는 것이라면 하지 않을 수 없지 않은가.'

생각을 끝낸 박종직은 이제 어떤 방법으로 주상께 정약용의 서찰을 전할지 생각해보았다. 하지만 이런저런 궁리를 해도 쉽게 방도가 떠오르지 않았다. 주상이 부르지도 않았는데 서찰을 들고 주상을 직접 찾아간다는 것은 생각도 할 수 없는 일이었고, 상소문 속에 슬쩍 섞어 넣었다가는 다른 자들의 눈에 띄기 십상이었다. 더구나 근래 들어 주상은 교지를 내리는 일도 드물었다. 또한 교지를 내린다 해도 그에게 초안을 맡긴다는 보장도 없었다.

박종직은 일단 정약용의 서찰을 품에 안고 입궐하기로 했다. 기회를 엿보다보면 필시 주상께 서찰을 전할 방도가 있을 것이라는 막연한 생각이었다. 박종직은 입을 앙다물며 주막을 나섰다.

정약용은 박종직이 나오는 것을 보고 슬쩍 몸을 숨겼다. 박종직은 옷깃을 여미고 주변을 살피면서 걷기 시작했다. 정약용은 경계하는 듯한 그의 걸음걸이를 보면서 그에게 실낱같은 희망을 걸어보기로 했다. 이제 더이상 다른 방도도 없었다.

"하늘이시여, 하늘이시여, 이 나라를 굽어살피소서."

정약용은 간절한 마음으로 그런 기원을 쏟아냈다. 이제 박종직에게 기대를 거는 수밖에 없었다. 그의 우직하고 정직한 심성을 믿는 일밖에 남아 있지 않았다. 정약용은 박종직의 모습이 어둠 속으로 완전히 사라질 때까지 그 자리에서 꼼짝도 하지 않고 서 있었다.

4장

독 오른 은홍

　박종직은 다른 날보다 일찍 입궐하여 대교 김휘안과 번을 바꾸었다. 그리고 희정당으로 잰걸음을 쳤다. 그가 희정당에 도착했을 때 승정원 주서 이가원이 서성거리고 있다가 그를 보자 알은척했다.

　"오늘 주상께서 약원의 제신과 대신, 주요 각신 들까지 모두 불러들였소이다. 아무래도 주상께서 크게 미편하신 게 분명하오."

　이가원은 잔뜩 긴장한 얼굴로 입을 열었다. 그러면서 주변을 곁눈질로 살피더니 이런 말을 보탰다.

　"주상께서 궁궐 밖으로 나가 몰래 치료를 받는다는 소문도 있소."

　그때 이가원 뒤쪽에서 좌의정 심환지를 위시하여 여러 중신이 걸어오는 것을 보고 박종직은 눈짓을 주었다. 이가원도 그 뜻을 알아차리고 입을 다물었다. 박종직은 저고리 속에 감춘 서찰이 표시라도 날까 하여 오른손으로 왼쪽 가슴 쪽을 슬쩍 쓸었다.

좌의정 심환지와 내의원 도제조인 우의정 이시수, 예조판서이
자 약방 제조인 서용보, 어의 정윤교와 여러 의관이 뒤를 따랐다.
이가원은 그들에게 목례를 한 뒤 희정당 문을 열고 들어서 먼저 탑
전에 입시하고 박종직은 반대쪽에 입시했다. 그 뒤로 심환지와 이
시수, 서용보가 서고, 정윤교를 비롯한 약원의 의관들이 좌우로 섰
다. 이어 승전색이 주상의 행차를 알리자 시립한 신하들이 모두 무
릎을 꿇고 고개를 숙여 주상을 맞이했다.

"전하, 미편하시다 들었사옵니다."

심환지가 그런 말로 안부를 물었을 때 이가원은 심환지가 올린
말을 써내려갔다. 박종직도 6월 16일이라 적고 심환지의 말을 경
청했다.

"내가 맨 처음 소요산을 복용한 이후 매일 두 번씩 마셔 몇 첩이
나 복용했는지 모를 정도인데, 이와 같은 일은 다른 사람에게 말하
기 어렵고 그저 속만 탈 뿐이므로 조보(朝報)를 통해 사람들에게
알린 것은 그저께의 두 첩에 지나지 않는다."

주상은 늘 그렇듯이 다소 장황한 말투로 운을 떼었다. 박종직은
주상의 말을 적어내리면서 슬쩍슬쩍 탑전을 훔쳐보았다. 주상 주변
에 정약용의 서찰을 끼워 넣을 만한 물건이 없는지 살폈던 것이다.

"소요산은 본디 양제(涼劑, 차가운 성질을 지닌 약)인데, 거기에
다가 황금(黃芩)과 황련(黃連) 등속을 추가했으므로 석고(石膏)의
약효보다 못하지는 않으나 어제 백호탕(白虎湯)을 쓰기로 정하여
그것을 마시면 혹시 열을 내릴 효과가 있을지 모르겠다고 생각

했다."

주상의 말이 이어졌다. 많은 병증을 지니고 있다고는 믿기지 않을 만큼 주상의 음성은 낭랑했고 언사는 마치 책을 읽듯이 앞뒤 조리가 딱 맞아떨어졌다. 게다가 약원에서나 쓸 약제들을 빠짐없이 언급했다. 그 때문에 박종직은 정녕 주상이 병마에 시달리는 환자인가 하는 의구심이 들기까지 했다.

주상은 헛기침도 한 번 하지 않고 말을 이어갔다.

"그러나 조금 마시자마자 어깨와 등 쪽부터 시작하여 온몸이 뜨거워지면서 열이 오르는 증세가 생겼는데, 찬 음식을 먹고 나자 비로소 조금 내려간 듯했고, 오늘 아침에는 어제보다 조금 나아진 듯하다."

호전되었다는 주상의 말에 박종직은 정약용이 지나치게 주상의 건강을 염려하고 있었던 것은 아닌지 모르겠다는 생각이 들었다. 약원 의관들의 태도도 주상의 병증을 그리 심각하게 보는 것 같지 않았다. 주상이 어의 정윤교에게 등 쪽의 종기를 진찰하게 했는데, 정윤교의 표정이 그다지 심각하지 않았던 것이다.

"일반적인 증세로는 고름은 적고 피가 많이 나오니 핏속에 열이 많아 그런 것 같다. 앞으로 무슨 약을 쓰는 것이 좋겠는가?"

그 말을 듣고 도제조 이시수가 나섰다.

"여러 의관이 모두 어제저녁의 열 증세는 약 힘의 발산 때문인 것 같다고 하니, 백호탕을 다시 쓰는 것이 좋겠습니다."

주상은 고개를 끄덕이며 이시수의 말에 호응했다.

"그렇다면 한 첩을 더 달여 들여오도록 하라. 대체로 이 증세는 가슴의 해묵은 화병 때문에 생긴 것인데, 요즘에는 더 심한데도 그 것을 풀어버리지 못해 그런 것이다. 큰일이나 작은 일을 막론하고 하나같이 침묵을 지키며 신하들을 접견하는 것까지도 차츰 피곤해 지는데, 조정에서는 두려울 외(畏) 자 한 자가 있는 줄 알지 못하니 나의 가슴속 화기가 어찌 더하지 않을 수 있겠는가. 먼저 경들 자 신부터 임금의 뜻에 부응하는 방도를 생각하도록 하라.”

주상은 지난번처럼 자신의 병증이 가슴에 맺힌 화기 때문이라고 했다. 하지만 주상의 병증에 대한 논의는 거기까지였다. 주상은 더 이상 병증에 대한 언급은 하지 않고 그즈음의 조정 돌아가는 형편 과 얼마 전에 연이어 내렸던 교지에 대한 논의로 말을 옮겼다. 심 환지가 그 말을 듣고 웃음기 어린 얼굴로 말했다.

“일월처럼 밝디밝은 성상께서 전후에 내리신 분부는 모두가 지 극히 정밀한 의리였으며, 이번에 연석에서 분부하신 뒤로는 털끝 만큼도 미진한 점이 없게 되었으니, 비록 우매한 서민이라도 그 누 가 성상의 뜻이 무엇인지 모르겠으며, 또 누가 감히 그사이에 이론 을 제기하겠습니까?”

그러자 주상은 단호한 어투로 심환지에게 주의를 주었다.

“경 또한 늙었지만 저번 연석의 분부 속에 자기 자신을 경멸하 면 남이 따라서 경멸한다는 말이 있었는데, 이 또한 경들이 스스로 반성할 점이다.”

“성상의 분부가 실로 틀림없습니다. 사람은 사실 매사를 다 잘 할 수 없지만 신처럼 무능한 자는 열 가지 일 중에 한두 가지 일도 조정에 도움이 있기를 기대하기가 어려우니, 어찌 남의 경멸을 받는 한탄이 없겠습니까."

그러자 주상의 장광설이 이어졌다. 늘 그렇듯이 주상은 『시경』
이나 『서경』의 글 한 귀를 끄집어내 그 뜻을 알려주고, 이어 조정
돌아가는 형편을 빗대어 사람의 도리와 신하의 태도, 정사를 대하
는 왕의 중용적인 태도를 언급하며 빈틈없는 가르침을 전개했다.
박종직은 주상의 말을 받아 적으며 속으로 고개를 가로저었다.

'저토록 영명하고 면밀한 주상께서 중증의 병환을 앓고 계신다
는 것을 믿으란 말인가? 아무래도 정 승지의 판단이 지나친 게 분
명해.'

박종직은 그런 생각을 하며 굳이 정약용의 서찰을 전할 필요가
없다고 결론지었다. 사실 주상께 사사로운 서찰을 올리는 일은 목
숨을 거는 위험천만한 짓이었다. 조선의 법도로는 그 누구라도 주
상과 독대하는 일이 없어야 했고 사사로이 서찰을 올리는 것 또한
독대와 다름없는 일로 취급되었다. 숙종 시절 이이명이 임금과 독
대한 까닭에 결국 목숨을 잃었다. 그처럼 노론의 영수조차도 임금
과 독대한 대가로 목줄을 내놓았는데, 하물며 한낱 정칠품의 예문
관 관원이야 말해 무엇하랴. 박종직은 정약용의 서찰을 태워 없앨
결심을 했다.

박종직은 퇴궐하여 귀가한 즉시 품에서 정약용의 서찰을 꺼내들
었다. 하지만 태우기 전에 그 내용을 읽어야만 할 것 같았다. 혹여
정약용의 말대로 그 속에 주상의 안위와 관련한 중대한 내용이 있
을 수도 있었기 때문이다.

그런데 정작 정약용의 서찰에는 짧은 시 한 수밖에 없었다.

삼청동에 은밀히 서찰이 오네.
용대초에 타오른 연기를 쐬네.
독 오른 은홍이 폐부에 퍼지네.

박종직은 정약용의 시를 읽고 고개를 갸웃거렸다. 무슨 말인지
짐작조차 되지 않았던 것이다. 그는 몇 번이나 시를 되새겨보았지
만 선뜻 짚이는 것이 없었다. 그래도 어쨌든 그는 정약용의 시를
외워두었다.

닷새 뒤인 6월 21일에 박종직은 다시 희정당에 들었는데, 이날
도 심환지와 이시수를 비롯한 대신들과 여러 약원의 의관들이 줄
줄이 소환되었다. 주상은 그 자리에서 아주 고통스러운 표정을 지
으며 아픔을 호소했는데, 닷새 전과는 사뭇 다른 모습이었다.

"종기가 높이 부어올라 땅기고 아파 여전히 고통스럽고, 징후로
말하면 한열(寒熱, 차가움과 뜨거움)이 일정치 않은 것뿐 아니라 정
신이 흐려져 꿈을 꾸고 있는지 깨어 있는지 분간하지 못할 때도 있
다."

박종직은 그제야 정약용의 염려가 기우가 아니었다는 생각을 하
게 되었다. 주상의 음성은 전에 없이 기운이 없었고 앙칼진 화기가
느껴지는지 이따금 신음했다. 게다가 언사도 다소 두서가 없었고
예의 그 장광설도 늘어놓지 않았다. 누가 보아도 기운이 빠져 있는
것이 분명했고 얼굴도 매우 수척해 있었다. 정신까지 흐려졌다고
표현하는 것을 보면 주상의 병증이 예사롭지 않음을 짐작할 수 있

었다.

그런데 정작 의관들의 반응은 의외였다. 약원에서 들어온 의관은 강명길, 유광익, 현필채, 박전 등 네 명이었는데, 그들은 한결같이 주상의 병증을 심각하게 보지 않았다.

먼저 강명길은 이렇게 진단했다.

"맥의 도수는 일정하여 기운이 부족한 징후는 없습니다. 보편적으로 빠르고 센 것 같으나 특별한 종기의 열은 없습니다."

이어 유광익도 대수롭지 않게 말했다.

"좌우맥 삼부(三部)는 다 고루 뛰고 있긴 합니다만, 신은 그전에 진찰한 날짜가 약간 오래되었는데, 왼쪽 간맥은 전일보다 조금 더 큰 것 같습니다."

현필채와 박전 역시 똑같은 말을 했다.

"맥박은 조금 큰 것 같습니다만, 좌우 삼부가 다 고르게 뜁니다."

"왼쪽 맥은 고르게 뛰고 오른쪽 맥은 가라앉아 빠르게 뛰는 징후가 약간 있으나, 열은 대단치 않습니다."

의관 네 명이 한결같이 대수롭지 않게 말하자 주상도 다소 안심이 되는지 이런 말을 했다.

"열 증세는 이들의 말이 그럴듯하다. 대체로 한열이 번갈아 일어날 때 가슴의 기운이 올라와 식히기 때문에 열은 조금 줄어든 것 같다."

그 말에 강명길이 덧붙였다.

"한열이 일어나는 증세는 종기 독이 위로 공격하기 때문에 일어나는 것은 아닙니다만, 신들은 종기에 대해 전혀 모르겠고, 맥박도

과연 자주 뛰는 것인지 모르겠습니다."

이에 주상이 종기 전문 의관인 김유제를 불러 물었더니 그는 그저 종기 치료법에 대해서만 고했다.

"다른 의원이 전하는 말을 들으니 종기 증세는 곧 근종(根腫)이므로, 반드시 먼저 근을 녹여야만 통증이 멎을 것이라 했습니다. 신 생각에는 천오(川烏), 황백(黃柏), 적소두(赤小豆)를 똑같은 분량으로 가루를 내어 술에 개어 붙인다면 독을 녹이는 효과를 거둘 수 있다고 봅니다."

박종직은 주상과 의관들의 대화를 들으면서 뭔가 중요한 요소가 빠졌다는 생각이 들었다. 주상은 종기보다 현기증이나 정신이 몽롱한 것을 염려하고 있었는데, 어느 의원도 그 점에 대해서는 언급하지 않았기 때문이다.

주상도 그 점을 못마땅하게 여기며 의관들을 향해 쓴소리를 했다.

"너희가 한결같이 큰 문제가 아닌 듯이 말하니, 내가 오히려 화가 치밀어오른다. 나는 줄곧 너희에게 현기증과 정신이 몽롱한 증세에 대해 언급했는데, 너희 중 어느 누구도 이에 대한 치료법을 언급하지 않으니 답답할 따름이다."

그러자 심환지가 말했다.

"전하, 연훈을 써보시는 것이 어떠시겠습니까?"

연훈이라는 말에 박종직은 언뜻 정약용의 서찰이 떠올랐다. 서찰 속에 있던 시의 둘째 구에 분명히 '연기를 쐰다'는 뜻의 "연훈(煙熏)"이라는 두 글자가 있었다.

심환지의 요청이 있자 주상이 공언했다.

"내 따로 의원을 불러 연훈방을 시행할 것이다. 좌상은 의원 심인에게 내 말을 전하고 조속히 연훈방을 시행하도록 준비하라."

주상의 음성에 짜증과 분노가 깃들어 있었다. 주상이 손을 바르르 떠는 것을 느낀 약원의 의관들이 모두 머리를 조아리고 어찌할 바를 몰라했다.

박종직은 그들의 모습을 흘깃거리면서 계속 '연훈'이라는 두 글자를 떠올렸다. 연훈방이란 글자 그대로 해석하면 연기를 쐬게 하는 처방인데, 구체적인 방법은 쉽게 연상되지 않았다. 하지만 분명한 것은 정약용이 주상께 연훈을 하게 되면 폐부에 은홍의 독이 퍼지게 될 것이라는 경고를 했다는 사실이었다.

생각이 거기에 미치자 박종직은 심환지 일당이 연훈방을 통해 주상을 독살하려는 것이 아닌지 의심하기 시작했다.

'정약용이 주상의 안위가 달렸으며 국상이 날 수도 있다고 경고한 것이 바로 이것이란 말인가?'

박종직은 머리카락이 모로 서는 듯했고 손까지 떨렸다.

박종직은 퇴청하자마자 곧 정약용의 집을 찾아갔다. 그런데 정약용은 없고 노비로부터 이런 말만 들었다.

"참의 어른께서는 안방마님께서 크게 편찮으시다는 전갈을 받고 어제 급히 고향 마재로 가셨습니다요."

"어허, 이런 낭패가 있나?"

박종직은 맥이 탁 풀렸다. 어떻게 해서든 주상이 연훈방을 쓰는 일이 없도록 막아야 했지만 아무리 생각해도 마땅한 방도가 떠오르지 않았다.

"이 일을 도대체 어떻게 한단 말인가?"

박종직은 울먹이며 발길을 돌렸다.

한여름에 닥친 한파

"덕배가 긴한 이야기가 있다고 잠시 만나자는 전갈을 해왔습니다요."

땅거미가 지고 있어 오유진은 퇴청을 마음먹고 있었다. 그때 차비노 대치가 다가와 속삭이듯이 말했다.

"덕배라면, 심 정승댁 노비 덕배 말인가?"

"그렇습니다. 그 얼치기 놈 말입니다요."

오유진은 덕배의 연통이 필시 심환지와 대왕대비 사이에 오가는 서찰 때문일 것이라고 생각했다.

"알았네. 어디서 기다린다고 하던가?"

"지난번 그 주막에서 해질녘부터 기다린다고 했습니다요."

'하필 이렇게 더운 날 만나자고 할 게 뭐람.'

오유진은 마음속으로 그런 말을 주워섬기며 우포청을 나섰다.

더위도 더위였지만 덕배가 먼저 만나자고 한 것이 영 개운치 않았다. 한낱 얼뜨기 사노비가 호랑이 같은 포도부장을 만나자고 한다는 것이 상식적인 일은 아니었던 것이다. 하긴 덕배 같은 얼뜨기가 아니라면 심환지와 대왕대비가 밀통하고 있음을 알려주지도 않았을 터였다. 더구나 그 밀통의 증거를 들고 와서 보여주겠다고 하니 놈이 바보인 것은 확실했다. 오유진은 설핏 웃음을 띠며 걸음을 재촉했다. 벌써 해가 지고 있었기에 기다리다 가버릴 수도 있다는 생각에 마음이 급했다.

오유진은 주막에 들러 덕배를 잠시 만나 서찰의 내용만 확인하고 곧장 스승 백동수 집으로 갈 생각이었다. 최갑동의 일이 어떻게 되어가는지 알아볼 요량이었다. 어차피 백동수의 집으로 가려면 주막을 지나쳐야 했다.

주막은 백탑을 지나 파자교에서 정신방으로 빠지는 길목에 있었다. 날이 몹시 더운 터라 오유진은 파자교 근처 우물에서 물을 한 바가지 들이켠 뒤 목에 매고 있던 수건을 물에 적셔 얼굴의 땀을 훔쳐냈다. 여느 해보다 일찍 찾아온 무더위였다. 지난겨울부터 가뭄이 계속되는 바람에 성상이 몇 번이나 기우제를 지냈는데, 그 덕분인지 5월 중순에 큰비가 내렸다. 이어 얼마간 장마가 지속된다 싶더니 갑자기 무더위가 밀어닥친 것이었다.

오유진이 정신방 주막에 도착했을 때는 웃통을 비롯하여 사타구니까지 땀에 젖어 바지가 축축 늘어졌다.

"이놈은 이 더운 날씨에 왜 방구석에 들어앉아 사람을 오라 가라 하는 게야!"

오유진은 짜증을 있는 대로 다 토해내며 이미 어둠이 짙게 깔린 주막 뒤꼍으로 들어섰다. 그런데 이상하게 뭔가 서늘한 기운이 오유진을 덮쳐왔다. 그것은 다름 아닌 살기였다. 그 순간 그를 향해 뭔가 날아들었다. 오유진은 동물적인 감각으로 몸을 굴려 피했다. 연이어 몇 개의 표창이 더 날아왔다. 오유진은 이번에도 가까스로 몸을 피해 나무 뒤로 숨었다.

'아이쿠, 함정이었구나. 덕배가 만나자고 할 때부터 찜찜하더니 이런 사달이 날 줄이야.'

오유진은 오동나무 뒤에 서서 주변을 살폈다. 작대기라도 하나 들어야지 싶었지만 마땅히 손에 잡히는 것이 없었다. 더운 날씨 탓에 늘 차고 다니던 요도(腰刀)마저 풀어놓고 온 상태였다.

"웬 놈들이냐! 숨어 있지 말고 나와라!"

오유진은 최대한 큰 소리로 고함을 질렀다. 비록 어둠이 내렸지만 아직 인적이 끊길 시간은 아니었다. 그래서 혹 지나다니는 사람들이라도 있으면 그가 외치는 소리를 듣고 달려와주기를 바랐다. 그러자 어둠 속에서 검은 그림자가 하나둘 나오더니 그를 둘러쌌다. 모두 다섯이었다. 아무래도 일전에 그를 기습했던 놈들이 아닌가 싶었다.

"옳아, 네놈이 최갑동이로구나!"

오유진은 그저 그들 중 하나를 지목하며 말했다. 혹 놈들이 그 말에 정체가 탄로난 줄 알고 틈을 보이면 담장을 타고 달아날 속셈이었다. 하지만 놈들은 전혀 틈을 내주지 않았다. 오유진은 쉽게 달아날 수 없음을 직감하고 다섯 중에 어느 놈이 가장 허술한지 살폈다. 그때 다섯 중 하나가 오동나무 뒤로 돌아들어오는 모습이 보였다. 오유진은 그때를 놓치지 않고 놈을 향해 달려들었다. 놈은 오유진의 갑작스러운 공격에 당황했는지 어설프게 칼을 휘둘렀다. 오유진은 놈의 칼날을 피하며 몸을 돌려 팔꿈치로 놈의 명치를 가격했다. 이어 놈의 팔목을 잡아 비틀어 칼을 빼앗았다. 그러고는 이내 왼손으로 놈의 인후를 갈겼다. 놈이 컥 하는 짧은 신음을 쏟아내며 꼬꾸라지자 오유진은 재빨리 담을 타고 넘었다.

오유진은 견편방 의금부 쪽으로 내달렸다. 하지만 파자교를 지나 백탑 근처에 이르렀을 때 날아온 표창에 맞고 말았다. 표창은 그의 엉덩이 살을 파고들었다. 순간 그는 짧은 비명을 쏟아냈지만 걸음을 멈출 수는 없었다. 오유진은 안간힘을 쓰며 달렸지만 시간이 지날수록 점점 통증이 심해지면서 차츰 발걸음이 느려졌다. 그때 또하나의 비수가 날아들었다. 이번에도 역시 표창이었다. 표창은 그의 등 한가운데 깊이 박혔다. 오유진은 헉! 소리를 내며 앞으로 꼬꾸라졌다. 이내 놈들의 발길질이 그의 얼굴로 날아들었다. 이어 두세 차례 발길질이 이어지더니 뒤통수 쪽에 강한 충격이 가해졌다. 오유진은 까무룩 정신을 잃고 말았다.

오유진이 가까스로 정신을 차렸을 때는 온몸이 밧줄에 꽁꽁 묶여 있는 상태였다. 그는 밧줄을 풀어보려고 용을 써보았지만 몸이 제대로 움직이지 않았다. 게다가 등과 엉덩이에서 엄청난 통증이 느껴졌다. 아직도 그곳에 표창이 그대로 꽂혀 있는 것 같았다. 주변을 둘러보니 사위가 깜깜했다. 갇혀 있는 것은 분명한 듯한데, 너무 어두워 식별할 수 없었다.

"많이 아프지? 죽을 것 같지?"

그때 어둠 속에서 말소리가 들려왔다. 어디선가 들어본 듯한 목소리였지만 딱히 누구라고 짐작되는 사람이 없었다.

"누구냐?"

"흐흐, 내 목소리를 기억하지 못하는군. 그러면 이 목소리는 어때?"

그러면서 그는 전혀 다른 목소리를 냈다.

"쉰네는 그저 시키면 시키는 대로 하는 종놈일 뿐이구먼요."

그제야 오유진은 목소리의 주인이 누군지 알아챘다. 덕배였다. 심환지의 사노비 얼뜨기 덕배의 목소리가 분명했다.

"아니, 네놈은……."

"흐흐, 이제야 날 알아보는군. 왜? 네놈이 알던 얼간이 덕배가 아니라서 당황했나?"

어둠에 조금씩 익숙해지자 오유진의 눈에 어렴풋이 덕배의 모습이 들어왔다.

"네놈이 왜 내게…… 이런 짓을……."

오유진이 신음을 토해내며 가까스로 말을 내뱉자 덕배가 낄낄거리며 웃었다.

"내가 왜 네놈을 바로 죽이지 않고 여기로 데려온 줄 아나? 어차피 너는 독이 퍼지면 죽을 놈이지만 그래도 알 건 알고 죽어야지. 너는 내가 아무것도 모르는 바보 천치로 알지? 그래서 내가 하는 말은 모두 믿었겠지. 명색이 포도부장이라는 놈이 어리석기는…… 내가 바보로 사는 것은 그게 더 편하기 때문이지. 진짜 바

보여서가 아니야. 모난 돌이 정 맞는다고 종놈이 잘났다고 설쳐봐
야 매밖에 더 벌겠어? 그러니……"

덕배는 계속 떠벌리고 있었지만 오유진은 더이상 그의 목소리가
들리지 않았다. 온몸이 뻣뻣하게 굳더니 점차 말소리가 잘 들리지
않았다. 윙윙거리는 소리만 들릴 뿐 무슨 말인지 도저히 알아들을
수 없었다. 그저 입에서 뭔가가 쏟아지는 느낌이 들더니 한기가 느
껴졌다. 몸이 덜덜 떨리고 다리가 뻣뻣해지는 듯하더니 이내 아무
감각도 느끼지 못하게 되었다.

그렇게 오유진이 어딘지 알지도 못하는 곳에서 죽어가고 있을
때 박제가와 백동수는 목멱산 초입에 있는 한 초막에 들어서고 있
었다. 낮에 정시묵이 박제가에게 연통을 넣어 두 사람이 함께 그곳
으로 오라고 했던 것이다. 정시묵은 최갑동을 체포하여 그곳에 잡
아두었다고 하면서 함께 문초할 것을 제의했다.

정시묵의 말대로 최갑동은 입에 재갈을 문 채 초막의 마당 한쪽
에 있는 나무에 꽁꽁 묶여 있었다. 나무 주변으로는 횃불이 몇 개
꽂혀 있었지만 정시묵은 보이지 않았다.

"이보게, 자네 어디 있나?"

박제가가 정시묵을 찾았지만 아무 대답도 없었다. 두 사람은 천
천히 최갑동에게 다가갔다. 그때 바람 가르는 소리가 들리더니 최
갑동의 가슴에 화살이 박혔다. 이어 두 대의 화살이 더 날아들어
최갑동의 숨통을 끊어놓았다. 깜짝 놀란 백동수와 박제가가 칼을
뽑아들며 주변을 경계하자 숲속에서 검은 그림자가 하나둘씩 나타
나기 시작했다. 그리고 이내 검은 옷에 검은 복면을 한 수십 명의

무사가 활시위에 화살을 메긴 채 포위망을 좁히며 그들을 에워쌌다. 그 뒤로 보이는 창과 칼을 든 더 많은 수의 복면도 그들을 둘러쌌다.

"무기를 버리면 목숨은 살려주겠다."

검은 복면 중 하나가 소리쳤다. 무예가 출중한 백동수와 박제가였지만 그 포위망을 뚫을 자신은 없었다. 별수없이 칼을 버리자 에워싸고 있던 무사들이 달려들어 그들을 밧줄로 묶었다. 그러고는 그들의 입에 재갈을 물리고 눈을 가린 뒤 자루 속에 집어넣고 묶어버렸다. 이후 그들은 각각 가마에 실려 어디론가 끌려갔다.

어디로 끌려가는지 알 수 없었지만 그들은 꽤 긴 시간을 가마에 갇혀 있어야 했다. 그들이 자루에서 풀려나 눈을 가리고 있던 검은 천이 벗겨졌을 때는 이미 날이 밝아 있었다. 그들을 가둔 곳의 문틈으로 가느다란 햇살이 새어들어오고 있었다.

그들은 여전히 묶여 있었고 입에 재갈도 물린 채 그대로였다. 주변을 둘러보니 감옥은 아닌 것이 분명했고, 그렇다고 어느 집의 곳간도 아니었다. 사방이 빈틈없이 막혀 있었고 문도 이중으로 되어 있는데다 인기척도 전혀 들리지 않았다.

누구인지 알 수 없지만 그들을 가둔 자는 그들을 죽일 의도가 없는 듯했다. 죽일 생각이었다면 목멱산에서 이미 그들의 명줄을 끊었을 것이다. 비록 두 사람은 말을 할 수 없었지만 눈빛으로 그런 마음을 주고받았다.

그렇게 박제가와 백동수가 알 수 없는 곳에 갇혀 있을 때 정시묵은 심환지와 만나고 있었다.

"놈들은 모두 제거했느냐?"

심환지의 물음에 정시묵은 마른침을 몇 번 삼켰다.

"우포청 오유진이라는 자는 쥐도 새도 모르게 처리했습니다만, 백동수와 박제가는 종적을 찾을 수가 없었습니다."

"놈들이 이미 눈치를 챘단 말이냐?"

"아마도 동덕단 내부에서 말이 샌 것 같습니다."

"이, 이런……"

심환지는 정시묵을 의심 어린 눈초리로 쏘아보았다. 하지만 정시묵은 무덤덤한 얼굴이었다.

"내일이 마지막 연훈방을 쓰는 날이다. 그전에 날파리 하나라도 꼬여서는 안 된다. 그러니 수하들을 풀어 놈들을 꼭 찾아내야 한다. 혹 찾아내지 못하더라도 놈들이 도성 안을 활보하게 내버려둬서는 절대 안 된다. 알겠느냐?"

"네, 걱정하지 마십시오. 수하들을 풀어 놈들을 다시 찾아보겠습니다."

정시묵이 물러가자 심환지는 곧 이익수를 불러들였다.

"정가 놈은 어떻게 하고 있느냐?"

이익수가 입가에 웃음을 머금고 대답했다.

"정약용은 신경쓰지 않으셔도 됩니다. 며칠 전에 부인이 병을 얻어 누웠다는 말을 듣고 급히 고향으로 내려갔는데, 아직 그곳에 머물고 있습니다."

"그곳에 사람을 붙여두었느냐?"

"물론입니다. 혹 정약용이 상경한다면 노상에서 처단하라고 일러두었습니다."

"음, 정가 놈은 보통 놈이 아니니 절대 경계를 늦춰서는 안 된다."

"걱정 마십시오. 궁궐에 온통 우리 사람이 깔려 있는데 제깟 놈이 무슨 재주로 거사를 막겠습니까? 더구나 지금 도성에서 100리나 떨어진 곳에 있고 말을 몰 줄도 모르는 위인인데 무슨 짓을 하겠습니까?"

심환지는 이익수를 내보내고 입궐을 서둘렀다. 아침에 대왕대비전에 들라는 연통을 받은 터였다. 여간해서 만나자는 말을 하지 않았지만 거사를 앞두고 마음을 졸이고 있는 것이 분명했다. 그는 가급적 거사 전에는 대왕대비와 만나는 것을 꺼렸지만 사흘 사이에 벌써 몇 번이나 연통을 해온 터라 더이상 그 성화를 이길 수 없었다. 대왕대비전에 갔다가 혹 그 사실이 금상의 귀에 들어가기라도 하면 거사에 차질이 생길 수 있다고 몇 번이나 전달했지만, 그녀는 꼭 해야 할 말이 있다며 막무가내로 오라고 했다. 그래서 심환지는 궁궐을 향해 내키지 않는 발걸음을 옮겼다.

"좌상, 일은 정말 차질 없이 진행되고 있는 겁니까?"

수렴 너머에 앉은 대왕대비가 낮은 음성으로 물었다. 그녀의 목소리는 차분하고 안정되어 있었지만 말끝이 조금 흔들렸다.

"이미 성사된 것이나 진배없으나, 끝날 때까지 마음을 놓으셔서는 안 될 것입니다."

심환지의 말투에는 왜 이렇게 성화를 부리느냐는 원망이 섞여 있었다. 대왕대비도 그 속내를 눈치챘는지 그를 호출할 수밖에 없었던 사연을 털어놓았다.

"며칠 전부터 필례가 보이지 않습니다. 혹 내금위에서 잡아간 것은 아닌지…… 만약 그렇다면 큰일이 아닙니까?"

그녀의 속삭이는 듯한 낮고 가는 음성에는 불안감이 가득했다.

"주상이 이미 우리가 연통하고 있다는 것을 눈치채고 필례를……"

하지만 심환지는 단호하고 절제된 음성으로 대응했다.

"그 일이라면 염려치 마십시오. 필례는 제가 급히 어디 심부름을 좀 보냈습니다. 미리 말씀드리지 못해 송구하옵니다."

그러면서 심환지는 목멱산 어느 골짜기에 파묻혀 있을 필례를 떠올렸다. 열흘쯤 전부터 필례 뒤에 따라붙는 놈들이 있다는 보고가 있었다. 심환지는 필례가 자칫 화근이 될 수도 있다 판단하고 제거할 것을 지시했다.

"그렇다면 다행이지만……"

"신은 그럼 이만 가보겠습니다. 아직 대왕대비전을 지켜보는 눈이 많으니 언동에 주의하소서."

심환지는 급히 일어서서 대왕대비전을 나왔다. 그의 마음은 이미 내의원에 머물고 있는 심인에게 가 있었다. 연훈방을 벌써 세 번이나 썼지만 금상은 아직 쓰러지지 않았다. 광희문 배가와 달리 금상에게는 여러 어의가 별의별 처방을 동원하여 명줄을 연장하고 있는 탓이었다. 또한 이전 세 번의 연훈방은 치료 효과도 있는 처방이었다. 의심 많은 금상을 믿게 만들려면 일단 미끼를 던져야 했고, 그렇기에 독보다는 약에 무게를 두는 처방이 필요했던 것이다.

세번째 연훈방을 경험한 다음날인 6월 9일에 금상은 심환지에게
이런 밀찰을 보내왔다.

지금 같은 무더위에도 고과를 위해 두 곳의 영문을 다녀
왔으니, 돌아온 뒤에 피로가 가시지 않았는지도 모르겠다.
다행히 여러 날 장마가 지속되다 하루아침에 맑게 개었다.
어제 낮에 마침 칠언고시 한 편을 지었다. 사물에서 기인한
흥취를 담은 『시경』이 남긴 뜻을 취하여 그저 마음속에 있는
감흥을 쏟아내고자 했을 뿐이다.

금상은 서찰에 직접적인 표현은 하지 않았지만 심인의 연훈방
덕에 한결 건강이 나아져 시를 짓는 여유를 가지게 되었다는 기쁨
마저 드러내고 있었다. 심환지 역시 이 서찰에 대한 답서로 칠언율
시 한 편을 지어 보내면서 곧 건강이 좋아져 옥체의 미령함에서 벗
어나게 될 것이라는 말을 덧붙였다. 그로부터 6일 뒤인 6월 15일
에 주상은 또하나의 밀찰을 보내와 이런 말을 했다.

편지를 받고 위안이 되었다. 나는 뱃속의 화기가 올라가기
만 하고 내려가지는 않는다. 여름 들어서는 더욱 심해졌는
데, 그동안 차가운 약제를 몇 첩이나 먹었는지 모르겠다. 앉
는 자리 옆에 항상 약 바구니를 두고 내키는 대로 달여 먹는
다. 어제는 사람이 모두 알고 있기에 어쩔 수 없이 체면을 차
리려고 탕제를 내오라는 탑교를 써주었다. 올 한 해 동안 황

련을 한 근 가까이 먹었는데, 마치 냉수 마시듯이 했으니 어찌 대단히 이상한 일이 아니겠는가? 그 밖에도 항상 얼음물을 마시거나 차가운 온돌의 장판에 등을 붙인 채 잠을 이루지 못하고 뒤척이는 일이 모두 답답하다. 이만 줄인다.

직접적으로 말하지는 않았지만 금상은 다시 연훈방 처방을 해줄 것을 요구하고 있었다. 하지만 심환지는 연훈방을 너무 급히 쓰면 오히려 병증을 더 악화시킬 수 있다는 심인의 말을 전하면서 주상의 요구를 완곡히 거절했다. 또한 세간에 주상이 밤중에 미행을 나가 몰래 병증을 치료하고 있다는 소문이 돌고 있어 또다시 연훈방을 은밀히 시행했다가는 무슨 사달이 날지 알 수 없다는 말도 덧붙였다. 그뒤 더이상 주상의 밀찰은 없었다. 대신 바로 다음날부터 주상은 아예 공공연히 자신의 병증을 조정에 알리고 대신들과 약방 제조인 예조판서, 어의들을 모두 불러 진찰을 하고 처방하라고 주문했다. 그렇게 몇 번 하더니 6월 21일에는 마침내 의원 심인을 불러 연훈방을 시행하겠다고 공언하기에 이르렀다. 이제 아예 공식적으로 연훈방을 쓸 수 있게 된 것이었다.

심환지는 그런 일들을 되뇌며 잰걸음으로 약원으로 향했다. 마음이 급한 탓에 서두르느라 주변을 미처 신경쓰지 못했다. 누가 뒤를 밟는지조차 관심이 없었다. 박종직이 멀찌감치 뒤에 붙어 계속 따라다니는 것을 전혀 낌새도 채지 못하고 있었다.

박종직은 심환지가 대왕대비전에 들 때부터 그 뒤를 은밀히 미행하고 있었다. 박종직은 심환지가 약원으로 들어가 심인과 만나는 모습을 곁눈질로 슬쩍 쳐다본 후 약원을 빠져나왔다.

정약용 말대로 저들은 연훈방으로 전하를 해하려고 하는 것이 분명했다. 박종직은 이제 앞뒤 잴 것 없이 무조건 이 사실을 전하께 고해야 한다고 판단했다. 그래서 반드시 연훈방을 저지해야만 주상을 살릴 희망이 있다고 생각했다.

박종직은 사람들의 눈을 피해 빠른 걸음으로 후원 쪽으로 향했다. 주상은 특별한 일이 없는 한밤이면 꼭 개유와에 들르는 습관이 있었다. 박종직은 주상의 그 습관을 믿어보기로 했다. 그래서 정약용의 서찰에 적힌 시를 품에 품고 개유와로 가는 길이었다.

박종직이 개유와 근처에 이르렀을 때는 온몸에 땀이 비 오듯 했다. 6월의 날씨치고 지독한 더위였다. 윤 4월이 있는데다 여느 해보다 몹시 더웠다. 해는 이미 기울었지만 너무 더운 탓에 그늘을 찾아 기어들어갔는지 환관, 궁녀, 아전, 노비 등이 쉽사리 눈에 띄지 않았다. 박종직은 혹 그들과 눈이 마주칠세라 가급적 그늘을 피해 뙤약볕으로만 걸었다. 그런 탓에 바짓가랑이가 온통 땀에 젖어 아래로 축축 늘어졌고 관복 안의 저고리는 땀에 흥건히 젖어 더운 물에 담근 것처럼 뜨거운 느낌마저 들었다. 얼굴도 벌겋게 달아올라 화끈거렸고 걸음을 내디딜 때마다 숨이 턱턱 막혔다.

박종직이 개유와 문을 열고 들어서자 그늘에서 졸고 있던 환관 하나가 화들짝 놀라 일어서며 머쓱한 웃음을 지어 보였다. 그는 관모를 쓰지 않았고, 관복도 벗어던졌으며, 속저고리까지 풀어헤친 상태였다. 그는 박종직을 보고는 후다닥 옷을 주워 입다가 박종직이 괜찮다고 손짓하자 헤벌쭉 웃었다. 그러면서 자신이 마시려고 떠둔 냉수 한 사발을 내밀었다. 박종직은 벌컥대며 냉수를 받아 마시고는 전하가 책을 책상 위에 올려두고 오라고 했다는 말을 건네면서 품에서 서책 하나를 꺼내들었다. 그러자 환관은 알았다는 듯이 웃으면서 손짓으로 안으로 들어가라고 했다.

박종직은 주상의 책상에 이르러 정약용의 시를 꺼내들었다. 주상의 책상 위에는 『시경』이 펼쳐져 있었다. 박종직은 그 위에 정약용이 시를 쓴 서찰의 속지를 올리고 가져온 서책을 다시 그 위에 놓았다. 주상이 『시경』을 읽으려면 반드시 그 책을 치워야 할 것이고, 그러면 자연스럽게 정약용의 시를 보게 될 것이었다.

'이제 모든 것은 하늘에 달렸다. 나는 이제 할 만큼 했다.'

박종직은 이런 생각을 하며 개유와를 빠져나오면서 소매로 몇 번이나 이마를 훔쳤다. 밤새 잡념으로 한숨도 자지 못한 탓인지 갑자기 피로와 함께 졸음이 밀려왔다. 하지만 궁궐 어디에도 그가 낮잠을 청할 곳은 없었다. 휴식을 취하려면 한시라도 빨리 궁궐을 빠져나가는 수밖에 없었다. 박종직은 그늘에서 그늘로 걸음을 재촉하며 뒤도 돌아보지 않고 빠르게 걸었다. 여전히 땀이 비 오듯 했고 사타구니는 땀에 젖은 옷에 쏠려 따갑기까지 했다. 게다가 관복은 땀으로 범벅이 되어 천근만근 무겁게 여겨졌다. 그런데 그는 이상하게 춥고 몸이 떨렸다.

박종직은 걸음을 내디딜 때마다 생각했다.

'지금이라도 돌아가서 정약용의 시를 가지고 나와야 하는 것 아닐까? 혹 그것이 주상이 아닌 다른 이의 눈에 띈다면 내 목은 달아날 것이 분명하다.'

그런 생각이 들자 노모와 아들들, 아내의 얼굴이 스쳐갔다. 박종직은 자신도 모르게 딱딱 소리를 내며 이를 부딪쳤다. 하지만 뒤를 돌아다보지는 않았다. 여전히 그는 앞으로만 걸었다. 그는 어떻게 해서든 빨리 궁궐을 빠져나가야 한다는 일념뿐이었다. 뜨겁게 달아오른 그의 등에 갑자기 알 수 없는 냉기가 훅 스쳐갔다.

영춘헌의 마지막 숨결

"얼음을 가져오라 한 지 벌써 한 식경인데, 왜 아직 얼음이 오지 않는 것이냐?"

주상 이산은 온몸이 뜨거워 견딜 수가 없었다. 체면은 저리 던지고 웃통을 벗고 냉수로 차갑게 만든 오석(烏石)을 대령시켜 등을 대고 누워보았지만 그 순간뿐이었다. 얼음을 띄운 수박화채를 몇 그릇이나 비웠지만 속은 여전히 뜨겁고 답답했다.

"얼음물을 더 가져오라."

하지만 어의들이 나서서 만류했다.

"전하, 옛말에도 이열치열이라 했습니다. 지금 옥체 미령하신데 계속해서 얼음물만 드시면 자칫 큰 탈이 나실 수도 있습니다. 얼음이라는 것이 겉으로는 차가우나 속으로 들어가면 오히려 열기를 올릴 수 있습니다. 이제 얼음물은 그만 드소서."

하지만 이산은 막무가내였다. 마치 잔뜩 심통이 난 어린아이처럼 거친 말을 쏟아냈다.

"시끄럽다. 네놈들이 주둥이만 놀릴 줄 알았지, 내 답답한 심정을 알기나 하는 것이냐? 네놈들 말대로 여러 탕제를 수없이 먹었지만, 이렇듯 속에서 불이 나는 것은 어찌된 영문이냐? 이게 모두 태양증을 잡지 못한 네놈들 탓인 줄 내 모를 줄 아느냐?"

평소에도 가끔 육두문자를 쓰는 주상이었지만 이제 잔뜩 독기까지 올라, 말 한마디 잘못 건넸다가는 목이 달아날 수도 있겠다 싶었던지 어의들이 모두 입을 꾹 다물었다.

그사이 얼음물이 들어오자 이산은 황련을 가루 내어 물에 타서 벌컥벌컥 마셨다. 그러자 열기가 조금 가시는지 한 번 크게 트림을 하고는 고함치듯이 말했다.

"왜 아직 얼음이 오지 않는 것이냐? 석빙고에 사람을 보내기는 한 것이냐? 얼음을 바닥에 깔고 그 위에 누워보고자 한다 하지 않았더냐?"

주상의 불호령이 떨어지자 대전환관이 뛰듯이 들어와 얼음이 도착했다고 알렸다. 주상은 즉시 바닥에 짚을 깔고 그 위에 얼음을 올리게 했다. 그리고 다시 그 위에 비단을 몇 겹 깐 다음 용포를 대충 갖추어 입고 등을 대고 누웠다. 그러고는 크게 심호흡을 하면서 눈을 감고 한동안 가만히 있었다. 일각쯤 그렇게 누워 있던 이산이 잠시 일어나 앉으며 말했다.

"이제야 화기가 좀 가라앉는 듯하구나. 어의들은 모두 물러가라. 승전색과 지밀상궁만 남고 승지들도 모두 물러가라."

그뒤 이산은 한참 동안 잠을 청했다. 모처럼 졸음이 밀려오고 꿈도 꾸었다. 무슨 꿈인지 기억나지는 않았지만 느낌이 가히 나쁘지 않았다. 꿈속에서 물고기가 되어 호수를 헤엄친 듯도 하고, 한 마리 솔개가 되어 하늘을 난 듯도 했다. 그러다 저녁 수라를 대령했다는 말을 듣고서야 잠에서 깨어났다. 몸에 열이 내린 덕인지 주상은 수라를 말끔히 비웠다. 기분이 한결 좋아져 수라를 물렸을 때는 껄껄 웃기까지 했다. 그리고 다시 누웠다가 한순간 벌떡 일어났다. 뭔가 갑자기 떠오른 것처럼 이산은 대전환관에게 말했다.

"너는 지금 즉시 사람을 시켜 규장각 아전 승규를 불러오너라."

그러고는 다시 얼음 위에 등을 댔다. 잠시 뒤 규장각 아전 최승규가 오자 주상이 지시했다.

"개유와 내 책상 옆에 있는 문갑을 열어보면 여러 책 목록을 적어둔 것이 있다. 그 책들을 모두 찾아 전 참의 정약용에게 전해주고 지난번에 시킨 일에 대해 계장을 만들어 그믐날 입궐하라 일러라. 그리 말하면 무슨 뜻인지 알 것이다."

주상은 몸에 화기가 내려간다 싶자 내일 심인이 연훈방을 행하기만 하면 훌훌 털고 일어날 것만 같은 생각까지 들었다. 그리되면 그간 보지 못한 글벗들을 불러 또 한번 새로운 책을 편찬해보리라 다짐했다. 글벗으로는 첫째가 정약용이고, 둘째가 박제가였으며, 셋째가 이서구였다. 근래 들어서는 젊은 글벗을 한 사람 더 사귀었는데, 홍석주였다. 정약용은 경전뿐 아니라 의학과 기술을 논하기 좋은 벗이었고, 박제가는 문물과 경제를 논하기 좋았다. 이서구는 한시에 밝아 시를 함께 논하기 좋았고, 홍석주는 문장이 좋고 『도

덕경』에 밝아 같이 글 짓고 도를 논하기 좋았다.

그런 글벗들을 만난다고 생각하니 주상은 갑자기 신이 났다. 그래서 얼른 용포를 갖추어 입고 연을 대령하라 일렀다.

"개유와로 갈 것이다."

주상은 개유와로 가서 글벗들을 만나면 함께 살펴볼 책들을 정해둘 생각이었다.

"아직 연이 이르지 않았더냐?"

주상은 마음이 급했다.

"어허, 이러다 밤새우겠다."

어느덧 밤이 이슥해졌다. 멀리서 소쩍새 소리도 들리고 간혹 이름 모를 밤새들이 요란스럽게 울었다. 귀를 기울이면 새소리에 이어 여지없이 벌레 소리가 나직이 들려왔다. 다행히 북악에서 불어오는 산바람 덕에 더위도 한풀 꺾였다. 그를 괴롭히던 화기도, 가려움증도 많이 누그러졌고 몸도 가벼운 느낌이었다.

이산은 연에 올라 북악으로 시선을 돌렸다. 북악 주위로 별이 총총했다. 한때는 그 별들이 모두 자신을 지켜보는 눈들이라 생각했다. 그래서 별이 밝은 날은 이상하게 무서웠다. 특히 세손 시절에는 더욱 그런 마음이 많이 들었다. 하지만 왕이 되고 조정을 손에 쥔 뒤로는 별들도 아름답게 보였다.

"어허, 오늘따라 개유와가 왜 이리도 멀더냐?"

왕이 된 뒤로 개유와에 들르지 않은 날이 거의 없었다. 그곳에 가면 이상하게 마음이 편했다. 책냄새를 맡으며 글을 읽고 있으면 세상 시름이 모두 사라지고는 했다. 게다가 벼루를 내어 글씨를 쓰고 있으면 마음으로 새들이 찾아들고 꽃이 피고 나비가 날았다.

그는 어린 시절부터 무턱대고 책이 좋았다. 또한 무슨 글이든 글만 쓰면 마음이 편했다. 그런 까닭에 당장 아파 죽을 지경이 아니면 늘 책을 읽었다. 또한 누구에게인가 서찰을 보냈다. 책을 읽고 다시 그 문장의 의미를 글로 쓰고 그것을 책으로 묶으면 세상을 다 가진 것 같았다. 또한 서찰을 보내고 답서가 올 때면 그 자체만으로도 황홀했다. 책을 통해 지혜를 얻고, 얻은 지혜를 글로 쓰고, 그것으로 다시 사람의 마음을 사로잡았다. 그래서 왕위에 오르자마자 가장 먼저 한 일이 서고를 만드는 것이었다. 그의 독서실이자 서고인 개유와(皆有窩), 이산 자신이 직접 붙인 이름으로 굳이 해석하면 '모든 것이 있는 집'이었다. 그에게 책이란 모든 것을 얻을 수 있고, 모든 것을 숨길 수 있으며, 모든 것이 숨어 있는 것이었다. 그래서 그 이름에 굳이 숨어 있을 수 있는 집을 의미하는 '와(窩)'를 붙였다.

후원으로 들어서자 개유와와 열고관에서 책냄새가 밀려왔다. 이산은 자기도 모르게 눈을 감았다. 세상의 그 어떤 냄새보다도 그를 황홀하게 만드는 것은 책냄새였다. 책은 그 어떤 꽃보다도 짙은 향기를 뿜어냈다. 세상의 그 어떤 향기도 책냄새보다 진하지 않았다. 책냄새는 단순히 종이 냄새와는 질적으로 달랐다. 책은 종이 냄새와 묵향, 세월이 조화를 이루어 만들어내는 독특한 향내를 풍겼다. 이산은 그 냄새만으로도 만병이 사라지는 느낌에 사로잡히고는 했다. 심지어 심한 고뿔에 걸렸어도 책 속에 파묻혀 독서에 매진하면 곧잘 씻은 듯이 나은 적도 많았다. 그렇기에 이산에게는 책이 단순한 종이 뭉치이거나 글씨의 나열일 수 없었다.

개유와에 불이 훤히 밝혀져 있었다. 이산은 그 문을 열어젖히고 안으로 성큼성큼 걸어들어갔다. 이미 그의 책상에는 용대초가 밝게 타고 있었다. 그 자리에 앉을 생각만 해도 주상은 가슴이 쿵쾅거렸다. 요 며칠 병증을 핑계로 찾지 못했던 아쉬움이 너무 컸던 탓일까? 불과 사흘 만에 찾는데도 마음이 설렐 지경이었다. 읽다가 그대로 펼쳐둔 『시경』이 눈에 밟혔다. 급한 마음에 그는 한층 발걸음을 재게 놀렸다.

그런데 한순간 이산은 가슴이 찢어질 것 같은 통증을 느꼈다. 자신도 모르게 윽 하는 짧은 비명을 쏟아내며 주저앉고 말았다. 뒤따르던 대전환관이 소리쳤고 지밀상궁이 급히 부축했다. 하지만 이산은 숨이 잘 쉬어지지 않았다. 대전환관이 급히 그의 가슴을 손으로 쓸어내렸고 지밀상궁은 팔과 다리, 온몸을 주무르기 시작했다. 덕분에 가까스로 호흡이 정상으로 돌아왔다. 대전환관은 환관들과 내금위 병사들을 지휘하며 급히 이산을 침전으로 옮겼다.

그뒤 이산은 기억이 가물가물했다. 밤새 어의들이 종종걸음을 치며 들락거렸고 중전과 대왕대비의 치맛자락 소리도 들은 듯했다. 세자의 어린 목소리도 들려왔고 대신들의 쉰 목소리도 들려왔다. 이산은 비몽사몽간에 그런 소리들을 들으며 '연훈방'이라고 외친 듯도 했다. 그리고 까무룩 잠이 들었다.

"산아! 산아!"

누군가 그를 애타게 불러댔다. 돌아보니 아버지였다. 아버지는 한 상 떡 벌어지게 차린 잔칫상에 앉아 손짓을 하며 그를 불렀다.

"산아, 이것 한 번 먹어보아라. 그래, 이것도 먹어보아라. 온갖 산해진미가 다 있으니 마음껏 먹어보아라."

아버지는 춤을 덩실덩실 추었다. 아버지 옆으로 탈을 쓴 여러 사람이 함께 춤을 추었다. 그들 주변으로 모든 신하가 모여 함성을 지르며 감탄을 자아냈다. 그들 앞에서는 한바탕 외줄 타기가 벌어지고 있었다. 고깔을 쓴 사내가 하늘 위로 튕겨오르더니 몇 바퀴 공중제비를 돌고 다시 줄 위에 섰다. 사람들이 우우 소리를 내며 안도의 한숨을 쏟아냈다.

"산아, 저 봐라. 너도 저 사람처럼 외줄을 타보련?"

아버지는 어린 그를 번쩍 안아 외줄 위에 세웠다. 어느새 그의 머리 위에 고깔이 씌워졌고 그는 하늘로 날아올라 공중제비를 돌았다. 그의 머리 위로는 관화(불꽃놀이)가 펼쳐졌다. 아버지는 박수를 치며 와 하는 함성을 질러댔다. 그러고는 꽃가마 위에 올랐다. 가마꾼들이 덩실덩실 춤을 추며 아버지를 태운 채 주변을 빙빙 돌았다. 그도 신이 나서 가마 위에 올라탔다.

"산아, 이것 받아라. 노잣돈이다."

아버지가 엽전 꾸러미를 하늘로 던지자 하늘에서 금화가 은행잎처럼 떨어졌다. 사람들이 금화를 보고 환호성을 지르며 춤을 추었다. 떨어지던 금화는 어느새 꽃잎이 되어 흩날렸다. 그는 하늘로 날아올라 한 마리 나비가 되었다. 그가 먼저 날아오르자 백성들이 모두 나비가 되어 함께 날았다. 그는 그들을 이끌고 밤하늘을 날았다. 하늘 저 끝에서 별들이 무수히 날아다녔다. 그도 별들을 따라 날아다녔더니 순간 그도 별이 되었다. 주변을 둘러보니 별들만 무성할 뿐 나비도, 사람도, 아버지도 모두 사라지고 없었다. 그는 갑자기 겁이 나서 아버지를 애타게 찾았다.

"아버지! 아버지!"

그때 누군가가 그를 세차게 흔들어 깨웠다.

"주상! 주상!"

눈을 떴더니 웬 여인이 넋이 나간 얼굴로 고함을 치고 있었다.

"주상, 정신이 좀 드십니까?"

그제야 그는 어머니 얼굴을 알아보았다. 그녀의 얼굴에는 이미 잔주름이 가득했다. 칠순이 머지않은 그녀였다. 38년 전에 아들을 살리기 위해 남편을 죽여달라 했던 그녀는 아직도 아들을 살리기 위해 안간힘을 쓰고 있었다.

"여기가 어딥니까?"

"대조전입니다."

중전이었다. 아홉 살 어린 나이에 입궁하여 열한 살에 그와 부부 연을 맺었다. 아버지 장헌세자가 뒤주에 갇혀 죽은 임오화변 이후 잠시 궁궐 밖으로 쫓겨나기도 했으나 가까스로 다시 입궁하여 왕비의 자리에 올랐다. 그러나 불행히도 자식을 낳지 못해 늘 뒷방 신세였던 그녀의 눈에 눈물이 그렁그렁했다.

"전하, 이렇게 깨어나실 줄 알았습니다."

그녀는 참고 있던 눈물을 쏟아냈다. 그녀 뒤에 열한 살의 어린 세자가 눈물을 흘리며 앉아 있었고 세자의 생모 수빈도 눈물을 훔치며 앉아 있었다.

열한 살, 그가 아버지 장헌세자와 사별한 나이였고, 아버지를 잃은 슬픔을 감당하기에는 너무나 어린 나이였고, 왕위를 계승하기에는 너무나 나약한 나이였다. 이산은 적어도 자신의 아들만큼은 그런 신세가 되기를 원하지 않았다. 그래서 몸을 일으켰다. 아직은 죽어서는 안 된다고, 죽을 수 없다고, 이 아이를 위해서라도 반드시 살아야 한다고, 그래서 적어도 이 아이가 열다섯 살이 되어 관례를 올릴 때까지만이라도 살아야 한다고 다짐하며 일어났다. 몸을 일으키자 머리가 어지럽고 현기증이 일었지만 이산은 애써 정신을 가다듬었다.

"용포를 가져오라. 과인은 괜찮으니, 어마마마를 경춘전으로 모셔라. 세자도 동궁으로 물러가고 수빈도 그만 가보시오."

그런 뒤 이산은 중전에게 물었다.

"내가 얼마 동안 누워 있었소?"

"이틀이옵니다."

"그간 연훈방은 행했소?"

"그렇사옵니다."

"알았소. 중궁도 가서 쉬시오."

중전이 물러가자 이산은 대신들과 어의들을 불러들였다.

"과인의 생각으로는 확실히 연훈방이 효과가 있는 듯하다. 경들은 연훈방을 한 차례 더 행할 것을 의논하라."

그러자 약방 도제조 우의정 이시수가 나서서 만류했다.

"연훈방을 쓴 지 이제 겨우 이틀이옵고, 전하께서 이제 막 깨어나셨는데, 너무 성급하게 연훈방을 쓰면 오히려 옥체에 해로우실 수 있사옵니다. 연훈방은 경과를 더 두고 보고 쓰는 것이 좋을 듯하옵니다."

어의들도 이시수의 말에 동조하고 나섰고 좌의정 심환지도 같은 뜻을 내비쳤다. 이산은 알았다면서 그들도 물러가도록 했다.

주변이 모두 물러나자 이산은 개유와로 가야겠다 싶었다. 연훈방 덕인지 머리도 개운해지고 활력이 돌았다. 또한 이상하게 기분이 좋고 몸도 가벼워졌다. 어쩌면 훌쩍 날아오를 수도 있을 것 같은 기분이었다.

"책을 접한 지가 언제인지 모르겠구나. 연을 대령하라."

승전색이 만류했지만 이산은 엄한 눈빛으로 승전색을 보며 말했다.

"자고로 선비는 목숨이 붙어 있는 한 글을 읽어야 하는 것이다. 어서 연을 대령하라."

"하지만 옥체가 아직 미령하신지라⋯⋯"

"어허!"

어머니 혜경궁과 중전, 세자와 수빈, 대신들과 어의들을 모두 물리친 것도 사실 개유와를 다녀오기 위함이었다. 그들은 이런저런 말로 그를 만류하며 결단코 길을 막았을 것이 뻔했다.

연에 오르자 이산은 한결 더 몸이 가벼워지는 느낌이었다. 이미 밤이 깊어진 까닭에 바람이 살랑살랑 불었다. 추울 때나 더울 때나 지난 24년을 습관처럼 개유와를 드나든 그였다. 하루라도 다녀오지 않으면 좀이 쑤시고 잠이 오지 않을 정도였다. 시간이 부족하여 책을 읽을 여유가 없을 때는 책냄새라도 맡을 양으로 개유와에 들렀다.

이산은 책상 위에 펼쳐둔 책은 아무도 건드리지 못하게 엄명을 내려두었다. 지금 그의 책상에는 『시경』이 펼쳐져 있을 터였다. 그는 『시경』에서 가장 좋아하는 시를 떠올리며 가마꾼들의 걸음을 재촉했다.

개유와 안으로 들어간 그는 모두 바깥에서 대기하게 한 뒤 잰걸음으로 책상으로 다가갔다. 그런데 그가 펼쳐둔 『시경』 위에 익숙한 서책 하나가 놓여 있었다.

'이것은 내가 약용에게 내려준 『사기영선』이 아닌가? 그사이 약용이 다녀간 것인가? 내 분명 그믐에 입궁하라 일렀는데, 어찌 먼저 다녀갔을꼬? 그믐이 되려면 아직 이틀이나 남았는데……'

이산은 책을 집어들었다. 그러자 칠언절구의 시 한 편이 눈에 들어왔다. 시를 읽은 이산은 손을 바르르 떨었다.

'이럴 수가! 심환지 이자가 감히!'

이산은 큰 소리로 승전색을 불렀다. 승전색이 급하게 뛰어오는 소리가 들렸다. 그 순간 이산은 가슴팍을 움켜쥐고 쓰러졌다. 가슴을 쥐어짜는 듯한 통증이 밀려오더니 이내 숨을 제대로 쉴 수가 없었다. 이후 이산은 정신을 잃고 말았다.

이산이 정신을 차렸을 때는 이미 새벽이었다. 언제 불려왔는지 의원 피재길의 얼굴이 보였다.

"좁쌀미음을 드소서. 기력을 회복하셔야 치료도 가능한 법이옵니다."

피재길의 말에 이산은 알았다고 대답했다.

"인삼즙을 올리겠습니다. 드시옵소서."

이산은 이번에도 알았다고 대답했다.

인삼즙과 좁쌀미음을 먹자 이산은 다소 기운이 회복되는 듯했다. 덕분에 잠을 청할 수 있었다.

아침이 되자 이산은 심환지 일당을 제거할 방도를 모색했다. 벽파를 일거에 제거하려면 시파를 움직일 수밖에 없었다. 시파 인물 중에 적당한 자는 김조순이었다. 김조순은 이산이 벽파의 무리를 밀어내기 위해 은밀히 키우고 있던 새로운 호랑이였다. 과거에 시파가 그랬듯이 심환지의 벽파 무리도 권력의 단맛을 보면 승냥이 떼로 전락할 것이 뻔했고 그때 그들 승냥이 무리를 몰아낼 새로운 호랑이로 키우고자 한 자가 김조순이었다. 더구나 김조순의 딸이 세자빈으로 간택된 상태이니 필시 그는 충성을 다하리라 판단했다. 이산은 김조순을 불러오라 하여 그를 승지로 삼고 대신 심환지의 수족으로 여겨지던 승지 한치응을 파직했다.

"김조순을 영춘헌에 대기하라 하라. 과인이 그곳으로 갈 것이다."

이산은 승전색에게 명령을 내리고 연을 대령하라 일렀다.

영춘헌은 창경궁에 있는 이산의 서재였다. 그가 굳이 아픈 몸을 이끌고 영춘헌으로 가려 한 것은 심환지와 그의 무리를 영춘헌으로 불러들여 일망타진하기 위함이었다. 영춘헌은 그의 서재였기 때문에 그가 가장 신임하는 환관과 관원 들이 근무하고 있었다. 또한 동덕단 단원들이 항상 그림자처럼 은밀히 지키고 있는 곳이기도 했다. 그에 비해 희정당은 벽파의 무리가 득실대는 곳이었다. 승정원의 승지들과 홍문관, 사간원, 예문관의 관원들 중 태반이 심환지의 영향력 아래 있었다. 영춘헌은 그들을 떼어놓기에 가장 좋은 곳이었다.

연에 의지하여 이산이 가까스로 영춘헌에 도착하자 그곳에는 이미 김조순이 대기하고 있었다.

"그대는 가까이 오라."

이산은 환관과 상궁 들을 모두 물리치고 김조순에게 속삭이듯이 명령했다.

"내 발병부(發兵符, 군대를 동원할 때 쓰는 신표)를 내줄 테니, 경은 이 길로 내금위장에게 내 말을 전하고 내금위 병사 전원을 이끌고 와서 영춘헌을 호위하라 전하라. 또한 장용영에 내 명을 전하고 궁궐을 호위하도록 하고, 화성에 내 명을 전하고 장용외영의 모든 군사로 한양을 에워싸도록 전하라."

김조순이 어명을 받고 나가면 이산은 심환지를 비롯한 벽파의 핵심들을 영춘헌으로 호출할 생각이었다. 그리고 일거에 그들을 제거하고자 했다. 그런데 김조순이 막 영춘헌을 나가려고 일어서는 순간 이산은 다시 가슴을 움켜잡았다. 김조순이 놀라 어의를 찾자 강명길을 비롯하여 홍욱호와 최현이 달려왔고, 이어 창경궁에 대기하고 있던 모든 의원이 뒤를 이었다.

하지만 그들이 도착했을 때 이산의 상태는 이미 매우 심각했다. 호흡은 거칠어질 대로 거칠어졌고 안색도 누렇게 변해 있었다. 그 와중에도 이산은 어떻게 해서든 정신을 차려 심환지의 무리를 처단해야 한다고 생각했다. 또한 심환지와 결탁한 대왕대비도 함께 제거할 결심을 품었다. 그래서 영춘헌으로 불러들여 함께 처단하고자 대왕대비를 불러오라고 명령했다. 하지만 그는 말을 제대로 뱉어낼 수가 없었다. 혀가 굳어 발음조차 제대로 되지 않았다. 그가 가까스로 뱉어낸 한 마디는 '수정전'이었다.

수정전은 대왕대비의 처소였다. 이산은 수정전 마마를 불러오라고 말하고 싶었으나 '수정전'이라는 단어밖에 내뱉지 못했던 것이다. 그것이 이산이 세상에 남긴 마지막 말이었다.

그 무렵 좌의정 심환지와 우의정 이시수를 비롯하여 육조의 판서들과 예문관, 규장각의 근시들까지 모두 영춘헌으로 달려왔다.

"전하, 신들이 왔습니다."

그들은 큰 소리로 그렇게 외쳤지만 이산은 아무런 대답도 하지 못했다. 이에 우의정 이시수가 소리를 쳤다.

"지금 지방 의원 이명운이 대령하고 있으니 의관 홍욱호와 함께 들어가서 진맥하도록 하겠나이다."

이명운이 이산을 진맥한 뒤 말했다.

"맥도가 잘 잡히지 않습니다."

옆에 함께 있던 의관 홍욱호와 최현은 망연자실한 얼굴로 아무 말도 하지 못했다. 그러자 우의정 이시수가 다급하게 소리쳤다.

"인삼 다섯 돈쭝과 좁쌀미음을 써야겠으니 계속 끓여 들여오라."

이어 또 소리쳤다.

"청심원 두 알을 쓸 것이니 들여오라."

"소합원 다섯 알을 쓸 것이니 생강을 끓인 물에 타서 들여오라."

그러자 의원 강명길이 고개를 가로저으며 말했다.

"맥도를 보아 이미 가망이 없습니다."

그렇게 야단법석을 떨고 있는 가운데 대왕대비가 영춘헌에 도착했다. 그녀는 주상의 마지막 말이 '수정전'이었다는 말을 듣고 득달같이 달려온 터였다. 그녀는 당도하자마자 이렇게 소리쳤다.

"주상의 병세는 풍 기운 같은데 대신이나 각신이 병세에 적절한 약을 의논하지 못하고 어찌할 줄 모르는 기색만 있으니 무슨 일이오."

이에 좌의정 심환지가 말을 받았다.

"이제는 성상의 병세가 이미 위독한 지경에 이르러 천지가 망극할 뿐 더이상 아뢸 말이 없습니다."

옆에 섰던 우의정 이시수가 이런 말을 보탰다.

"인삼차에 청심원을 개어서 끓여 들여보냈지만 이제는 아무것도 드실 길이 만무합니다. 천지가 망극할 따름입니다."

그러자 그녀는 엄한 말투로 정승들을 물리쳤다.

"내가 직접 받들어 올려드리고 싶으니 경들은 잠시 물러가시오."

심환지를 비롯한 여러 신하가 문밖으로 나왔고 그녀 홀로 청심원을 들고 주상 곁에 앉았다. 그녀는 청심원을 주상의 입에 직접 넣어주면서 귀에 대고 속삭였다.

"주상, 보위는 내게 맡기고 이제 그만 가시오."

대왕대비는 청심원을 문 이산의 입술을 손으로 틀어쥐고 큰 소리로 울면서 소리쳤다.

"주상, 주상, 이렇게 가면 어찌하오!"

대왕대비의 갈라지는 울음 사이로 영춘헌 책 향기가 스며들고

있었다. 이산은 그 책 향기를 맡으며 목까지 차오른 마지막 숨을
가느다랗게 쏟아놓고 숨을 거두었다.

고금도 장씨 여자에 대한 기록

정학연은 강변으로 내려가 아버지가 매일같이 걷던 길을 천천히 걸었다. 강과 들에는 이미 봄이 완연했다. 마른 억새 사이로 창날 같은 새싹들이 올라오고 있었다. 물가에는 물새 몇 마리가 앞서거니 뒤서거니 경쟁하듯이 날고 있었다. 아침 햇살에 반사된 물비늘은 청동거울인 양 반짝거렸다. 정학연은 느릿느릿 강가를 걸었다.

"봄이란 볼 것이 많아 봄이라 부르는 것이다."

정학연은 아버지가 함께 강변을 거닐며 늘어놓던 말을 되새겼다.

"본다는 것은 좋은 것이다. 볼 수 있다는 것은 살아 있다는 뜻이니, 그보다 좋은 일이 어디 있겠느냐? 무엇으로 살든 살아 있는 것만큼 좋은 일은 없지."

아버지는 혼잣말처럼 웅얼거리며 새파랗게 돋아난 억새의 싹을 한참 동안 쳐다보았다.

"이것 봐라. 이놈이 마치 창날 같지 않니? 생기가 보통이 아니야. 세상의 그 어떤 방패도 이런 창날은 막지 못해."

그러면서 억새를 정성스럽게 쓰다듬었다.

"부디 가지고 나온 모든 생기를 쏟으며 살기 바란다, 아가야."

그러고는 풀밭에 털썩 주저앉아 하염없이 강을 바라보았다.

"저것 봐라, 저놈들은 한창 신이 났구나. 아마도 암놈과 수놈이겠지. 서로 쫓고 쫓으며 세상을 희롱하는 것 좀 봐라. 저게 사는 것이지. 저게 바로 봄이야. 저 물비늘 봐라. 반짝거리는 것이 마치 청동거울 같구나."

그런 말을 남기고 아버지는 이튿날 아침에 세상을 떠났다. 정학연은 눈물을 찍어내며 돌아섰다. 집 뒤에 마련된 아버지의 묘소로 향했다. 매일같이 하는 일이지만 정학연은 오늘따라 좀더 정성스럽게 아버지의 묘소를 살폈다. 풀잎에 맺힌 이슬에 바짓가랑이가 젖는 줄도 몰랐다. 아버지의 기일이었다. 돌아가신 지 꼭 1년 되는 날이었다. 동시에 부모님의 혼례일이기도 했다. 아버지 정약용은 1년 전 음력 2월 22일에 생을 마감했다. 어머니와 혼인한 지 60년이 되는 회혼일이었다. 회혼을 기념하며 남긴 「회혼시」는 아버지가 남긴 마지막 시였다. 그 시구가 입에 맴돌아 몇 구절 읊자 왈칵 눈물이 쏟아졌다. 정학연은 자신도 모르게 털썩 주저앉았다.

정학연도 벌써 환갑이 몇 해 남지 않았다. 그런데 이상하게도 어린 시절보다 더 아버지가 보고 싶었다. 아버지는 그가 열아홉 살 때 유배지로 떠났다. 그리고 무려 17년이나 유배지를 전전했다. 하지만 그 시절에도 이렇듯 아버지가 그립지는 않았다. 오히려 그

때는 아버지를 원망했다. 아버지뿐 아니라 조상 모두가 원망스러웠다. 하필 남인의 집안에서 태어나 세상에 이름 한 번 내지 못하는 폐족으로 살아야만 하는 자신의 처지를 한탄하기에 여념이 없었다. 그때마다 아버지는 서찰을 보내 학문에 심취하여 도를 얻는 길이 남아 있다고 위로했지만 아무 도움이 되지 않았다. 그는 폐족인 처지에 학문이 무슨 소용이 있으며 관직도 얻을 수 없는 처지에 양반 신분이 무슨 의미가 있을까 싶었다. 그래서 책은 던져놓고 그저 세월 가는 대로 아무렇게나 살고자 했다.

그러는 사이에 훌쩍 17년이 흘러 아버지가 마재로 돌아왔다. 그는 돌아온 아버지의 모습이 남루하고 초췌하리라 생각했다. 하지만 아버지는 유배지에서 저술한 100여 권의 책을 10여 마리의 나귀에 싣고 말을 탄 채 당당한 모습으로 돌아왔다. 마치 정승에 올라 금의환향하는 것 같았다. 이후에도 18년 동안 아버지는 저술에 매진했다. 그렇게 남기고 간 책이 500권을 헤아렸다.

정학연은 아버지가 떠난 뒤에 그 유고를 정리하는 일을 자신의 업으로 여겼다. 비록 아버지의 뜻대로 학문에서 도를 얻지는 못했지만 배움의 도를 담고 있는 아버지의 유고를 통해서라도 못다 이룬 학문을 접하고 싶었다. 유배지에서 돌아오는 아버지의 모습을 그토록 당당하게 만들었던 바로 그 저서들로부터 정학연도 당당함을 얻고 싶었다. 그렇게 해서라도 스스로 폐족의 늪에서 벗어나고 싶었다.

정학연은 이슬을 떨며 일어섰다. 기일인 오늘 지난 1년 동안 정리한 아버지의 유고를 제상에 올리려면 아직 남은 일이 있었다. 마음이 급해진 정학연은 뛰듯이 내려와 서재로 들어갔다. 이미 책으로 묶은 유고는 서재 한쪽에 잘 정돈되어 있었고 아버지가 유배지에서 보내온 서찰과 시 들도 책으로 엮었다. 이제 남은 일은 흩어져 있는 짧은 글들을 분류하여 책으로 편집하는 일이었다.

책으로 묶지 못한 유고 중에 가장 많은 양을 차지하는 것은 무덤 속에 들어간 묘지명이었다. 살펴보니 아버지는 참 많은 사람의 묘지명을 썼다. 녹암 권철신, 정헌 이가환, 복암 이기양, 매장 오석충, 남고 윤지범, 무구 윤지눌 등. 게다가 당신 자신을 위한 자찬묘지명까지. 정학연은 아버지가 참 많은 사람의 삶을 추억하고 기렸다는 생각이 들었다.

정학연은 아버지의 자찬묘지명을 읽다가 경신년(1800) 여름의 다음 글에서 갑자기 한숨이 쏟아지면서 회한이 되살아났다.

임금이 승하하신 날 급보를 듣고 홍화문 앞에 이르러 조득영을 만나 서로 가슴을 쥐어뜯고 목 놓아 울었다. 임금의 관이 빈전으로 옮겨지는 날에는 숙장문 옆에 앉아 조석중과 함께 슬픔을 이야기했다.

6월 그믐을 하루 앞둔 날이었다. 다음날 아버지는 임금을 배알하기로 되어 있었다. 그래서 그 전날 정학연을 대동하고 마재에서 올라와 한양 집에 머물고 있었다. 아버지는 임금께 올릴 장문의 상소문을 준비했다. 그리고 다음날 아침에 입궐하기 위해 관복을 살펴보고 있었는데, 국상이 났다는 급보를 접했다.

아버지는 임금의 부음을 듣고 모든 것이 당신 탓이라며 대성통곡하다 실신까지 했다. 정학연은 아버지가 그토록 처절하게 울부짖는 모습을 본 적이 없었다. 눈이 퉁퉁 붓고 목이 쉬도록 통곡하고 몸을 떨고 다리를 후들거리며 제대로 일어서지도 못했다. 정학연은 그 모습을 보면서 앞으로 닥칠 무서운 일을 예감했다. 아버지는 그 일을 묘지명에 다음과 같이 기록했다.

악당들이 참새처럼 날뛰며 날마다 유언비어와 위험한 이야기를 지어내 사람들의 귀를 현혹하고 있다 했다. 이가환 등이 앞으로 난리를 꾸며 사흉과 팔적을 제거하려 한다는 이야기까지 지어내고는 그 네 명과 여덟 명의 이름에 절반은 당시의 재상과 명사를 포함하고, 절반은 자기네 음험한 무리를 끼워 넣어 사람들의 분노를 격발하고 있었다. 나는 화란의 낌새가 날로 급박해짐을 헤아리고 곧바로 처자를 마재로 돌려보내고 혼자 한양에 머무르며 세상의 변화를 관찰하고 있었다.

아버지가 말한 세상의 변화는 피바람이었다. 신유년(1801)에 이르자 대왕대비는 유시를 내려 서학을 믿는 자들은 모두 코를 베어 죽여 없애겠다 공언했고, 그 말은 곧 칼날이 되어 정학연의 집안과 남인 명문가의 목숨줄을 일거에 끊어놓았다.

정학연은 그해 2월에 의금부로 끌려가던 아버지의 모습이 선연히 떠올랐다. 그렇게 가면 다시는 볼 수 없을 것 같은 불안감이 엄습하여 정학연은 눈물을 쏟아내며 의금부까지 쫓아갔다. 그리고 의금부 관원에게 손을 써서 가까스로 아버지를 만났을 때 아버지는 생각보다 말짱했고 담담했다. 오히려 아버지는 어머니와 자식들을 걱정하며 너무 염려 말라는 위로의 말까지 보탰다. 그 내막을 아버지는 묘지명에 담백한 어조로 기록했다.

2월 8일, 사헌부와 사간원에서 죄상을 적어 임금께 올리고 국문을 청하여 이가환, 정약용, 이승훈이 모두 투옥되었고 나의 형 정약전과 정약종, 그리고 이기양, 권철신, 오석충, 홍낙민, 김건순, 김백순 등이 차례로 투옥되었다. 그러나 그 문서 뭉치에서 내가 관계없음이 분명히 드러나니 곧 형틀에서 풀어주고 사헌부 안에서 편히 있게 해주었다.

아버지의 묘지명에 거론된 사람 중 정약종, 이가환, 권철신, 이승훈, 김건순, 김백순, 홍낙민은 모두 황천으로 떠났고 그나마 목숨을 부지한 사람은 아버지와 중부 정약전, 이기양, 오석충 등 네 사람뿐이었다. 정학연은 지금도 그때를 떠올리면 오금이 저리고 다리가 덜덜 떨렸다. 그가 의금부 감옥에 갔을 때 아버지 정약용은 그나마 몇 차례 장형을 당한 것으로 그쳤지만 다른 이들은 모진 고문으로 이미 산송장이나 다름없는 처참한 몰골이었다. 특히 이가환은 이미 죽은 것처럼 보였는데, 끝내 감옥에서 숨을 거두고 말았다.

정학연은 아버지의 자찬묘지명을 덮었다. 그때 감옥에서 맡았던 피비린내와 살 썩는 냄새가 되살아나 더 읽을 수가 없었다. 정학연은 묘지명들은 다음 기일에 책으로 묶기로 하고 한쪽으로 밀어둔 뒤 다른 유고를 살폈다. 그러다 처음 보는 원고를 하나 발견했다. 그간 아버지의 유고를 여러 차례 살폈는데도 한 번도 눈에 띄지 않던 글이었다.

"이건 어디서 나온 거지? 왜 그간 내가 못 봤을까?"

그 유고는 "처녀 바람(處女風)"이라는 글 뒤에 있었는데, "처녀 바람"은 별로 흥미로운 글도 아닌데다 어느 바닷가 마을에서나 흔히 접할 수 있는 민담에 불과했다. 그래서 아버지가 왜 이런 난삽한 이야기를 굳이 글로 남겼을까 하는 생각에 첫 장만 읽고 덮어버렸던 기억이 났다. 그런데 "처녀 바람" 원고 뒤에 그런 원고가 숨어 있을 줄은 생각도 못 했던 것이다.

그 원고는 제목도 없었다. 그저 "처녀 바람" 뒷장에 붙어 있었다. 그 첫 문장은 다음과 같이 시작되었다.

이 글은 정종(정조의 원래 묘호)대왕 시해사건에 대한 비망록이다. 나는 용감하지 못하여 이 글에 제목조차 붙이지 못하고 몰래 숨겨서 남긴다.

정학연은 마치 불에 덴 것처럼 손가락이 화끈거리고 얼굴이 달아올랐다. 마른침을 삼키며 문장을 읽을 때마다 손이 떨리고 가슴이 두근거렸다. 원고를 다 읽었을 때는 온몸에서 기력이 다 빠져나가 제대로 앉아 있을 수조차 없었다.

이 글이 세상에 알려졌을 때 벌어질 일을 생각하니 눈앞이 캄캄했다. 3년 전에 여덟 살의 어린 왕이 즉위했고 세상은 안동 김씨의 손아귀로 들어갔다. 그들이 시파 계열이고 벽파와는 척을 지고 있다고는 하나 초록은 동색이라 하지 않았는가. 비록 시벽(시파와 벽파)으로 갈라져 세력을 다투기는 하나 노론이라는 같은 뿌리를 부정하지는 못할 터. 게다가 언제 벽파가 권력을 잡아 세상을 뒤엎을지도 알 수 없는 노릇 아닌가. 그런 그들이 이 글을 본다면 우리 집안은 어찌될 것인가? 그렇지 않아도 눈을 흘기며 잡아먹을 닭 보듯이 노리고 있는 그들인데, 그냥 놔둘 리 만무하지 않겠는가.

정학연은 절대로 아버지의 그 글이 세상에 나와서는 안 된다고 생각했다. 그렇다고 아버지의 소중한 유고를 없앨 수도 없는 일이었다. 아우 정학유를 불러 논의해볼까도 생각했지만 이내 고개를 가로저었다. 정학유가 알면 일이 더 커질 수도 있었다. 정학유 역시 아버지의 유고를 없앨 만한 사람은 못 되었고 오히려 아우에게 근심거리만 주는 셈이었다.

그런 고민을 하면서 정학연은 왜 아버지가 그 유고를 남겼을까 하는 생각을 해보았다. 유고를 자신에게 남긴 것은 그것을 잘 지켜 후세에 전하라는 의미가 분명했다. 그래서 오랜 시간이 지나 새로운 세상이 열리면 그때라도 역사의 진실을 밝히라는 무언의 부탁이 아닐까 싶었다.

정학연은 정종대왕의 국상이 나던 그날 아버지가 모든 것이 자기 탓이라고 울부짖던 모습을 떠올렸다.

'아버지는 정종대왕의 시해를 막지 못한 한을 품고 세상을 떠나

셨고 내게 그 한을 풀어달라고 이 글을 남기신 거야.'

정학연은 그런 생각이 들었지만 이 글이 앞으로 자신과 후손에게 어떤 고난을 안길지 알 수 없는 노릇이라 여기며 고개를 가로저었다. 자칫하면 자신의 집안은 물론이고 압해 정씨 집안과 외가, 처가까지 몰락할 수도 있다는 생각이 고개를 쳐든 것이다.

고민에 고민을 한 끝에 정학연은 그 원고를 "처녀 바람" 이야기에서 떼어냈다. 그리고 옹기에 넣은 채 아버지 무덤으로 가지고 올라갔다. 그는 상석에서 2보쯤 떨어진 아래쪽에 구덩이를 판 뒤 옹기를 묻고 흙으로 덮고 나서 한참 동안 그 자리에 앉아 있었다. 잘하는 짓인지 모르겠다는 생각이 들었지만 그것이 최선이라는 마음이 더 앞섰다.

아버지 묘소에서 내려온 정학연은 마음이 몹시 헛헛했다. 한편으로는 아버지께 큰 죄를 지은 것만 같은 기분도 들었다. 하지만 그 원고는 세상에 드러나서는 안 되는 것이라는 생각에는 변함없었다. 그래도 정종대왕이 심환지에게 시해된 사실만은 세상에 남겨야 한다는 생각이 들었다. 그것이 한을 품고 돌아가신 아버지에 대한 자식으로서 최소한의 도리가 아닐까 싶었다. 그리하여 정학연은 "처녀 바람"이라는 원고를 없애고 그것을 바탕으로 「고금도 장씨 여자에 대한 기록(紀古今島張氏女子事)」이라는 글을 하나 써서 넣었다.

아버지가 남긴 "처녀 바람"의 내용은 '처녀 바람'의 유래에 관한 이야기로, 전라도 해남 바닷가에 매년 초가을에 큰 태풍이 부는데 이는 억울하게 죽은 장씨 성을 가진 처녀의 한 때문이라는 것이 골자였다. 정학연은 이 이야기에 처녀의 아버지를 장현경이라는 실제 인물로 설정하고 앞부분을 다음과 같이 서술했다.

고금도는 옛날에 고이도라 부르던 곳이었다. 여자 장씨는 멀리 도망한 장현경의 딸이었다. 장현경의 본관은 인동으로 여헌 장현광의 제사를 받드는 후손이었다.

가경 경신년(1800) 여름 우리 정종께서 돌아가셨는데, 인동부사 이갑회가 공제(公除, 국상으로 관공서 일을 보지 않는 기간)가 끝나기 며칠 앞서 아버지의 회갑을 위해 술잔치를 벌이면서 기생들을 불러다놓고 장현경 부자에게 함께 즐기자고 초청했다.

장현경의 아버지가 초청해준 데 대해 말했다.

"공제일도 지나지 않았는데, 마시고 노는 연회를 베풀 수는 없는 일이다."

그러면서 밖으로 나와 초청장을 가지고 온 이방에게 이런 말을 했다.

"임금이 돌아가신 때에 이런 잔치를 베풀다니 세상 돌아가는 꼬락서니를 알아보고 하는 짓이로구나."

예전에 장현경의 아버지와 부사의 아버지는 성이 다른 친척 간이라 부(府)에 들어가 서로 만날 때마다 들려오는 소문에 대해 이야기하고는 했다. 그중 당시 정승이 역적인 의원 심인을 천거하여 임금의 병환을 돌보는 척하며 독약을 바치게 하여 정종이 돌아가셨는데, 우리가 손수 그 역적 놈을 제

거하지 못한다 하면서 비분강개하여 눈물까지 흘렸다는 이
야기가 있었다.

한편, 이방이 전하는 이야기를 들은 부사는 '죄상을 성토
하여 장현경을 구렁텅이에 빠뜨려야겠구나'라고 생각하고
감영으로 달려가, 장현경이 근거 없는 이야기로 허풍을 떨어
임금 측근의 악당들을 제거하기 위해 반란을 일으킬 기미가
있다고 고발했다.

정학연은 이런 서설 뒤에 장현경은 도주하고 그 가족은 전라도
강진현의 신지도로 귀양을 갔으며, 그의 아내와 딸들이 억울한 죽
임을 당하여 그 한을 호소하기 위해 매년 7월 28일이면 태풍을 일
으키는데, 그것을 '처녀 바람'이라고 한다는 내용을 덧붙였다. 그
리고 아버지가 남긴 여러 유고 속에 이 이야기를 함께 넣어 책을
묶었다. 물론 정학연이 남기고자 한 골자는 "당시 정승(심환지)이
역적인 의원 심인을 천거하여 임금의 병환을 돌보는 척하며 독약
을 바치게 하여 정종이 돌아가셨다"는 부분이었다. 정학연은 그나
마 이 문장이라도 남겨 아버지 정약용의 한이 조금이라도 풀어지
기를 바랐다.

〈끝〉

에필로그

전업 작가로 생활한 지 24년이다. 처음 작가의 길을 가기로 결정했던 이십대 초반 시절, 나는 당연히 소설가로 살 것이라 생각했다. 그 시절만 하더라도 전업 작가란 오직 소설가 이외에 선택지가 없었다. 그래서 어디에 있든 무엇을 하든 소설을 썼다. 심지어 군복무 중에도 장편 한 편과 단편 세 편을 썼다. 제대한 뒤에는 타자기 한 대와 타이프 용지 몇 묶음만 들고 시골구석에 처박혀 소설만 썼다.

2년쯤 흘렀을 때, 글공부가 좀 됐다 싶어 상경했다. 글쟁이로 살려면 적어도 책 동네가 어떤지는 알아야 한다는 생각에 출판사 문을 두드렸다. 그리고 기획이니 편집이니 마케팅이니 하는 일들을 웬만큼 알았다 싶을 때, 퇴사를 하고 전업 작가 생활을 시작했다.

그 무렵, 나는 전업 작가가 꼭 소설가일 필요는 없다는 생각으로 바뀌어 있었다. 그것이 소설이든 인문학이든 또다른 지식이든, 그 어떤 것이든 책으로 엮어낼 수 있으면 된다고 생각했다. 내 삶의 목표가 작가가 되는 것이 아니라 책을 쓰는 사람으로 사는 것이었기 때문이다.

그런 까닭에 처음 내 이름을 달고 나온 책은 서양철학서와 불교 선담집, 그리고 역사책이었다. 이 세 종류의 책은 거의 동시에 출간됐다. 그때 나는 밤마다 구름을 타고 날아다니는 꿈을 꾸던 갓 서른이었다. 그 서른의 패기로 어느 출판사에 역사책 원고를 들고 가서는 '이 정도 원고면 5만 권은 족히 나갈 것'이라고 뻥 아닌 뻥을 치기도 했다. 그 뻥이 먹혔는지 책은 출간되었고, 뻥은 현실이 되어 밀리언셀러가 되는 기적이 일어났다. 덕분에 나는 밥 굶을 걱정 없이 또다시 소설에 도전하여 등단했다. 그리고 이내 장편 『그 남자의 물고기』를 내고, 다시 대하소설 『후삼국기』를 냈다. 그때서야 나는 깨달았다. 아직 나의 수련이 덜 됐다는 것을.

그것이 1999년이었다. 이후로 12년간 소설을 내지 않았다. 그러다 2011년에 불현듯 다시 소설을 잡아 『길 위의 황제』를 출간했다. 그리고 비로소 알았다. 소설 쓰는 것이 즐겁다는 것을. 그 즐거움을 8년 동안 품고 있다 더이상 참을 수 없어 『밀찰살인』을 내민다. 그러면서 감히 말한다. 이제 소설 좀 써도 되겠다고. 하하.

부디 이 소설이 읽는 이의 색다른 재미가 되길 바란다.

2019년 봄 일산우거에서

박영규

밀찰살인
—정조대왕 암살사건 비망록

초판 1쇄 인쇄 2019년 4월 12일
초판 1쇄 발행 2019년 4월 22일

지은이 박영규 | 펴낸이 염현숙 | 편집인 신정민

편집 신정민 박민영 | 디자인 윤종윤 유현아
마케팅 정민호 정현민 김도윤 | 홍보 김희숙 김상만 이천희
저작권 한문숙 김지영 | 모니터링 이희연 양은희
제작 강신은 김동욱 임현식 | 제작처 예림인쇄 중앙제책

펴낸곳 (주)문학동네
출판등록 1993년 10월 22일 제406-2003-000045호
임프린트 교유서가

주소 10881 경기도 파주시 회동길 210
문의전화 031) 955-8891(마케팅), 031) 955-3583(편집)
팩스 031) 955-8855
전자우편 gyoyuseoga@naver.com

ISBN 978-89-546-5605-4 03810

www.munhak.com